AF671318

Alle Recht liegen beim Autor

Herstellung: Libri Books on Demand

ISBN 3-89811-570-4

Prolog

Drei Uhr morgens.
Achtundzwanzig Stunden war es bereits her, daß Prof. Dr. Clarence Ottenschlag zum letzten Mal geschlafen hatte.
Annähernd achtundzwanzig Stunden war es bereits her, daß es zu diesen merkwürdigen, unheimlichen und aus dem Nichts auftauchenden Energieentladungen kam, die auf der Oberfläche des Asteroiden unweit der Station einschlugen. Dies war der dritte „Anschlag" während der letzten drei Tage.
Und nun wartete der Professor auf eine weitere Attacke, ohne eigentlich zu wissen, ob diese Bezeichnung korrekt war. Niemand konnte eine passende Erklärung anbieten, ob dieses Phänomen natürlichen oder künstlichen Ursprungs war. Mit Niemand waren die sechs weiteren Wissenschaftler gemeint, die ebenfalls seit nunmehr sechs Monaten an Bord dieses Außenpostens waren.
Prof. Ottenschlag war der Kopf dieses Forscherteams, die hier in der Abgeschiedenheit des Alls Messungen aller Art durchführen sollten. Sie sollten die Zusammensetzung des Asteroiden erforschen, mit den mitgebrachten Teleskopen die Grenzen des Sichtbaren erweitern, Nachrichten aussenden und auf Antwort warten, oder hoffen. Sie sollten außerdem noch Experimente in der Schwerelosigkeit durchführen und einige Versuche auf dem „Terraforming" - Sektor absolvieren. Was das Terraforming Projekt betraf, so machten sie beinahe täglich große Fortschritte, denn sie betraten hier wissenschaftliches Neuland.

Wie bereits oben erwähnt hielten sie sich bereits seit sechs Monaten auf diesem teils äußerst komfortablen, von der Erde am weitesten entfernten, ältesten und größten Außenposten auf der jemals erbaut, um nicht zu sagen geschaffen worden ist, auf. Und was das Schlimmste für den Professor war, sie mußten hier noch dreißig Monate ausharren, ehe eine Ablösung, die sich ebenfalls aus der geistigen Elite der ganzen Welt zusammensetzte, eintraf.
Dreißig Monate.
Dreißig unendlich lange, unendlich langweilige durch nichts anderes als Arbeit und Schlafen gekennzeichnete Monate.
Professor Ottenschlag graute bei diesem Gedanken, er wagte es nicht sich diese Zeit in Tagen, Stunden oder sogar Minuten auszurechnen. Seine größten Probleme hatten alle mit seine Arbeitskollegen zu tun. Er konnte sie bereits jetzt schon nicht mehr leiden, sie waren teilweise arrogant, immer in die Arbeit vertieft, oberflächlich und was das Schlimmste war, sie waren tödlich langweilig. Auf der Erde wurde der Professor als exzentrisch betrachtet und das nur, weil er sich oft einen Spaß gönnte. Er hatte so ziemlich alles ausprobiert, was irgendwie ein wenig den Adrenalinspiegel erhöhte. Er war Raften an reißenden Flüssen in Europa, Heliskien in Kanada, Bungeejumpen mit zweihundertachtundvierzig Metern freien Fall und übte auch andere mehr oder minder gefährlichen Aktivitäten aus. Dinge wie Skydiven, Cliffjumping, Rocketeering und Freefalling hatte er sich aber noch aufgehoben, etwas Abwechslung wird er wahrscheinlich brauchen, wenn er wieder auf der Erde ankam, wenn er vorher nicht vor Langeweile draufging, wie er es immer wieder ausdrückte.

Noch vor acht Monaten dachte er nicht im Traum daran hierher zu kommen um im Interesse der Menschheit Versuche anzustellen. Aus heiterem Himmel traten dann eine Hand voll merkwürdiger, um nicht zu sagen zwielichtiger Männer auf, die im Dienste der Regierung standen und unterbreiteten ihm ein damals noch interessantes und in finanzieller Hinsicht äußerst reizvolles Angebot. Er war sich nicht sicher ob er annehmen sollte, aber als ihm dann seine Verwandten und seine engsten Freunde einredete es wäre für eine gute Sache, da sagte er zu.

„Damit wirst du berühmt.“, hatte man ihm gesagt.

„Damit gehst du in die Geschichte ein.“, hatte man ihm gesagt.

„Das wird eine interessante Erfahrung.“, hatte man ihm gesagt.

„Damit kannst du endlich etwas bewirken.“, hatte man ihm gesagt.

„Verdammt ich hasse euch dafür, daß ihr mich dazu überredet habt. Verdammt noch mal.“, schrie er wieder einmal den Sternen entgegen, die er bereits seit zwei Stunden und sechsunddreißig Minuten beobachtete. Aber denen machte es nichts aus angeschrien zu werden, sie rührten sich deshalb nicht einen Millimeter von der Stelle oder schrien zurück. Er hatte seine Verwandten oder die Sterne oder beide in den vergangenen Monaten bereits mehrmals dafür verflucht. Er hatte auch sich selbst mehrmals verflucht, weil er sich breitschlagen ließ. Es gab auf der Erde mindestens zwanzig Wissenschaftler, die ebenfalls die nötige Qualifikation hatten.

„Zugegeben,“, dachte er bei sich, „sie wären nicht so geeignet wie ich, aber sie hätten diesen Job auch übernehmen können.“ Dies war einer der wenigen Augenblicke, in denen er seine Arroganz, seine

Überheblichkeit und seine Selbstüberschätzung die Oberhand gewinnen ließ. Dies passierte ihm aber immer nur, wenn er alleine war, denn er war nicht der Typ Mensch, der anderen das Gefühl gab dämlich zu sein, obwohl er es ohne weiteres konnte. Dieser Augenblick dauerte allerdings nicht sehr lange, denn er spürte plötzlich ein leichtes Erzittern und die Sterne begannen an zwei kleinen Stellen im All, das er durch die riesige Panoramascheibe sehen konnte, zu flimmern.

Das Erzittern wurde stärker.

Es ging in ein kurzzeitiges mehrmaliges Beben über.

Explosionen, da waren sie wieder.

Nein, keine Explosionen, Einschläge auf der Oberfläche.

Näher als beim letzten Mal.

Vielleicht bedeutete dies etwas.

Vielleicht auch nicht.

Drei..., vier..., fünf Einschläge.

Wenn ihre Theorie stimmte, so waren noch drei Einschläge zu erwarten.

Sechs, sieben, acht Einschläge, die letzten drei kamen dicht hintereinander.

Prof. Ottenschlag sah kurzzeitig die Sterne an zwei kleinen Stellen im All wieder flimmern und danach war alles wieder ruhig.

Es war schon wieder vorbei, ehe man normalerweise überhaupt mitbekam, was geschah.

„Professor, Professor.“, rief hinter ihm ein kleiner, nach Atem ringender, hin und wieder nervtötender Wissenschaftler spanischer Abstammung, sein Name war Prof. Castilla.

„Unsere Theorie hat sich teilweise bestätigt. Die Einschläge kommen mit konstanten Abständen näher zur Station. Es sieht mir nach einer Aufforderung zu gehen aus. Von jetzt an gerechnet könnte uns schon der nächste Angriff ernsthafte Schäden zuführen."

Das hatte Ottenschlag bereits selbst herausgefunden, auch ohne komplizierte Berechnungen anzustellen. Aber Castilla war nur zufrieden, wenn er alles mit genauen Zahlen belegen konnte.

„Das haben sie aber sehr schnell herausgefunden. Sind sie sicher, daß ihre Berechnungen korrekt sind?", erwiderte Ottenschlag gelassen.

Es gefiel ihm zu sehen, wie Castillas Gesicht rot wurde, er haßte es, wenn seine Forschungsergebnisse angezweifelt wurden. Er hielt sich selbst für einen äußerst korrekten Wissenschaftler.

„Natürlich stimmen meine Berechnungen. Wie können sie nur immer wieder daran zweifeln. Ich denke sie machen das mit Absicht, um mich zu ärgern. Aber es wird ihnen nicht gelingen mich zu ärgern.", antwortete er ihm mit zitternder Stimme.

„Vergessen sie es. Die Einschläge waren diesmal wie nah?", lenkte Prof. Ottenschlag vom Thema ab.

„Einhundertdreizehn Meter von der Station entfernt."

„Was sagt die Strukturanalyse?"

„Achtundsechzig Prozent. Um vierzehn Prozent gefallen seit den letzten Einschlägen."

Mit Hilfe der Strukturanalyse wurde festgestellt, wie es um die Außenhülle der Station stand. Mit Glück konnte man noch in einer Station mit ungefähr zwanzig Prozent intakter Außenhülle überleben. Aber Ottenschlag setzte nur auf sein Glück, wenn er im Kasino war, bei der Arbeit hatte Glück nichts verloren. Denn wenn sie Pech hatten, dann würden die nächsten Einschläge die Station absinken lassen, es würden Risse entstehen, innerhalb von Sekunden würde der Sauerstoff entweichen, und den Rest kann sich jeder vernunftbegabte Mensch selbst ausmalen... .

Der Professor unterließ es den Gedanken weiterzuspinnen.
„Was machen wir jetzt, Professor?“, fragte ihn der kleine aufgeregte Castilla.
Ottenschlag suchte schon seit langem nach einem Vorwand endlich wieder diese Station zu verlassen. Er hielt ein halbes Jahr für mehr als ausreichend auf dieser Station. Was aus ihr wurde war ihm egal. Sie hatten ein Raumschiff für Notfälle aller Art, um eine rasche Evakuierung zu garantieren. Der Professor hatte schon seit einiger Zeit vor, es auch zu benutzen. Nun war die Zeit endlich da.
„Professor Castilla, bereiten sie alles für die Evakuierung vor. Ich werde eine Nachricht hinterlassen. Wir überspielen alle Daten in den Schiffscomputer und sehen zu das wir weg kommen.“
Zwei Stunden später war die Station ruhig und leer. Nichts erinnerte daran, daß sich vor kurzem Menschen auf ihr befanden.

Kapitel Eins

„Mum, wo ist den meine Tasche hingekommen? In drei Stunden muß ich fahren und ich habe noch nicht einmal begonnen zu packen.“, rief Lukas Draxton verärgert. Er bedauerte es nun nicht schon früher mit dem Packen begonnen zu haben, doch er hatte es immer wieder hinausgeschoben, um mehr Zeit mit seiner Familie zu verbringen.

Als er vor zwei Monaten seinen Flugbefehl erhielt, war er vor Euphorie nicht mehr zu stoppen gewesen, doch drei Stunden vor der Abreise ist von diesen euphorischen Gefühlen nichts mehr übrig geblieben. Nur mehr ein Gefühl von Leere und Einsamkeit blieb. Doch anmerken ließ er sich nichts, denn für seine Mutter war diese Trennung schon schwer genug. Sie sollte nicht auch noch den Trennungsschmerz ihres Sohnes spüren müssen.

Aber so war es schon immer. Als er ein Jahr nach Europa ging, als er zur Ausbildung an die Raumfahrtsakademie, jedesmal hatte er die selben Probleme. Er war immer glücklich in seiner gewohnten Umgebung, aber einschneidende Veränderungen brachten ihn immer aus dem Gleichgewicht. Diese Gefühle hielten aber nie lange an, denn er konnte sich bisher immer schnell eingewöhnen, und von der Einsamkeit blieb nichts mehr übrig.

Nun aber war es anders, denn so weit, daß der Kontakt mit seinen Eltern nicht einmal mehr telefonisch aufrechterhalten werden konnte, entfernte er sich nie von seiner Familie. Diese absolute Abgeschiedenheit von zu Hause machte ihm nun, da er daran dachte, mehr Angst als er wahrhaben wollte. Früher konnte er sich

bei Problemen, aus denen er keinen Ausweg mehr sah, immer an seine Eltern wenden. Diese standen ihm dann mit Rat und Tat zur Seite. Aber nun... .
„Deine Tasche ist doch hier. “, gab seine Mutter gereizt zurück.
Sie war es leid, jedesmal für sämtliche Fehler verantwortlich zu sein. Das Packen selbst verlief ohne weitere Zwischenfälle, doch zwei Stunden vor der Abreise kam Lukas zu dem Schluß, daß eine Tasche bei weitem nicht reichte, für all seine Sachen, die er mitnehmen wollte. Nun stand er vor einer schwierigen Entscheidung: Zweite Tasche oder Einschränkung. Er entschied sich für Ersteres, da er einfach auf nichts verzichten konnte.
„Fertig gepackt“, sagte er stolz 30 Minuten vor der Abfahrt, „von mir aus könnten wir auch früher fahren.“
„Nein, komm setzt dich noch zu mir, ich habe noch mit dir zu reden.“, erwiderte sein Vater.
Lukas wußte, was jetzt kam und er wünschte sich, er könnte diesem Gespräch irgendwie ausweichen. Aber ohne seinem Vater, der es nur gut meinte, weh zu tun, ging das nicht, also entschied er sich ihm zuzuhören.
„Du wirst jetzt eine Zeit weit weg sein.“, fing er an, „Deshalb möchte ich dir sagen, daß ich dich bereits jetzt vermisse. Halte auf jeden Fall deinen Kopf unter und falle weder im Negativen noch im Positiven auf. Sollte es irgendwann einmal gefährlich werden, dann spiele nicht den Helden, sondern sieh zu, daß du im Hintergrund bleibst. Gott weiß, daß deine Mutter und ich mit deiner Berufswahl nicht zufrieden waren, aber du hast trotzdem diese Richtung eingeschlagen, also strenge dich an, denn bisher hat es noch ein jeder Draxton in seinem Beruf zu etwas gebracht. Ich weiß, daß du mich nicht enttäuscht.“

Diese Rede war die längste, die er von seinem Vater jemals gehört hatte. Er wußte auch, daß jedes Wort Ernst gemeint war. In der Familiengeschichte der Draxtons fand man wirklich nur erfolgreiche Leute aber Lukas ließ diese Tatsache immer kalt. Das war auch gut so, denn was er jetzt sicher nicht gebrauchen konnte, war noch mehr Druck. Es reichte ihm die Ungewißheit über das Kommende. Doch plötzlich, als er über die Worte seines Vaters nachdachte, spürte er kein Heimweh mehr, sondern nur mehr die Abenteuerlust, und zwar in einem Maße, wie er sie noch nie spürte. Da er wußte, daß im Wagen, während der Hinfahrt zum Stützpunkt, noch weitere Ratschläge folgten, erwiderte er nichts auf die kleine Ansprache seines Vaters. Er gab sich mit einem Nicken zufrieden. Eine Weile später war nun die Zeit für die Abfahrt gekommen, und somit auch die Zeit des Abschiedes.
Seine Mutter umarmte ihn mit Tränen in den Augen und Lukas hatte Mühe sich aus der Umarmung wieder zu lösen. Sie schaffte es nicht auch nur ein Wort zu sagen, aber das war auch nicht mehr nötig, alles was zu sagen war, hatte sie bereits vorher gesagt und was in seiner Mutter vorging war leicht durch ihre Tränen und ihre Mimik zu erkennen. Lukas begnügte sich damit ihr einen Kuß auf die Wange zu geben und zum Abschied zu nicken. Was hätte er auch noch viel sagen können, der Abschiedsschmerz konnte durch kein einziges Wort gelindert werden. Wortlos stieg er in den Wagen, wohlwissend, daß dies nicht die ordentliche Art war. Er beschloß aber, sich auf der Fahrt zum Stützpunkt etwas einfallen zu lassen, was seine Mutter irgendwie tröstet und sie dann vom Stützpunkt aus anzurufen. Das war er ihr, und auch sich selbst schuldig.
Die Fahrt selbst verlief ruhiger als er sich zu anfangs dachte. Seinem Vater schien nichts mehr einzufallen,

was er seinem Sohn mit auf dem Weg geben wollte. Also begnügte sich Lukas damit aus dem Fenster zu sehen. Ihm kam die Landschaft nie so schön vor wie jetzt. Es machte ihn traurig, daß er bald nichts mehr von all dem wird sehen können, aber gleichzeitig machte es ihn stolz, daß er einer der Besten seines Jahrganges an der Raumfahrtsakademie war und somit sofort an einer Mission teilnehmen zu können. Vor rund zwölf Jahren führte man es ein, daß die acht Besten des jeweiligen Jahrganges dazu auserkoren waren, sofort an einer Raumfahrtsmission teilzunehmen. Der Rest mußte zuerst fünf Jahre auf der Erde Dienst tun, bevor sie an einem Weltraumflug teilnehmen können. Aber auch dann wurden sie zu anfangs nur für Hilfsarbeiten eingeteilt, aber die acht Besten eines jeden Jahrganges wurden sofort als voll anerkanntes Mitglied in die Besatzung aufgenommen. Folglich waren also auch die Aufstiegschancen größer und man konnte, wenn man sich nicht zu dämlich anstellte, schneller befördert werden.
Durch Beziehungen hatte er herausgefunden, daß er der Siebtbeste seines Jahrganges war, aber es machte ja keinen Unterschied, ob man der Erste oder der Achte in der „Bestenliste“ war. Lukas war auch nicht so ehrgeizig, daß ihn diese Tatsache gestört hätte. Früher einmal hatte er die fixe Idee, wenigstens in einem Bereich der Beste zu sein, aber dieses Denken hat er nach einem Jahr an der Akademie aufgegeben. Man kann Erfolg eben nicht erzwingen, ist man geduldig, so stellt er sich von alleine ein.
So war es auch bei ihm. Im dritten Jahr an der Akademie stellte er einen neuen Rekord am Simulator für die Raumkampfflieger auf, der bis heute noch nicht gebrochen werden konnte. Er beendete die Akademie mit einer Trefferquote von 98,7% und dennoch wurde

er als Navigator auf seinem ersten Flug eingeteilt. Ihm war bis jetzt noch nicht klar warum, aber er hatte damit aufgehört sich darüber den Kopf zu zerbrechen. Im Theoriebereich war die Navigation seine starke Seite und wahrscheinlich hatte man beim Durchsehen der Besatzungslisten festgestellt, daß kein Bedarf an Kampfpiloten besteht und ihn deshalb zur Navigation eingeteilt.

In Zeiten wie diesen war es besser nicht zu viele Fragen zu stellen, sonst war man schnell als neugierig verrufen. Und neugierige Leute waren noch nie sehr beliebt und heute, im Jahre 2049 konnte man leicht für übermäßige Neugierde eingesperrt werden. Es waren unsichere Zeiten, auf der einen Seite hatte man es geschafft die Armut zu besiegen, indem ein jeder Arbeitslose eine Arbeit erhielt. Auf der anderen Seite war das demokratische Grundrecht der freien Meinungsfreiheit praktisch nur mehr auf dem Papier existent. Man mußte es sich immer zweimal überlegen, ob oder was man gegen die Politiker oder gegen das System im allgemeinen sagte, wenn man nicht eingesperrt werden wollte.

Doch im allgemeinen hat sich seit den letzten 50 Jahren nichts mehr verändert. Mittlerweile konnte man vom Fahrzeug aus den riesigen Raumhafen sehen, der von Transportflugzeugen der unterschiedlichsten Art umschwärmt wurde. Angeblich landen hier an einem Tag um das Doppelte mehr Flugzeuge als auf dem JFK Airport. Bei jeder Maschine die heute landete, konnte sich Lukas sicher sein, daß sie Teile für die bevorstehende Mission zum Himmler-Außenposten brachte. Den für eine Mission dieser Größe waren rund 300 Transportflüge nötig, um Ausrüstung, Ersatzteile und anderes Gerät aus den unterschiedlichsten Teilen des Landes zum Schiff zu bringen.

Das Schiff trägt den offiziellen Namen: „U.S.S. Coronian“, benannt gemäß der Tradition nach seinem ersten Captain Jonathan Coronian. Beim Militär allerdings wird diese Bezeichnung nicht mehr verwendet. Der militärische Name lautet „Military Cargo 3“, oder kurz „MC3“. Nachdem die ersten beiden Schiffe MC1 und MC2 außer Dienst gestellt wurden, ist die MC3 nun das älteste Schiff dieser Klasse.
Das Schiff selbst gilt als Transportschiff der größten Klasse, könnte es aber mit seiner Bewaffnung mit jedem kleineren Kreuzer aufnehmen. Das praktische an diesem Schiff allerdings ist die Tatsache, daß es die Eskorte bereits mit hat. Im mittleren Bereich des Schiffes befinden sich nämlich die Andockschleusen und die Lagerräume für acht kleine Kampfschiffe mit der Bezeichnung „B.O.D. 42“.
Dies sind in Japan erzeugte extrem wendige, für den Kampf im Weltall gebaute Flieger, deren Herstellungsname aus dem japanischen übersetzt „Bird of Destruction“ heißt. Die Zweiundvierzig symbolisierte das Jahr der Indienststellung 2042. Doch zurück zum Transportschiff selbst. Im hinteren Teil befindet sich natürlich der Antriebs- und Maschinenraum, darauf folgt der Frachtraum, der den größten Teil des Schiffes ausmacht und ihm ein eher klobiges und behäbiges Aussehen verleiht. Darauf folgt eben der Teil, indem die Kampfflieger untergebracht sind. Weiter nach vorne gehend kommt man dann zu den Mannschaftsquartieren, dem Aufenthaltsraum und dem Speisesaal. Die Spitze bildet die Brücke, wo alle Fäden zusammenlaufen. Im Großen und Ganzen gleicht das Schiff einer riesigen Tonne, welche links und rechts Öffnungen aufweist. Diese Öffnungen sind entweder

Verladeluken oder Start- und Landerampen für die Kampfflieger.
Obwohl die U.S.S. Coronian das älteste Schiff ist, ist es doch, sieht man von der Form ab, ziemlich modern. In bezug auf Radar-, Navigations- und Antriebsanlage ist es sogar das modernste Schiff der Raumflotte.
Doch nun wieder zurück zu unserem Helden, der immer noch starr aus dem Fenster blickend, auf dem Weg zum Stützpunkt ist. Sein Vater hatte auch noch keine Anstalten gemacht, das mittlerweile drückende Schweigen zu brechen. Also lag es an Lukas nun endlich etwas zu sagen. „Da vorne ist bereits der Stützpunkt“, begann er „Es wird Zeit sich zu verabschieden.“
„Es wird Zeit, ja du hast recht“ antwortete ihm sein Vater, unfähig etwas geistreicheres zu sagen.
Doch plötzlich schien es als erwachte sein Vater aus einem Traum und sagte mit fester Stimme: „Schluß mit der albernen Trauerei. Wir waren bereits öfter getrennt und wir haben es immer überstanden. Ich weiß du wirst deine Sache gut machen und du wirst auf dich aufpassen. Solange du alles beherzigst, was ich dir vorher gesagt habe, kann es gar keine Probleme geben. Ich habe mich, in der Hoffnung, daß sich dein Berufswunsch noch ändert, mich immer davor gescheut, dir zu sagen, daß ich eigentlich sehr stolz auf dich bin. Ich bin mir auch ziemlich sicher, daß du eines Tages Großes vollbringen wirst. Ich wünsche dir viel Erfolg und Glück auf deiner ersten Mission.“
Dies war das erste Mal, daß Lukas von seinem Vater wirklich überrascht wurde. Er dachte kurz über das Gesagte nach und kam zu dem Schluß, daß es das erste Mal war, daß sein Vater seinen Beruf anerkannte, und nicht nur das, er konnte es auch endlich sagen, daß er stolz auf seinen Sohn war. So weit er sich

zurückerinnern konnte, hörte er niemals ein „Ich bin stolz auf dich.“ Am Schranken des Stützpunktes angekommen, sprang er mit neuem Schwung aus dem Wagen. Diese kleine Rede hatte Lukas mehr gegeben als alles andere. Zu wissen, daß sein Vater seine Arbeit anerkannte und deswegen stolz auf ihn war, gab ihm Berge. Er war sich sicher, daß sein Vater zu recht stolz auf ihn war, und daß er ihn gewiß nicht enttäuschen werde.

Lukas nahm seine Tasche aus dem Wagen, verabschiedete sich kurz aber herzlich von seinem Vater, ließ ihn auch noch wissen, wie glücklich ihn dieses Geständnis machte und ging dann erhobenen Hauptes zur Wache am Schranken. Nachdem seine Identität geklärt war marschierte er auf direktem Wege zum Einteilungsoffizier, um zu erfahren, wie er zum Schiff kam und in welchem Quartier er lag. Sein Vater sah seinem Sohn nach, bis er um eine Ecke verschwunden war. Und wer in seine Augen sah, der merkte, daß der Stolz auf seinen Sohn echt war. Mit Tränen in den Augen stieg er wieder in den Wagen und machte sich auf den Heimweg.

Kapitel Zwei

Ein neuer Tag bricht an, der Tag an dem das eigentliche Abenteuer begann. Lukas haßte es in der Regel so früh aufzustehen, aber heute... . Heute war alles anders. Er hatte ein gutes Gefühl, was diese Mission betraf, gestern hatte er noch spät am Abend zu Hause angerufen, um seiner Mutter einige tröstende Worte zu sagen, aber die Stimme seiner Mutter klang fest und kräftig, sie schien die Trennung überwunden zu haben. Sie sagte, daß sie sich der Meinung seines Vaters anschließen wolle und wünschte ihm Glück für seine Reise.

Doch nun zurück zum neuen Tag. Lukas stand auf und warf als erstes einen Blick aus seinem Fenster, es war lange her, seit er einen Sonnenaufgang gesehen hatte. Er nahm sich zehn Minuten Zeit um den ungewohnten Anblick auf sich wirken zu lassen. Es war keine Wolke am Himmel zu sehen, für diese Jahreszeit war es allerdings ein wenig kühl, doch ansonsten gab es nichts, was seine Stimmung hätte trüben können. Der weitere Ablauf war genauestens geregelt. Waschen gehen, anziehen, frühstücken und dann um 9.00 Uhr Meldung an Bord der U.S.S. Coronian. Dies war das erste Mal, daß er das Schiff in Natura und von innen sah. An der Akademie wurden sie immer nur an den verschiedensten Simulatoren ausgebildet, doch das Schiff entsprach voll und ganz seinen Erwartungen. Mit einer noch nie dagewesenen Begeisterung machte er sich auf den Weg zur Brücke. Wie es sich für einen angehenden Offizier gehört, hatte sich Lukas mit den Plänen des Schiffes vertraut gemacht und hatte somit keine Schwierigkeiten zur Brücke zu gelangen. Es war

aber etwas dunkler als bei den Simulatorübungen, er nahm an, daß man die schiffseigenen Generatoren noch nicht auf eine Leistung von hundert Prozent schaltete, in Wahrheit lag ein Defekt an den Generatoren vor, den man aber geheimhalten wollte, um den Starttermin nicht verschieben zu müssen. Dafür war diese Mission einfach zu wichtig und einfach zu dringend.
Auf dem Weg zur Brücke traf er nur Offiziere und er machte sich Gedanken darüber ob dies ein sogenanntes „Offiziersschiff" ist, das heißt, daß alle Arbeiten, und seien sie noch so gering, von Offizieren ausgeführt werden müssen, weil es sich um eine sehr bedeutsame Mission handelt und man deshalb keine Zivilisten an Bord haben wollte. Später stellte sich allerdings heraus, daß die Zivilbediensteten erst um 11.00 Uhr an Bord sein mußten.
Auf der Brücke angekommen, meldete sich Lukas vorschriftsmäßig mit: „Captain, Fähnrich Draxton Lukas meldet sich zu Dienst auf der Brücke der U.S.S. Coronian."
Nach dem der Captain die Meldung mit einem „zur Kenntnis genommen" quittierte drehte er sich plötzlich zu seiner Konsole und sagte: „Computer: Sicherheitsüberprüfung Draxton Lukas." Darauf antwortete eine warmherzige weibliche Stimme:
„Name: Draxton, Lukas; Rang: Fähnrich; Identifikationsnummer: 3536210626; Anzahl der absolvierten Missionen: Null; besondere Einträge: keine."
Normalerweise wurden nur Personen mit zweifelhaftem Ruf oder Personen, die den Ruf hatten, nicht vertrauenswürdig zu sein, überprüft, aber der Ruf von Lukas war makellos, wie könnte es auch anders sein bei einem Akademieabgänger, der an noch keiner Mission teilgenommen hat. Aber die Aufklärung folgte gleich,

denn der Captain sah wohl das betretene Gesicht von Lukas, in manchen Fällen wurde eine solche Sicherheitsüberprüfung sogar als Ehrenbeleidigung angesehen, aber Lukas hatte keine Möglichkeit sich irgendwo zu beschweren.
Um Mißverständnisse aus dem Weg zu räumen sagte der Captain: „Dieser betretene Gesichtsausdruck ist völlig unangebracht, ich habe diese Überprüfung nur durchführen lassen um die Sprachausgabe- und die Befehls-eingabeeinheit zu überprüfen. Wir hatten in letzter Zeit einige Probleme mit diesen Teilen."
„Es tut gut das zu hören.", sagte Lukas, als er sich von dem Schrecken erholt hatte, „Ich dachte schon sie trauen mir nicht."
„Ich denke, dafür gibt es keinen Grund.", antwortete der Captain, „Die Tatsache alleine, daß sie in so jungen Jahren auf dieses Schiff versetzt wurden sagt mir, daß sie auf der Akademie einer der acht Besten ihres Jahrganges waren, und daß sie sich auch sonst nicht haben zu schulden kommen lassen. Übrigens mein Name ist Edward Marwick, für sie Captain Marwick. Dies ist nun meine vierte Mission an Bord dieses Schiffes, davor habe ich auf diversen anderen Schiffen gedient. Ich war so wie sie einer der Besten meines Jahrganges und kam deshalb bereits im Alter von 21 Jahren zu meinem ersten Raumflug. Ich hoffe sie wissen, daß sie bereits einen großen Vorsprung gegenüber ihrer anderen Kollegen haben, denn die anderen ihres Jahrganges müssen noch an die fünf Jahre warten bis sie an ihrem ersten Raumflug teilnehmen. Wenn sie sich geschickt anstellen, werden sie bis dahin ein- bis zweimal befördert. Sie werden unter Lt. Harvey Gribbin an der Navigationseinheit zusammen mit einem weiteren Fähnrich arbeiten. Nun habe ich alles gesagt, was sie von mir erfahren müssen, sie haben jetzt noch,

bis die restlichen Brückenmitglieder eintreffen, die Möglichkeit sich mit den Einrichtungen hier auf der Brücke vertraut zu machen. Wegtreten."

Nach dem Abtreten irrte Lukas etwas verloren umher, weil er nicht genau wußte, was er tun sollte. Die Anordnung und der Aufbau der Brücke war ihm doch schon längst aus den endlosen Simulatorstunden bekannt. Er stellte sich einfach zur nächsten Konsole, tat ganz interessiert und machte sich Gedanken über den Captain. Der Captain seinerseits wendete sich wieder der Checkliste zu. In den Augen von Lukas, war der Captain vom Aussehen her, das was er sich unter alt und weise vorstellt. Ein ergrauter Mann, Mitte 50, groß gewachsen, mit Falten im Gesicht, die ihn als welterfahrenen Mann darstellten. Und einen Blick, der jeden daran zu erinnern schien, daß dieser Mensch bereits viel erreicht, viel durchgemacht und viel erlebt hat und man ihm deshalb besser nichts vormachen sollte. Aber Lukas hatte es sich mit der Zeit abgewöhnt die Menschen nur nach ihrem Aussehen zu beurteilen, damit lag er nur all zu oft schief. Statt dessen hatte er nun einige Übung darin, die Ausstrahlung und die Körperhaltung zu deuten. Und dieser Mann war die Ruhe selbst, es schien, als habe er zu viel erlebt, als daß ihn noch irgend etwas verwundern könnte. Er wirkte aber auch etwas desillusioniert, wie ein Mann, der eines Tages am Morgen aufwacht und sich fragt, wo sein ganzes Leben geblieben sei, der mehr der Vergangenheit hinterher weint, als daß er sich auf die Zukunft freut.

So charakterisierte Lukas seinen Captain und plötzlich kam Unruhe in ihm auf, er hatte nun erstmals das Gefühl, das etwas schief gehen könnte, ein Gefühl, welches früher immer von der Euphorie übertrumpft wurde. Ihm wurde nun endlich klar, wie wenig er doch

über die Mission wußte. Weder der genaue Wortlaut des Auftrages, noch die Art der Ladung, noch der Zweck dieser Reise waren ihm bekannt. Eine ernüchternde Feststellung, ein Brückenoffizier, der nicht einmal den eigenen Auftrag kannte. Lukas war einige Sekunden versucht den Captain nach alledem zu fragen, ließ es dann aber bleiben, in der Hoffnung, daß sich alles von selbst aufklären würde.
Während Lukas über alles nachdachte, kehrte auf der Brücke Leben ein, nach und nach meldeten sich alle Brückenmitglieder zum Dienst. Lukas schrak erst aus seinen Gedanken hoch, als der Name „Harry Creedles" fiel. Ein Name, den er bereits seit Jahren nicht mehr gehört hatte. Harry Creedles war lange Zeit sein bester Freund, bis er dann von einer Nacht auf die andere mit seinen Eltern verschwand. Seitdem hatte er nie wieder etwas von ihm gehört, bis heute... . Hin und her gerissen, zwischen Wut, darüber daß er plötzlich spurlos verschwand und Freude, daß er nun wieder aufgetaucht ist, wußte er nicht was er machen sollte. Er blickte in die Richtung aus der die Stimme seines Freundes oder Exfreundes kam. Da stand er, ein gutes Stück größer und etwas schlanker, als er ihn in Erinnerung hatte. Mit dem gleichen unverschämten „Mir gehört die ganze Welt" - Grinsen, wie damals, als sie alles gemeinsam unternommen haben.
Mittlerweile hatte sich Lukas entschieden, die Vergangenheit ruhen zu lassen, er konnte sich plötzlich nicht mehr ruhig verhalten, er verspürte den immer stärker werdenden Drang etwas zu tun oder zu sagen. „Creed, du Schlitzohr, was hast du denn hier verloren!", hallte es quer durch die Brücke. Noch während Lukas diese Worte rief, hatte er ein schlechtes Gefühl dabei, aber der Drang war einfach stärker. Nachdem er fertig gesprochen hatte, war es totenstill auf der Brücke und

alle Blicke lagen auf dem neuen Fähnrich, der sich nicht zu beherrschen wußte. Selbst Harry, von Lukas immer Creed genannt, wußte nicht so recht, was er jetzt daraufhin tun sollte, also verhielt er sich, was für ihn ganz und gar untypisch ist, zunächst einmal ruhig und wartete, was wohl weiter passieren würde. Der Captain war es, der dem unangenehmen Schweigen ein Ende setzte, indem er sagte: „Was fällt ihnen eigentlich ein, FÄHNRICH, auf meiner Brücke so herumzubrüllen. Hier herrscht Disziplin und Ordnung, als sie sich bei mir gemeldet haben, hatte ich eine sehr gute Meinung von ihnen, und diese bewahrt sie jetzt auch davor, daß ich disziplinäre Maßnahmen ergreife. Reißen sie sich am Riemen, oder sie weihen unsere neuen Arrestzellen ein.“ .

Seine Gesichtszüge wurden eine Spur freundlicher, als er fortfuhr: „Ich nehme an, daß sie alte Freunde sind und deshalb wird es sie wahrscheinlich freuen zu hören, daß sie nicht nur am gleichen Schiff dienen, sondern auch noch beide bei der Navigationseinheit arbeiten und somit auch die Unterkunft miteinander teilen. Jetzt kehrt hoffentlich wieder Ruhe ein, denn sobald alle Brückenoffiziere hier sind werde ich in wenigen Augenblicken alle über den Auftrag, soweit es mir möglich ist, aufklären und somit die eine oder andere Unklarheit klären.“

Der Captain wendete sich ohne weitere Worte oder Befehle ab und konzentrierte sich wieder auf seine Konsole um die Überprüfung zum Abschluß zu bringen. Als alle anderen von der Brückenbesatzung seinem Beispiel gefolgt sind, wagte es Lukas wieder sich zu bewegen. Er schritt langsam und unauffällig zur Navigationseinheit. Er wollte auf keinen Fall abermals die Aufmerksam auf sich ziehen. Nach scheinbar endlosen Sekunden kam er endlich bei Harry Creedles an. Er sah ihn einfach nur an und wartete darauf, daß sein Freund etwas sagen würde, aber der dachte gar nicht daran, er genoß einfach nur die Situation und hatte wieder sein unverschämtes Grinsen aufgesetzt. Denn früher, wenn sie zusammen etwas ausgefressen hatten, konnte sich Lukas ziemlich sicher sein, daß ihm nichts passierte, denn Harry machte mit seiner Lebhaftigkeit alle auf sich aufmerksam und kassierte die jeweiligen Strafen immer alleine. Natürlich stand ihm Lukas immer bei, das ist bei guten Freunden eben so, aber in manchen Fällen war er heilfroh, daß ihm nichts geschehen ist und Harry nahm die Strafen eben gelassener und es wäre ihm nie in den Sinn gekommen, seinen besten Freund anzuschwärzen.

Harry hatte Lukas einmal erklärt, daß zwar die besten Streiche unentdeckt bleiben sollten, daß aber, wenn sie erwischt wurden die Strafen genauso akzeptieren. Lukas war, was den ersten Teil betraf voll und ganz seiner Meinung aber Strafen, auch wenn sie wirklich gerechtfertigt waren, nahm er nie so ohne weiteres hin.

Schließlich brach Harry doch das Schweigen und sagte in gedämpfter Stimme: „Freut mich, daß du dich nach all den Jahren noch an mich erinnern kannst. Du hast wahrscheinlich einige Fragen, aber da wir nicht noch mehr auffallen sollten, sollten wir unser Gespräch nach Dienstschluß weiterführen. Ich kann auf jeden Fall alles erklären und die Geschichte, die ich zu erzählen habe, wird dir sicher gefallen."

Lukas nickte ihm zu und somit war die private Unterhaltung auf später vertagt.

Nach und nach trafen auch die anderen auf der Brücke beschäftigten ein. Da war zu allererst der erste Offizier Lt. Carlos Martinez, gebürtiger Portorikaner, etwas größer als Lukas und auch etwas muskulöser. Man konnte erkennen, daß dieser Mann auf das Äußere

Erscheinungsbild sehr viel Wert legte. Nach ihm kam in der Befehlskette der zweite Offizier, Lt William F. Travis, er wirkte im Vergleich zum ersten Offizier und zum Captain etwas schmächtiger. Er war ungefähr 1,70m groß und hatte kurze hellblonde Haare. An der rechten Seite der Brücke war die Konsole von Lt. Peter Balandier, er war der Offizier, der für alle Antriebs- und Stromversorgungsprobleme zuständig war. Seine Statur war der des zweiten Offiziers sehr ähnlich. Sein Haar trug er kurz und er hatte eine runde altmodische Nickelbrille auf. Sie verlieh ihm so etwas intellektuelles, dies wurde aber dadurch zunichte gemacht, daß er ständig nervös auf und ab ging.

Als ob er sich wegen irgend etwas Sorgen machen würde. Zu aller Letzt betrat ein fetter, ungepflegter und absolut häßlicher Mann die Brücke, es war der Vorgesetzte von Lukas. Es war Lt. Harvey Gribbin, wahrscheinlich einer der besten Navigatoren, den die Welt jemals hervor gebracht hatte. Lukas hatte schon vieles über ihn gehört, gesehen und gelesen. Und alles was er bezüglich der fehlenden Reinlichkeit gehört hatte, stimmte. Lukas konnte es einfach nicht verstehen, wie ein Mensch nur derart ungepflegt sein kann. Er selbst duschte sich morgens und wenn möglich auch noch abends aber von Gribbin sagte man, daß er oft tagelang nicht mit Wasser in Berührung kam. Aber er konnte sich solche groben Verstöße gegen die Dienstvorschrift erlauben, weil er alles durch seine innovativen Einfälle und sein enormes Wissen wieder wett machte.

Lt. Gribbin begrüßte Harry und Lukas mit einem wortlosen Nicken, so als kannte er sie schon seit Jahren. Wahrscheinlich wußte dieser Mann über beide besser Bescheid als der Captain höchstpersönlich. Er ging auf seinen Stuhl zu und setzte sich langsam und umständlich nieder, aber bei rund 140 kg bei einer Körpergröße von 1,70 m hätte wahrscheinlich jeder Probleme mit den einfachsten Dingen wie Niedersetzen. Nachdem er so einigermaßen bequem saß, sah er die beiden ihm unterstellten Fähnriche an und stellte sich mit extrem langsamer Stimme selbst vor.

„Mein Name ist Lt. Harvey Gribbin und ich bin ihr unmittelbarer Vorgesetzter. Sollten sie damit irgendwelche Probleme haben, dann sagen sie es gleich oder sie werden die ganze lange Reise damit Leben müssen.“, sagte er mit dieser rauhen Stimme mit einer Geschwindigkeit, die einen beinahe einschlafen läßt. „Die Arbeit selbst“, fuhr er, beinahe noch langsamer, fort, „ist im Normalfall sehr einfach. Wir müssen den Computer nur hin und wieder bei seiner Arbeit kontrollieren, ansonsten haben wir nur Bereitschaftsdienst, damit wir schnell am Computer sind, wenn er mit irgendeinem Problem nicht fertig wird oder wenn eine Fehlfunktion auftritt. Dies dürfte allerdings nicht passieren, weil ich das Programm geschrieben habe.“

An Selbstbewußtsein mangelte es ihm also sicher nicht und ein wenig Überheblichkeit war auch nicht zu überhören. Aber das haben wahrscheinlich alle Genies so an sich

Der Captain wurde mittlerweile mit seinen Überprüfungen fertig und wandte sich nun an die Besatzung. Mit einem „Ich bitte um ihre Aufmerksamkeit.“, begann er seine kurze Einführungsrede.

„Es wird ernst, Herrschaften. Sollte irgend jemand Bedenken bezüglich der Mission haben, dann soll er nun die Brücke verlassen, es wird ihm dadurch kein Schaden entstehen und er nimmt dann eben an der nächsten Mission teil.“, erörterte er.

Es folgte eine scheinbar nicht endend wollende Pause in der niemand wagte sich zu bewegen. Es schien als stünde die Zeit still. Nach dieser kleinen Pause kam der Captain nun endlich zum eigentlichen und viel interessanteren Teil, der Mission selbst.
„Es hat sich also jeder zum Hierbleiben entschlossen. Gut, dann geht's los. Wir bringen allerlei technisches Gerät zum Himmler-Außenposten, darunter auch Minengerät, weil man dort in unmittelbarer Nähe Asteroiden mit reichhaltigen Rohstoffvorkommen gefunden hat. Wir stehen bei diesem Auftrag etwas unter Zeitdruck, da wir auch lebenswichtige Anlagen, die auf der Station ausgefallen sind, ersetzen müssen. Der Flug selbst könnte sich etwas turbulenter gestalten, da wir durch das Gebiet vom Sir Charles Cunningham müssen, wir haben einfach nicht die Zeit es zu umfliegen. Ansonsten ist mit keinen Problemen zu rechnen."
Das alles sagte der Captain mit einer Stimme als würde er ein Kochrezept vorlesen, dabei ist der Schwierigkeitsgrad dieser Mission gerade um das zehnfache angestiegen. Sie mußten durch das Gebiet von Sir Charles Cunningham fliegen. Sir Cunningham war ein Großindustrieller, dem seine Besitztümer auf der Erde nicht mehr ausreichte, er war der reichste Mann seiner Zeit und er hatte sich auf einmal in den Kopf gesetzt, sein Imperium in den Weltraum auszuweiten.
Er schaffte es irgendwie ungesehen eine Raumstation aufzubauen und er kaufte sich auch eine ansehnliche Flotte mit der er seinen Raum mit Waffengewalt verteidigte. Das von ihm illegal in Besitz genommene Gebiet ist allerdings so groß, daß man einige Tage verlieren würde, würde man es umfliegen wollen. Die territorialen Ansprüche, die Sir Cunningham stellte,

waren allen ein Dorn im Auge, aber das Militär schreckte immer noch vor einem gewaltsamen Eingriff zurück, weil man sich immer noch nicht im klaren ist, wer dann im Recht wäre, denn das All gehört niemanden. Allerdings, wenn die U.S.S. Coronian unbedingt durchfliegen muß und Cunningham sich wieder wie früher starrköpfig und stur stellte, dann wird es wahrscheinlich wieder zu Kampfhandlungen kommen, dies ist auch der Grund, warum das Schiff die kleineren Kampfflieger an Bord hat. Das könnte sehr viel Arbeit für die Navigatoren bedeuten, aber Lukas unterließ es sich Gedanken über den Ausgang der Mission zu machen, da das Schicksal einfach den Hang dazu hatte, seinen eigenen Lauf zu nehmen.
Außerdem hatte er einfach keine Zeit mehr noch weiter seinen Gedanken nachzuhängen da nun die Startprozedur auf dem Programm stand. Der Captain eröffnete das „Startchaos“ indem er sich mit der Bodenkontrolle, namens „Missioncontrol“, in Verbindung trat.
„Es ist soweit, Missioncontrol, sie haben die Freigabe für das Einleiten der Startprozedur.“, erklärte der Captain der wartenden Bodenkontrolle.
„Verstanden MC3, Status der Checkliste?“, antwortete ihm Missioncontrol.
„Checkliste abgeschlossen, Computer arbeitet innerhalb der vorgegebenen Toleranzen.“
„Verstanden MC3, Missioncontrol läßt Computerabschlußtest durchlaufen. Dies wird einige Minuten dauern, lehnen sie sich zurück und genießen sie die Pause.“
„Halten sie sich an das Protokoll und unterlassen sie diese Bemerkungen. Sehen sie lieber zu, daß sie fertig werden, ich will hier weg.“

„Verstanden MC3, wieder zurück zum Protokoll.", sagte die Stimme am anderen Ende schnippisch. Wer immer an der Bodenstation saß, schien nicht sehr viel vom Protokoll oder den üblichen Verfahrensweisen zu halten, denn sonst hätte er sich diese Meldungen verkniffen und somit nicht riskiert vom Captain zurechtgewiesen zu werden. Aber daß an den einzelnen Bodenstationen etwas lockerer an die Sache gegangen wird, war allgemein bekannt, das nahm etwas von der Anspannung der Crew an Bord des jeweiligen Schiffes. Deshalb wurde es von den meisten Captains begrüßt, aber wie gesagt nur von den meisten, nicht von allen...
Die Minuten vergingen nur sehr langsam, weil es keiner nach dieser Zurechtweisung des Bodenpersonals keiner wagte ein banales Thema anzuschneiden um die Anspannung zu nehmen und die Zeit zu überbrücken.
„Abschlußtest positiv, Missioncontrol erklärt hiermit für das Protokoll den Computer der MC3 für einsatztauglich. Es folgt nun der Anzeigencheck."
„Verstanden Missioncontrol, fahren sie fort."
„Erstens: Treibstoffcheck:"
„Verstanden Missioncontrol. Tank eins: 100 Prozent, Tank zwei: 91 Prozent, Tank drei: 80 Prozent, Tank vier: 98 Prozent, Ausweichtanks: jeweils 100 Prozent, Notversorgung: 100 Prozent des Maximalwertes."
„Verstanden MC3, wieso sind Tank zwei und Tank drei nicht oberhalb der 96 Prozentgrenze?"
„Hier MC3, für die Triebwerkstests wurde mehr Treibstoff gebracht als berechnet wurde, wir werden am Checkpoint eins alles wieder auf das Maximum auffüllen."
„Hier Missioncontrol, akzeptiert. Zweitens Triebwerkstest."
„Triebwerke laut Computeranalyse arbeiten die Triebwerke einwandfrei."

„Wir lassen noch den Abschlußtest durchlaufen."
„Vergessen sie den Test, wir wollen endlich starten, die Checkliste hat uns schon genug Zeit gekostet. Wir haben hier lebenswichtiges Material für die Station an Bord und je später wir hier abfliegen, desto später bekommen sie unsere Ladung."
„Verstanden MC3, was ist mit den weiteren Punkten der Checkliste, vergessen wir die auch?"
„Fahren sie mit der Checkliste fort und lassen sie die einzelnen Tests die wir bereits an Bord durchgeführt haben aus. Und sparen sie sich ihre Bemerkungen, sonst können sie sich einen anderen Job suchen."
„Verstanden MC3, Anzeigentest: Energieanzeige?"
„Energieanzeige im grünen Bereich."
„Lebenserhaltungssystem?"
„Lebenserhaltungssystem arbeitet einwandfrei."
Dieses Frage- und Antwortspiel zog sich noch eine Viertelstunde dahin, währenddessen entspannte sich die Lage zwischen dem Captain und dem Bodenposten. Es erschien einem Großteil der Brückenbesatzung merkwürdig, daß man so ohne weiteres auf die vorgeschriebenen Tests verzichtete.
Man würde der Missioncontrol die Schuld für alle auftretenden Fehler geben, da diese auf die vorgeschriebenen Abschlußtests verzichtet hat. Wäre alles nach Vorschrift verlaufen, dann hätte hier diese Mission ein schnelles Ende gefunden. Aber es wurde an allen Ecken und Enden geschlampt, so daß es eigentlich fast unmöglich war den ausschlaggebenden Grund für das Versagen der Mission zu finden. Aber da man nicht zu Beginn schon vom Ende sprechen sollte, kommen wir wieder zurück. Die Checkliste wurde nach 38 Minuten endlich abgeschlossen, im Durchschnitt dauert dieser Vorgang eine gute Stunde. Man hatte also auf

einiges verzichtet, was sich auch auf die Mission selber niederschlug.
„Hier Missioncontrol, die Startvorbereitungen sind nun abgeschlossen. Wir beginnen in Kürze mit dem Countdown. Warten."
„Hier MC3, verstanden."
Wieder verstrichen Minuten die durch Stille gekennzeichnet waren und dann war es endlich so weit. Es erfolgte die Freigabe der Triebwerke, woraufhin sich diese gleich aktivierten. Einige Sekunden später waren die Triebwerke auf Maximumleistung und die Bodenkontrolle begann mit dem Einzählen. Es wurde also ein Alarmstart durchgeführt, das heißt man jagte die Triebwerke auf den noch zumutbaren Maximalwert und wenn der Countdown zu Ende war, wurden die Verankerungen gelöst und das Raumschiff schoß, einem Projektil einer Waffe gleich, gen Weltraum.
Im Gegensatz dazu gab es noch eine zweite Variante, bei der die Triebwerke langsam liefen und nach Beendigung des Countdowns wurden die Triebwerke auf jenen Leistungsstand gebracht, der gerade so ausreichte um die Erdanziehung zu überwinden, diese Art des Startes wäre natürlich komfortabler, wurde aber selten angewendet, weil deshalb unnötig viel Zeit und Treibstoff verbraucht wurde.
Spätestens, nachdem der Countdown begann hatte jeder einen der Alarmstartsitze einzunehmen. So auch Lukas, er saß in der Nähe der Navigationskontrolle neben Harry und neben dem Spezialsitz von Lt. Gribbin, der bereits schwitzend auf den bevorstehenden „Lift-off" wartete.
„7..., 6..., 5..., 4..., 3..., 2..., 1... Zero, Lift-off. Kommen sie heil wieder zurück.", hörte man von der Bodenkontrolle, aber der Teil ab „Lift-off" wurde bereits vom Lärm der Triebwerke übertönt, welche sich

nun bemühten die Erdanziehung in neuer Bestzeit zu überwinden.
Als der Countdown bei „4“ war, wurden die Sitze in Startposition geschwenkt, damit man während der Startphase in den Sitz gepreßt wurde. Auf diesen Augenblick hatte Lukas schon lange gewartet, er genoß diesen Druck auf den ganzen Körper in ganzen Zügen, und neben ihm genoß dies auch Harry Creedles. Die beiden waren sich in vielen Punkten ähnlicher als sie sich vielleicht dachten.
Die Besatzung auf dem ganzen Schiff war dem Druck für einige Sekunden ausgesetzt, aber nicht alle genossen dies oder überstanden den Startvorgang so unbeschadet wie Lukas und Harry. Lt. Gribbin hatte sehr mit seinem Magen zu kämpfen, obwohl er diese Situation bereits ziemlich oft durchgemacht hatte. Oder Captain Marwick bekam bei dieser Art von Start immer rasende Kopfschmerzen, die sich so schnell nicht wieder legten. Aber das waren Einzelschicksale und deshalb konnten sich die für den Start verantwortlichen Bodencontroller nicht davon überzeugen lassen auf die komfortablere Variante umzusteigen, sehr zur Freude von Lukas.
Nachdem man den Anziehungsbereich der Erde überwunden hat flog man mit riesiger Geschwindigkeit zum Checkpoint 1, ein sehr hochtrabender Name für einen überdimensionalen Treibstofftank. Dort wurden alle Tanks wieder aufgetankt, da für den Start selbst soviel Treibstoff verbraucht wurde wie man für ein Fünftel der Reisestrecke benötigt. Das Auftanken dauerte nur eine gute Viertelstunde und nach dem Abdocken wurde das Schiff wieder ausgerichtet, damit es, wenn die Triebwerke wieder gezündet werden, gleich auf der vorberechneten Reiseroute fliegt. Dies geschah auch umgehend und nachdem die Triebwerke gezündet wurden begann für die U.S.S. Coronian

endlich die Reise in Richtung Himmler-Außenposten und der „Big Brother“ auf der Erde konnte, wenn auch nur eingeschränkt aufzeichnen, was an Bord des Schiffes während des Fluges passierte.

„Sir, die Funkverbindung des Big Brothers arbeitet nicht einwandfrei.“, erkannte mittlerweile der Lt. Lupo, besser bekannt unter der Bezeichnung von Captain Marwick als „Missioncontrol“.
„Was wollen sie damit sagen?“, erwiderte eine tiefe Stimme hinter ihm. Sie gehörte General Grodin einem ergrauten Mann, der etwas älter als Captain Marwick war und um einiges älter als er wirkte.
„Wir können nicht mit dem Schiff in Verbindung treten.“
„Das macht nichts, in einigen Tagen sind sie bereits so weit weg, daß wir uns einen Tag freinehmen müßten um uns mit ihnen zu unterhalten. Aber der Sender des Schiffes ist in Ordnung, oder?“
„Ja, Sir. Aber sollten sie Fragen an uns haben, zu welchem Problem auch immer, dann können wir ihnen nicht helfen.“
„Seien sie nicht so pessimistisch, was soll auf dieser Reise schon passieren.“, sagte der General locker, drehte sich um, ging schnurstracks zu seinem Wagen und fuhr nach Hause. Für ihn war eigentlich nur wichtig, daß das Schiff einwandfrei starten konnte, der Rest war ihm egal.

Kapitel Drei

Der dritte Tag neigte sich seinem Ende zu. An das Leben auf der Erde dachte niemand mehr, das Leben, wie die Leute an Bord des Schiffes es kannten, war vorbei. Nur die Sonne konnte man noch entfernt sehen, ansonsten war man hier von der Dunkelheit des Alls eingehüllt. Hier wurde die Zeit nicht in Tagen und Wochen gemessen, sondern in Stunden, Minuten und sogar Sekunden. Kein Tag folgte mehr auf die Nacht, es gab nichts, an dem man sich hätte orientieren können. Selbst die Sterne wechselten schneller, als daß man sich noch ungefähr ein Bild von Entfernungen machen könnte.

Der „Big Brother“ zeichnete munter die Werte der einzelnen Stationen auf und schickte sie zur Erde, wo ein Großrechner die Werte erhielt, analysiert, verarbeitet und an General Grodin weiterreichte. Dieses System der Überwachung wurde nur sehr selten angewandt, bei außergewöhnlichen Missionen. Die Besatzung selbst weiß davon nichts und das ist auch richtig so, denn sonst könnte jemand auf die Idee kommen die Werte zu manipulieren. Der Großrechner auf der Erde war das, was einer künstlichen Intelligenz am nächsten kam, es kam nur ganz darauf an, wie man „künstliche Intelligenz“ definierte. Er verarbeitete diese ungeheure Datenmenge die im acht-Stunden-Rhythmus auf ihn hereinbrach in erschreckend kurzer Zeit, gab dann aufgrund dieser Daten Prognosen in Bezug auf Überlebenschancen ab und über die Wahrscheinlichkeit für ein Gelingen der Mission. Er gab auch Tips und Vorschläge zur eventuellen Konfliktbewältigung an den General ab, aber seine Handlungsweise war sehr

eingeschränkt, was bedeutet, daß er nichts auf eigene Faust unternehmen durfte. Wie auch immer, je nach dem Blickwinkel kann man sagen, daß man eine künstliche Intelligenz geschaffen hatte, die aber niemals die Möglichkeit erhielt sie unter Beweis zu stellen. Denn dies war einfach zu gefährlich.
Wie auch der „Big Brother“ registrierte Lukas, daß auf seinem Bildschirm des Navigationscomputers keine Nachrichten oder Fehlermeldungen erschienen und somit wartete er sehnsüchtig auf seine Ablösung, die um 22:00 fällig war. Er saß nun bereits seit zehn Stunden vor dem leeren Monitor und wartete förmlich darauf, daß irgendeine Fehlermeldung auftrat, nur damit er etwas Abwechslung hatte. Aber nichts geschah, nichts was ihn hätte von seinen Gedanken ablenken können. Und so hatte er die vergangenen zehn Stunden alleine verbracht, niemand kam, um ihm etwas zu essen zu bringen, um sich mit ihm zu unterhalten oder um ihn bei seiner Tätigkeit zu kontrollieren. Da er absolut keine Ablenkung hatte mußte er sich wohl oder übel mit seinen Gedanken auseinandersetzen. Er dachte überdies Vergangenheit nach, über seine Fehler, seine Schwächen und über das, was er hätte besser machen können. So sehr er sich anstrengte, ihm wollte nichts Gutes einfallen. Nachdem er die quälende Vergangenheit hatte abschütteln können, machte er sich auch so seine Gedanken über die Zukunft, die Mission und ihr möglicher Ausgang. Aber so sehr er sich anstrengte, er konnte überhaupt nichts Gutes mehr an dieser Mission finden. All das, was vorher seine Euphorie für seinen ersten Einsatz heraufbeschwor, war nun verschwunden und ihm viel beim besten Willen nicht ein, was ihm einmal an dieser Mission gefallen hat. Ja, er zweifelte bereits an seinem Verstand, weil er sich zu dieser Mission gemeldet hat und sich sogar

noch darauf gefreut hat. Aber bevor er endgültig ausrastete berührte ihn eine Hand. Es war Lt. Gribbin, er kam um ihn abzulösen. Gott sei Dank... .
„Irgendwelche Vorkommnisse?“, fragte er.
„Nein, Sir.“
„Gut, du hast hier lange genug ausgehalten, geh jetzt noch einen trinken und dann lege dich ins Bett. So eine ereignislose Schicht nimmt einen ganz schön mit, ich weiß wie das ist, wenn man mit seinen Gedanken ganz alleine ist.“
„Ja, Sir. Gute Nacht.“, sagte er erleichtert, weil er nun wußte, daß es anderen auch so erging.
„Gute Nacht.“
Lukas wußte, daß Gribbin recht hatte und ging noch in den Aufenthaltsraum um sich einen Drink zu genehmigen. Ein Brückenmitglied hatte allerdings die Auflage nicht mehr als drei Drinks zu nehmen, da es, wenn es erwischt wurde, hart bestraft wurde.
Der Aufenthaltsraum selbst ist mehr darauf ausgelegt, daß man sich wohl fühlen, sich entspannen konnte. Es gab einen dunkelroten Teppich und auch die Wände waren teilweise mit brauner holzähnlicher Farbe angemalt. Al ihnen hingen Bilder von anderen Raumschiffen, von Kreuzfahrtschiffen, wie man sie im späten zwanzigsten Jahrhundert hatte und auch von Segelschiffen, wie man sie vor 500 Jahren verwendete und wie es sie heute original nicht einmal mehr in Museen gibt. Die Decke war etwas in die Höhe gesetzt um einem das Gefühl von unendlich viel Platz zu suggerieren. Licht spendete hier eine gelungene Imitation von einem alten Kronleuchter und außerdem noch die unendliche Anzahl von Sternen die man durch die großen „Panoramafenster“ sehen konnte. Von Eingang aus rechts gesehen stand eine Bar, die beinahe für jeden Geschmack das Richtige aufwartete und im

übrigen Raum waren bequeme Sessel an kleinen kniehohen hölzernen Tischen angeordnet.
Zu der Zeit als Lukas den Raum betrat war, wegen der späten Stunde, nur wenig Betrieb. Ein Barmann putzte gelangweilt einige Gläser und am Tisch links des Einganges saßen fünf BOD-Piloten und unterhielten sich, für diese Piloten ganz untypisch, in gedämpfter Lautstärke.
Und plötzlich, nachdem jemand aus dieser Runde, in die Richtung des zweiten Teils des Panoramafensters zeigte, sah Lukas etwas, was ihn wieder aufleben ließ und ihn endgültig von seinen negativen Gedanken befreite. Dort saß, an einem Tisch für zwei Personen, eine Frau, eine unglaublich schöne Frau. Sie war ungefähr 1,85m groß, hatte braunes, langes, gelocktes Haar. Ihr Gesicht war ziemlich blaß und man merkte, daß sie nicht geschminkt war. Sie war eine dieser stillen Schönheiten, wie man sie nur ganz selten traf, solche die ohne Schminke auskamen und deshalb natürlicher aussahen. Rein äußerlich war sie bis ins kleinste Detail der Typ Frau den Lukas immer schon gesucht hatte. Er mußte sie einfach ansprechen, sie kennenlernen um zu erfahren wie man sich mit ihr unterhalten kann.
Er ging zur Bar und bestellte sich einen Drink. Mit diesem ging er dann zum Tisch der einsamen Frau. Ein Blick auf die Piloten sagte ihm, daß es bereits andere versucht haben, und abgeblitzt waren. Manche hatten ein schadenfrohes Lächeln auf den Lippen, daß zeigte, daß sie sich schon auf eine neuerliche Abfuhr freute. Aber Lukas konnte gar nicht anderes, er mußte sie kennenlernen, ohne es zu wissen hatte sie Lukas in ihren Bann gezogen.
Er setzte sich gegenüber hin und..., plötzlich wurde ihm bewußt, daß ihm nichts Geistreiches, mit dem er sie hätte beeindrucken können, einfallen wollte. So saß er

also da und kam sich ziemlich dämlich vor, er spürte die Blicke der Piloten vom Nebentisch und er erkannte, daß ihm nun schnell etwas einfallen mußte, um noch einigermaßen gut dazustehen. Merkwürdig wie einen diese Reise verändert, früher, also als er noch auf der Erde war, war es ihm egal, was andere Menschen über ihn dachten, aber jetzt... . Er beobachtete noch immer sein Gegenüber und merkte, daß sie ihn noch gar nicht wahrgenommen hatte. Er blickte, ebenso wie sie aus dem Fenster, und tat ganz interessiert, als ob er einen gewissen Punkt im All suchte. Nach einigen Sekunden rang er sich endlich durch, etwas zu sagen: „Einen Cent dafür, daß sie mir verraten, was sie dort draußen sehen."

Gedankenverloren drehte sie ihren Kopf in Richtung Lukas und es hatte den Anschein, als würde sie durch ihn durchsehen. Sie hatte strahlende jadegrüne Augen, die einem sofort zeigten, woran man ist. Kein Smaragd der Welt hätte schöner funkeln können. Überhaupt schien der Platz um sie herum heller als der übrige Raum, aber dies mußte man wohl dem angeschlagenen Zustand von Lukas zuschreiben. Er spürte sofort als sich der Blick seines Gegenübers änderte. Ihre Gedankenverlorenheit schlug in Zorn um, wahrscheinlich war er an diesem Abend nicht der Erste, der sie ansprach.

„Könnten sie mich bitte in Ruhe lassen, ich bin nicht in Stimmung für ihren plumpen Annäherungsversuch."

Plump, ja das war das richtige Wort um seinen Versuch der ersten Kontaktaufnahme zu beschreiben. Aber er war keinesfalls gewillt sofort aufzugeben und wer ihn kannte, der wußte auch, daß er auch nach der zweiten und der dritten Abfuhr noch nicht aufgeben wollte.

„Ich wollte nur sehen, was sie da draußen sehen." sagte er in ruhigem Tonfall

„Das geht sie gar nichts an.“, erwiderte sie kühl.
„Mag sein, aber mich würde schon interessieren, warum sie hier so alleine sitzen.“
„Vielleicht möchte ich alleine sein, sie Schnelldenker.“
„Kann ich mir nicht vorstellen, denn zum Alleinsein gibt es sicher bessere Plätze hier an Bord. Nein, wer hier her kommt, der sucht Gesellschaft, sei es zum Reden oder wofür auch immer. Nehmen sie mich, ich komme immer gerne hier her, man lernt die unterschiedlichsten Menschen kennen, und auch die Außergewöhnlichsten.“, sagte er und strahlte über das ganze Gesicht.
Ihm fiel wieder ein, daß sich Gespräche mit einem schlechten Einstieg oft zu mehr entwickelten als sonst und diese Vorstellung gefiel ihm. Sie lies sich von dem Strahlemann ihr gegenüber anstecken und ihre Miene hellte etwas auf, sie gestand sich ein, daß er, wenn auch nur zum Teil, recht hatte.
„Na gut, vielleicht habe ich nur auf jemanden gewartet, der etwas geistreicher ist als die Piloten am Nebentisch. Allerdings könnten doch die Leute hier her kommen um sich einfach nur die Sterne anzusehen. Diese Aussicht findet man sonst nirgendwo auf dem Schiff.“, sagte sie nun mit leicht aufgehellter Miene.
„Sie haben recht, zum Glück fiel mir das selbst nicht auf, denn sonst hätte ich sie vielleicht nicht angesprochen und es würde mir für den Rest meines Lebens leid tun.“
„Ja, sicher. Sie sehen aber nicht so aus als würden sie viele Gelegenheiten auslassen.“
„Ich sehe wohl eher danach aus, als würde ich nicht viele Gelegenheiten haben. Das ist scheinbar mein Schicksal.“, antwortete er ihr mit gespielter trauriger Miene.

Das Gesicht, das er machte entlockte ihr ein kurzes Lächeln. Lukas wurde davon verzaubert, so etwas hatte er noch nie gespürt. Alles Negative rund herum war in einem hellen Licht, welches von seinem beinahe schon magischen Gegenüber ausging, untergegangen. Er sah nur mehr sie. Und nun, da das Eis gebrochen war besann er sich wieder auf die Umgangsformen, es galt eben als unhöflich, wenn man sich nicht einmal vorstellte und unhöflich wollte er auf gar keinen Fall sein, er wollte sich von seiner besten Seite zeigen um noch einmal dieses bezaubernde Lächeln zu genießen.
„Übrigens, mein Name ist Lukas, Lukas Draxton, aber Freunde nennen mich Luke."
„Gut zu wissen, ich bin Catherine Austerman, wie mich meine Freunde nennen, sage ich ihnen noch, wenn ich mir sicher bin, daß ich sie zu meinen Freunden zähle."
„Damit kann ich leben. Was machen sie hier an Bord eigentlich?", fragte Luke.
„Ich bin im Alarmfall an einem der beiden Geschütze, mit denen sich die U.S.S. Coronian verteidigt.", antwortete sie ihm, immer noch nicht wissend, was sie von ihrem neuen Gesprächspartner halten sollte.
„Interessant Wissen sie Austerman, ich wollte schon lange wissen, wieso als Kanoniere fast nur Frauen eingesetzt werden. Ich finde es merkwürdig, denn in den anderen Bereichen sind die Frauen nicht so stark vertreten."
„Sie haben zu viel Zeit zum Nachdenken, Lukas Draxton. Das kann in manchen Fällen sehr von Nachteil sein. Aber ich weiß auch keine Antwort auf ihre Frage."
„Ich denke sie haben viel mehr Zeit zum Nachdenken als ich, denn bei den meisten Raumflügen kommt es nicht zu sehr vielen Alarmfällen und deshalb haben sie auch mehr Freizeit als ich.", erklärte er ihr.

„Das mag sein aber, was für eine Aufgabe haben sie?“, fragte sie ihn auf einmal.
„Ich? Na ja, ich bin Fähnrich der Navigation, ich sehe zu, daß wir auch dort ankommen, wo wir hin wollen.“, antwortete er ihr mit einem Versuch komisch zu sein.
„Das ist sicher eine langweilige Arbeit.“, bedauerte sie ihn, „So viel ich weiß, macht die meiste Arbeit der Computer. Ich habe einmal gelesen, daß die Navigatoren heutzutage nur mehr Babysitter für den Computer sind.“
Der leichte Anflug von Sarkasmus war nicht zu überhören, aber da er in bezug auf seine Arbeit nicht so empfindlich war, ließ er ihr das kleine Vergnügen. Andererseits hatte er aber nicht vor etwas schuldig zu bleiben.
„Sie haben ja keine hohe Meinung von meiner Arbeit. Aber es ist meiner Meinung nach besser, als wenn man auf einen Kampf hofft, nur um sich nicht überflüssig zu fühlen.“
„Gut gekontert. Solche Leute gefallen mir. Du kannst mich übrigens ruhig Catherine nennen, Lukas.“
„Nennen deine Freunde dich auch so?“
„Nein, so weit sind wir noch nicht.“
„Was hast du auf der Erde zurückgelassen?“, fragte er Catherine, als ihm wieder einfiel wie verträumt sie vorhin die Sterne beobachtet hatte.
„Ich bin mir nicht sicher, ob dich das etwas angeht.“, kam es als Antwort, ihr gefiel das Gefühl ausgefragt zu werden nicht.
„Tut mir leid, ich wollte nur das Gespräch in Gang halten.“
„Kein Problem, erzähle einfach etwas von dir.“
„Oh, da erwischt du einen schlechten Zeitpunkt, ich bin gerade zehn Stunden tatenlos am Computer gesessen und habe über mein Leben nachgedacht. Und so viel ich

mich auch anstrengte, mir wollte nichts Gutes einfallen, ich erinnerte mich nur an die Fehler, die ich machte und an die Gelegenheiten, die ich verpaßt habe um dies oder jenes zu tun."

„Ist scheinbar nicht das richtige Thema.", gab sie kühl zurück, wenn sie etwas nicht interessierte, dann waren es die Probleme anderer Menschen. Auch Lukas merkte es und spürte plötzlich so etwas wie Erfolgsdruck. Er hatte nicht vor die Unterhaltung so früh schon zu beenden und schon gar nicht auf diese Art. Er wechselte ziemlich unbeholfen das Thema.

„Wie hat dir der Start gefallen?"

„Wie kommst du denn plötzlich zu dieser Frage?", antwortete ihm Catherine entrüstet.

„Na, weil mir gerade eingefallen ist, weshalb ich eigentlich auf diese Reise wollte."

„Wegen des Starts?", fragte sie ihn immer noch ungläubig.

„Ja, es war auf der Akademie immer das Größte, wenn wir Startprozeduren durchgemacht haben und dabei einen simulierten Start mitgemacht haben."

Lukas geriet dabei richtig ins Schwärmen. Sie ließ sich von seiner Stimmung anstecken und war einerseits froh über den Themenwechsel, andererseits auch neugierig, wohin dies noch führen sollte.

„Du meinst, wenn man in kürzester Zeit von Null auf den Maximalwert beschleunigt, wenn man von einer riesigen Hand in den Sitz gedrückt wird und man dann die Atmosphäre verläßt und den Sternen entgegenrast."

„Du weißt wovon ich spreche und es gefällt dir genauso."

„Natürlich. Wem gefällt das nicht?"

„Lt. Gribbin, das ist mein Chef, du hättest ihn sehen sollen, als wir endlich die Erdanziehung überwunden

haben. Du wärst gestorben vor Lachen, wenn du in sein grünes Gesicht gestarrt hättest."
„Das kann ich mir lebhaft vorstellen.", antwortete sie ihm und fing an zu Lachen. Abermals war Lukas verzaubert und vergaß beinahe darauf zu atmen. Jetzt verstand er was man unter dem Wort „atemberaubend" zu verstehen hatte.
„Na ja," sagte Luke plötzlich mit gespielter Trauer, „Jetzt ist die Erde schon unerreichbar weit weg, wenigstens scheint es so. Und alles was passiert ist, ist jetzt weit weg."
Als er die Erde erwähnte wurde ihr Blick wieder traurig und leer. Lukas hatte sie scheinbar an etwas Schlechtes erinnert. Er bemerkte dies auch sofort und sagte: „Tut mir leid, wenn ich dich an irgend etwas Trauriges erinnert habe. Du mußt mir auch gar nichts erzählen, sprechen wir über ein anderes Thema."
„Das ist mir klar, aber vielleicht geht es mir besser, wenn ich darüber gesprochen habe. Warum interessieren dich eigentlich die Probleme anderer Leute?"
„Das ist schnell erklärt. Ich suche immer nur nach der Bestätigung, daß ich nicht der Einzige bin mit scheinbar unüberwindlichen Problemen. Also?"
„Ich habe über diese Mission nachgedacht, und darüber, was ich auf der Erde zurückgelassen habe. Ich bin mir gerade darüber klar geworden, daß ich auf der Erde alles zurückgelassen habe, nur um auf diese Mission zu gehen. Ich kann mir plötzlich nichts Gutes an diesem Flug mehr vorstellen. Ich hatte scheinbar zu romantische Vorstellungen vom Abenteuer, das ich hier erleben werde. Ich stellte mir Weltraumkämpfe vor, einen abenteuerlichen Flug auf dem alle zusammenhalten und eine Kameradschaft entsteht, wie ich es nie für möglich gehalten hätte. Aber nun bin ich

aufgewacht, jeder lebt für sich alleine, nichts passiert, dieser Flug ist so ziemlich das langweiligste, was ich bisher erlebt habe. Ich kann nichts Gutes mehr an dieser Mission sehen."
„Bis vor einer Stunde dachte ich genauso, aber jetzt habe ich wieder etwas, auf das ich mich freuen kann.", sagte er mit einem Lächeln, das verriet, daß er sich von der Bekanntschaft mit Catherine einiges erwartete. Sie verstand auch, worauf er anspielte und ihr ging es genauso, auch wenn sie es zu diesem Zeitpunkt noch nicht zugeben wollte.
„Wartet jemand auf dich auf der Erde?", fragte Luke.
„Wenn du auf einen festen Freund anspielst, dann lautet meine Antwort: Nein. Wir haben uns getrennt, nachdem er erfuhr, daß ich auf diese Mission gehe. Er sagte er wäre sich nicht sicher, ob er die ganze Zeit bis zu meiner Rückkehr warten könnte.", antwortete sie, nun wieder mit einem traurigen Unterton.
Lukas hatte es wieder geschafft, ungewollt ein für sie trauriges Thema anzuschneiden. Abermals war es an Lukas sich zu entschuldigen, und es gab nur Weniges, was er noch mehr haßte als sich für etwas zu entschuldigen, das er nicht wissen konnte.
„Sorry, irgendwie schneide ich jetzt lauter für dich traurige Themen an. Du hast mir jetzt viel von dir erzählt, jetzt sollst du doch auch etwas über mich erfahren. Das ist nur fair. Ich war zuerst auch begeistert von meiner ersten Mission, aber als ich vorhin mit meinen Gedanken zehn Stunden ohne Ablenkung vor dem Computer gefangen war, wurde mir auf einmal ganz klar, daß das was ich auf der Erde zurückgelassen habe in keiner Relation zu dem steht, was ich hier auf diesem Schiff gefunden habe. Ich dachte ich mußte verrückt gewesen sein, daß ich die Raumfahrtsakademie gemacht habe und mich so angestrengt habe, daß ich ja

unter den Besten bin um möglichst bald an einer Mission teilnehmen zu können. Aber allmählich gewöhne ich mich an das Leben im Stundentakt hier und es fängt an mir zu gefallen."

„Du hast recht, wahrscheinlich ist es nur die Umstellung, welche die Meisten so traurig stimmt. Ich hoffe allerdings, daß endlich einmal etwas passiert. Damit hier endlich etwas Leben einkehrt."

„Ich bin mir sicher, daß es nicht so ruhig weitergehen kann. Spätestens, wenn wir das Gebiet von Sir Cunningham erreichen, wirst du etwas zu tun bekommen. Vielleicht sogar mehr als dir lieb ist."

„Ja vielleicht."

Sie blickte auf die Uhr und war wirklich überrascht, wie spät es ist. Es war bereits kurz nach Mitternacht und es machte sich allmählich die Müdigkeit bemerkbar. Aber nicht nur bei ihr, sondern auch bei Lukas, die zehn Stunden gingen auch nicht spurlos an ihm vorüber.

„Tut mir leid." ‚sagte sie, „aber es ist bereits sehr spät. Ich bin müde und werde mich nun niederlegen."

„Soll ich dich noch zu deinem Quartier begleiten?"

„Nein, ganz sicher nicht.", sagte sie plötzlich wieder mit kühler Stimme. Als sie erkannte wie abweisend sie war fügte sie mit wärmerer Stimme hinzu: „Um keine unnötigen Probleme heraufzubeschwören begleite mich lieber nicht, gute Nacht."

„Ja, wünsche ich dir ebenfalls."

Als sie bereits im weggehen war sagte sie noch: „Meine Freunde nennen mich Cathy oder manchmal auch Cat." Dann drehte sie sich ohne ein weiteres Wort um und verließ die Bar.

Einige Augenblicke lang saß Lukas ziemlich verloren da. Als ihn nichts mehr in der Bar hielt und er auch einige Male gähnen mußte, trank er aus und verließ ebenfalls die Bar. Die Piloten waren bereits vor einer

halben Stunde gegangen. Nachdem sie bemerkt hatten, daß Lukas keine Abfuhr erteilt wurde, gab es keine Nahrung mehr für ihre Schadenfreude und sie verließen relativ schnell die Bar. Dem Barkeeper war es egal, ob die Bar jetzt voll war oder ob nur eine Person hier saß, denn die Bar hatte 24 Stunden geöffnet. Auf dem Weg zu seinem Quartier dachte er noch über sein Glück nach, es war nämlich pures Glück, daß er auf diesem Schiff eine Freundin fand, noch dazu eine die so hervorragend aussah, wie keine davor.
Im Quartier angekommen, legte er sich sofort zu Bett, konnte aber nicht einschlafen. Noch vor einer guten Stunde sehnte er sich nach einem Bett, aber jetzt war er zu aufgebracht und an Schlaf war gar nicht zu denken. Er sah nach Harry, in der Hoffnung, er könnte noch wach sein. Aber er schlief tief und fest.
Erst jetzt bemerkte er, daß sie sich in den vergangenen Tagen aus dem Weg gegangen sind, und daß er immer noch nicht die Geschichte gehört hatte, warum er so überstürzt verschwinden mußte. Sie werden einmal ausgiebig miteinander reden müssen, aber jetzt war nicht der richtige Zeitpunkt dafür. Er war mit seinen Gedanken immer noch bei Cathy. Und mit diesen Gedanken schlief er nach einiger Zeit endlich ein und wovon er träumte wird wohl nicht schwer zu erraten sein.
Der nächste Morgen begann mit einem Schock. Das Kühlsystem in einem der Vorratskammern hatte zu Beginn des Fluges versagt und man entdeckte diesen Morgen, daß ein Teil, ein ziemlich großer Teil des Nahrungsmittelvorrates für die Crew verdorben war. Diese Nachricht verbreitete sich wie ein Lauffeuer auf dem ganzen Schiff. Die Unruhe unter der Besatzung steigerte sich. Lukas traf auf dem Weg zur Brücke seine neueste Bekanntschaft, Catherine. Ein Schauer

durchlief seinen Körper als sein Blick den von Cathy traf. Sie sah besorgt und ängstlich aus. Luke war versucht zu ihr hin zulaufen, besann sich aber dann eines Besseren und machte sich schleunigst auf den Weg zur Brücke. Dort angekommen bemerkte er, daß er einer der Letzten war. Er sah viele besorgte Gesichter und alle warteten darauf, wie sich der Captain den weiteren Verlauf der Mission vorstellte. Auch der Captain hatte eine sorgenvolle Miene aufgesetzt, er hatte nun eine schwere Entscheidung zu treffen.

Wofür entschied er sich, für das Wohl der Besatzung oder für eine erfolgreiche Mission?

Als der Captain merkte, daß alle Brückenmitglieder anwesend waren, und daß er seine kleine Ansprache nicht mehr hinauszögern konnte, begann er: „Wie bereits alle wissen, ist ein Teil unserer Nahrungsmittelration durch einen Defekt im Kühlsystem verdorben. Aber der verbleibende Teil ist noch immer genug um die Versorgung der Besatzung sicherzustellen. Deshalb habe ich entschieden, daß wir die Reise fortsetzen. Der Dienst wird wie immer versehen. Wir haben hier, entgegen einschlägigen Meinungen, keinen Alarm oder Notfall oder was auch immer. Die Teile der Besatzung, die nun Ruhezeit haben, können sich wieder zur Ruhe begeben. Es gibt keinen Grund zur Besorgnis, der Auftrag ist zu wichtig, als daß er durch solch einen Vorfall gefährdet werden könnte."

Somit war alles klar, welches Ziel diesem Auftrag auch immer zugrunde liegt, es rechtfertigte ein Opfer unter der Besatzung. Das dachte zumindest Lukas, und wahrscheinlich auch einige Offiziere der Brücke. Der Verdacht, daß der Captain zu Beginn nicht alles über den Auftrag gesagt hat, was es zu sagen gab, wurde immer größer. Lukas nahm sich zu diesem Zeitpunkt

vor den Captain irgendwann, wenn eine weniger angespannte Atmosphäre herrschte, nach einigen Details der Mission zu befragen. Vielleicht verriet er etwas Neues, vielleicht würde er sich versprechen. Noch während er sich dachte, daß diese Entscheidung nicht von allen widerspruchslos hingenommen wurde sagte bereits der erste Offizier: „Sir, könnte ich sie in ihrem Büro kurz sprechen?"
„Gut!", antwortete der Captain um einiges lauter als es notwendig gewesen wäre.
Spätestens ab diesem Zeitpunkt war klar, daß diese Reise kein gutes Ende nahm. Das Gespräch des ersten Offiziers mit dem Captain ergab nichts Neues, denn Martinez verließ das Büro noch wütender als er es betreten hatte. Er ging auf dem schnellsten Wege zum Ausgang, blickte weder rechts noch links. Der zweite Offizier Lt. Travis folgte ihm. Der Captain überging diesen Vorfall und blickte erwartungsvoll in die Menge. Die Leute auf der Brücke deuteten seinen Blick richtig und wandten sich wieder ihrer Arbeit zu. Als Lukas die Brücke verlassen wollte, fiel ihm auf, daß der Navigationsstand nicht besetzt war. Das konnte nur eines bedeuten, nämlich daß Gribbin auf „Stand by"-Betrieb gegangen ist und somit nur durch einen Pieper mit dem Nav-Computer verbunden war. Dieser Pieper würde sich auslösen, wenn der Computer vor größeren Schwierigkeiten steht. Das war für Lukas sehr praktisch, denn er mußte nun nur mehr auf die Brücke kommen um den Pieper zu übernehmen, und muß nicht mehr acht Stunden vor dem Bildschirm hocken. Dieses System würde immerhin bis zur erhöhten Alarmbereitschaft bestehen bleiben. Lukas nahm sich nun vor, endlich mit Harry ein ausführliches Gespräch zu führen und machte sich deshalb auf den Weg um ihn zu suchen.

Kapitel Vier

„Jetzt hast du Zeit deine Geschichte zu erzählen!“, rief er einige Sekunden, nachdem er die Tür seines Quartiers aufgerissen hatte. Harry schreckte hoch und stieß mit dem Kopf mit einiger Wucht am oberen Bett an.
„Du Idiot!“, rief er während er seinen Hinterkopf rieb, „Willst du mich umbringen?“
„Kommt ganz auf die Geschichte an, die du mir erzählen willst.“, entgegnete Luke.
„Also gut, setzt dich. Die Geschichte wird dir gefallen. Kannst du dich noch an die letzten Tage erinnern, an denen wir zusammen waren?“
„Ja, sicher.“
„Gut. Dann weißt du doch sicher auch, daß mein Vater seinen Job verlor, und zwar eine Woche, bevor wir weg mußten. Also, meinem Vater kam diese überstürzte Kündigung merkwürdig vor und machte sich eben so seine Gedanken darüber, was er falsch gemacht haben konnte. Dann fiel ihm auf einmal ein, daß er einige Lieferscheine gesehen hatte, für die kein Material vorhanden war und außerdem sah er einige Tage zuvor, wie große Kisten verladen wurden, für die es wiederum keine Lieferscheine gab. Es ließ ihm also keine Ruhe und er schlich sich dann heimlich nochmals in die Lagerhallen, in denen er früher gearbeitet hatte und sah sich das in Ruhe an und entdeckte auch prompt Kisten, die denen glichen, für die es keine Lieferscheine gab. Er öffnete sie und fand Lenkwaffen und Abschußvorrichtungen, wie sie für die BODs verwendet werden. Er meldete das schließlich der Polizei und diese wurde sofort nervös und nahm ihn, Mum und

mich sofort in eines dieser Zeugenschutzprogramme auf. Nachdem dann bekannt wurde, daß mein Vater von diesen illegalen Waffengeschäften gewußt hat, da wollten ihn die Waffenschieber aus dem Weg räumen, bevor er seine Aussage vor Gericht wiederholen konnte. Deshalb die überstürzte Abreise und der Kontaktabbruch."

Lukas hatte sich alles genau angehört und sein Blick verriet, daß er sich nicht sicher war ob die Geschichte stimmte beziehungsweise bis zu welchem Grad sie der Wahrheit entsprach. Nachdem er einige Sekunden über alles nachgedacht hatte sagte er: „Und du erwartest von mir ernsthaft, daß ich dir diese Geschichte abnehme?"

„Glaub es oder glaub es nicht, ist mir doch egal.", sagte er sichtlich gekränkt, daß es jemand wagen konnte auch nur ein Wort an dieser Geschichte zu bezweifeln.

„O.K., O.K., O.K. ich glaube dir ja. Aber wieso treffen wir uns gerade hier wieder und wieso hast du immer noch deinen alten Namen?"

„Erstens wollte ich auf das gleiche Schiff wie du kommen und zweitens, der Name gefällt mir einfach besser als der andere."

„Woher wußtest du eigentlich, was ich mache, ich hätte genauso gut den gleichen Weg wie mein Vater einschlagen können."

„Natürlich hättest du, aber ich habe mich hin und wieder bei meinen neuen Freunden von der Polizei erkundigt, wie es dir geht und was du so machst. Als ich dann hörte, daß du auf die Space-Academie gehen willst habe ich das gleiche gemacht und habe mich auch an einer eingeschrieben."

„Und du hattest während der Zeit an der Akademie nie Schwierigkeiten, du bist überall problemlos durchgekommen und hast es am Ende sogar geschafft unter die besten Acht deines Jahrganges zu kommen um

dann genau an dieser Mission teilzunehmen. Noch dazu ebenfalls als Navigationsoffizier?“, auch jetzt war der ungläubige Tonfall nicht zu überhören und Luke blickte Harry fragend an.
„Nein natürlich nicht. Es war nicht so, daß ich ein mieser Student gewesen wäre, aber es wäre wahrscheinlich umsonst dir etwas vormachen zu wollen, dazu kanntest du mich zu lange. Nein um ehrlich zu sein, ich habe des öfteren die Hilfe von höchsten, einflußreichen Stellen in Anspruch genommen, um schwere Prüfungen zu schaffen, um ins nächste Semester aufsteigen zu dürfen, ja sogar um eine der Abschlußprüfungen zu bestehen. Hin und wieder war es gar nicht so leicht die notwendigen Leute zu überreden. Und schließlich haben sie auch dieses Zusammentreffen arrangiert, sie haben mir auch den selben Job verschafft, obwohl Navigation nicht meine starke Seite war. Ich wäre besser als BOD-Pilot geeignet gewesen aber ich hatte denen gesagt, daß ich unbedingt deinen Job wollte. Um ehrlich zu sein, als ich von deinem Rekord an der Akademie hörte, da dachte ich, daß du deine erste Mission als BOD-Pilot bestreiten wirst. Aber gut, so ist es ja auch nicht schlecht. Ist jetzt alles klar?“
„Da wäre noch eine Sache, wieso haben die, wer immer sie auch sind, so viel für dich getan, wo doch dein Vater die Aussage gemacht hatte und du mit alledem nichts zu tun hattest?“
Die Antwort auf diese Frage kam nur stockend und als Luke Harrys Gesicht sah, bemerkte er, daß er ungewollt ein trauriges Thema angeschnitten hatte.
„Mein Vater wurde ungefähr ein Jahr nach seiner Aussage von Berufskillern erschossen, Mum und ich, waren zu diesem Zeitpunkt nicht zu Hause, sonst wären wir wahrscheinlich auch tot. Das ganze passierte nur

weil diejenigen, die für unseren Schutz zuständig waren beim Spurenverwischen gepatzt hatten und man deshalb noch aufspüren konnte. Es muß ein beschissener Tod gewesen sein. Man ließ mich nicht zu ihm, doch ich habe ein Paar Polizisten belauscht und sie haben gesagt, daß er von einer Pistole einmal in die Brust und zweimal in den Bauch getroffen wurde. Sie rätselten sogar noch wieviele Stunden er noch gelebt haben mußte, bevor er soviel Blut verloren hatte, daß er daran starb. Ich weiß nicht, aber irgendwie ist wohl jeder Tod auf seine Weise beschissen, es gibt eigentlich keinen humanen Tod. Tod ist Tod, egal wie man es sieht."

Harrys Blick war leer, als er so über den Tod sprach und Luke merkte, daß er wütend war, darüber daß sein Vater sterben mußte, darüber daß einige Leute geschlampt hatten, was das Spurenbeseitigen betraf und darüber, daß sein Vater überhaupt nachforschen mußte, und daß er damit noch zur Polizei ging, wo doch jeder wußte, daß man früher oder später von einem Killer heimgesucht wurde. Harry war in solchen Augenblicken auf alles und jeden wütend, deshalb sparte es sich Luke irgend etwas zu erwidern. Aber gewöhnlich dauerte seine Wut nur einige Minuten an und somit wartete Luke schweigend darauf, daß er wieder etwas sagen würde.

Nach einigen Minuten war es dann so weit, Harry sah auf und sagte: „Ich schätze, so ist das Leben. Man kann nichts mehr daran ändern."

Lukas konnte dieses Thema nicht auf sich beruhen lassen, es störte ihn wie Harry über seinen Vater sprach, deshalb sagte er plötzlich: „Dein Vater war, verdammt noch mal, ein Held. Also überlege dir wie du über ihn sprichst. Er hat es einfach nicht verdient, daß du so über ihn denkst."

Damit traf er Harry schwer, ihm rannen plötzlich an beiden Wangen Tränen herunter.
„Verdammter Idiot, ich wollte niemals einen Helden als Vater, schon gar keinen Toten. Ich wollte nicht einmal einen guten Vater, ich war mit seiner Mittelmäßigkeit ganz zufrieden. Er hatte sich doch sonst aus allem raushalten können, warum hier nicht frage ich dich? Warum hier nicht?“
Am Ende versagte seine Stimme und während er dies sagte hatte er Lukas durchgeschüttelt, als wollte er ihn wecken, um ihm zu zeigen, wie das Leben wirklich ist. Aber nun hielt er sich nur mehr an Luke fest, unfähig etwas zu sagen, unfähig seine Tränenbäche zum Versiegen zu bringen, unfähig überhaupt etwas zu tun. Lukas war ergriffen von der Situation, auch er kämpfte mit den Tränen, aber er gewann. Er begriff auf einmal, daß Harry vollkommen recht hatte. Lieber lebende Feiglinge als tote Helden. Das hatte er auch von seinem Vater oft gehört und ihm war, als stand er nun hinter ihm und sagte es wieder.
Und zwar zu Lukas, seinem Sohn, der nichts anderes im Kopf hatte als ein Held zu werden, vom Niemand zum Jemand aufzusteigen. Luke begriff nun, worauf sein Vater immer hinaus wollte. Arbeite um zu schaffen, nicht um als zweifelhafter Held zu sterben. Diese Sätze gingen ihm wieder durch den Kopf, sie stammen ebenfalls von seinem Vater. Als ob ihm sein Vater nie etwas anderes gelehrt hatte, als ob die Beiden nie über etwas anderes als dem Hang zum Überleben und über das Leben selbst gesprochen hatten. Lukas bereute, daß er das Gespräch nicht auf sich beruhen hat lassen, als er noch nicht so viel Schaden angerichtet hat. Aber jetzt war es zu spät, durch seine unbedachte Äußerung hatte er Harry dazu gebracht über das lang verdrängte Thema, über seinen Vater und dessen Leben

nachzudenken. Lukas wollt ihn irgendwie ablenken, ihm viel aber im ersten Moment kein anderes, lustigeres Thema ein.
Die Figur seines Vaters verblaßte allmählich in seinen Gedanken und es war ihm wieder möglich an etwas anderes zu denken, als an die Sprüche seines Vaters. Und mehr war es auch nicht, es waren bloß Sprüche, denn sein Vater war auch ein Held, wenigstens in den Augen von Luke. Als er über die Beziehung zu seinem Freund nachdachte, da fielen ihm die beinahe endlosen BOD Duelle ein, die er und Harry am Simulator durchführten und wie jeder wollten sie damals alle BOD-Piloten werden. Diejenigen, die es schon waren, waren absolut die Größten in ihren Augen. Als die Spielhalle eines Tages vier BOD-Simulatoren bekam da wurden oft Zweierduelle ausgefochten.
Er und Harry gegen jeden anderen, der sich nicht davor fürchtete zu verlieren. Nur die Klewer-Zwillinge wurden ihnen manchmal gefährlich, sie waren auch die einzigen, die sie besiegen konnten. Doch nachdem sich Harry und Lukas Geheimnachrichten ausgemacht haben um ihre Angriffe besser zu koordinieren zu können, da waren sie dann unbesiegbar, wenigstens so lange, bis die Zwillinge die Bedeutung mancher Funksprüche, die sie ja mithören konnten, entschlüsselten und geeignete Gegenmaßnahmen entwickelt hatten. So wurden ihre Strategien immer komplexer, bis zu einem Punkt, an dem sie sich selbst nicht mehr auskannten. Ab diesem Zeitpunkt wurden andere Dinge interessanter, aber die Liebe zum BOD fliegen haben sie bis heute noch nicht aufgegeben.
„Erinnerst du dich noch an unsere BOD-Duelle?“, fragte Lukas um ihn abzulenken.
Die bloße Erinnerung an diese Zeiten reichten schon um Harry ein zaghaftes Lächeln zu entlocken.

„Natürlich, wie könnte ich das vergessen. Aber noch besser waren die Duelle gegen die Klewer-Zwillinge."
Lukas wußte worauf er anspielte und sagte deshalb: „Du meinst sicher das letzten Duell gegen sie, wo uns der Besitzer anschließend hinausgeworfen hat und wir uns eine andere Spielhalle suchen mußten, weil wir Lokalverbot hatten."
„Ja, genau das. Es war der Glanzpunkt all unserer Fights."
Beim Gedanken daran brachen beide plötzlich in schallendem Gelächter aus, als sie wieder die Gesichter der Klewer-Zwillinge vor Augen hatten. Wahrscheinlich wissen sie bis heute nicht, wie sie besiegt worden sind. Auch auf die Gefahr hin, daß man mir vorwirft ich wäre zu ausschweifend, möchte ich dieses eine Duell doch noch kurz erläutern. Im Grunde war es ganz einfach. Es war wie gesagt das letzte Duell zwischen den Beiden und den Zwillingen.
Die Strategien und Taktiken waren auf beiden Seiten bereits so komplex, daß keine der beiden Seiten im Grunde genommen hätte gewinnen können. Alle nur denkbaren Manöver waren bereits zuvor geflogen worden und die Zwillinge hatten die unangenehme Eigenschaft sich jedes Manöver ganz genau zu merken, so daß sich Luke und Harry immer wieder etwas neues einfallen lassen mußten.
Irgendwann war aber mit der Phantasie auch Schluß und Lukas hatte plötzlich die Idee, daß wenn mit Taktik nichts mehr zu machen war, dann vielleicht mit etwas Mogelei. Harry war natürlich sofort dabei. Ihr Plan sah also wie folgt aus. Auf ein bestimmtes Kommando hin übernahm Lukas die Steuerung von Harrys BOD und flog einige Schleifen, als wären sie immer noch am überlegen, wie sie die Zwillinge diesmal überlisten könnten. Harry stieg inzwischen vorsichtig, so daß die

Beteiligten nichts merkten, aus und gab am dahinterstehenden Computer ein, daß die beiden BODs von Lukas und Harry einen Frontalangriff fliegen wollten, das leichteste und einfallsloseste Manöver, daß man sich nur vorstellen kann.
Und da die Zwillinge die Eigenart hatten, immer das gleiche Ausweichmanöver durchzuführen um in eine gute Abschußposition zu kommen, wußten Harry und Lukas schon wo sie wann auftauchen würden. Harry gab also von außerhalb der Simulatorkanzel dieses Manöver ein und sagte dem Computer, daß er nach 15 Sekunden nach Beginn des Manövers wieder auf die ursprünglichen Positionen zurückschalten soll. Das Aufrufen dieser Sequenz von der BOD-Kanzel aus war dann kein Problem mehr. Der einzige Haken an der Sache war nur die Tatsache, daß die Zwillinge in ihren Simulatorkanzeln nichts von alledem mitbekommen, um dann zu glauben, daß sie einen Fehler gemacht haben und somit verloren haben. Aber sie waren zu sehr von sich überzeugt, als daß sie glauben konnten Luke und Harry könnten sie besiegen. Somit setzte sich Harry nach der Eingabe wieder in seinen Simulator und auf ein weiteres Kommando hin übernahm Harry wieder die Steuerung seines BODs. Als plötzlich ein lautes „JETZT. Noch 15 Sekunden" von Harrys Mikrofon ausging, da startete der Computer auf Knopfdruck die eingespeicherte Sequenz und Lukas wußte somit, daß die ganze Sequenz auf 15 Sekunden begrenzt war.
Während die Zwillinge nur zwei auf sie zurasende BODs sahen, flogen Harry und Lukas zu dem Punkt an dem sie nach ihrem Ausweichmanöver sein mußten. Und sie hatten recht mit der Annahme, daß die Zwillinge immer gleich reagieren. Nachdem die kurze Sequenz abgelaufen war, wurde sofort wieder auf den ursprünglichen Gefechtsablauf umgeschaltet und Harry

und Luke konnten somit die Zwillinge durch einen einzigen gezielten Schuß abschießen.
Die Zwillinge stiegen anschließend ganz verblüfft aus und konnten beim besten Willen nicht herausfinden wie sie das gemacht haben. Aber der Spielhallenleiter hatte Harry bei seiner Arbeit an der Computerkonsole beobachtet, obwohl ein großes rotes Schild darauf hinwies, daß es jedem strengstens untersagt war, daß sich jemand an der Konsole zu schaffen machte. Die Zwillinge verließen die Spielhalle so schnell wie möglich und deshalb erlebten sie die Auflösung durch den Besitzer nicht mehr mit. Als der Besitzer bemerkte, daß Harry versehentlich auch etwas am Programm geändert hatte, da hatte er auf einmal kein Verständnis mehr und erklärte den beiden kurzerhand, daß sie hier nicht mehr erwünscht waren. Sie erhielten Lokalverbot und damit waren die beiden noch zufrieden, denn sie hatten schon damit gerechnet die Reparatur zu bezahlen.
Als sie ihm noch erklärt hatten, daß sie sowieso vorgehabt haben nie wieder zu kommen, weil dieser Laden, wie sie sagten ihren Ansprüchen nicht mehr gerecht wurde, da war er nahe daran die Polizei zu rufen. Aber Lukas und Harry waren schon bei der Türe draußen und sahen zu, daß sie schnell wegkamen. Auf dem Weg nach Hause gratulierten sie sich noch überschwenglich für ihren Sieg und konnten sich kaum noch halten vor lauter Lachen. Sie mußten immer wieder an die Gesichter der Zwillinge und des Spielhallenbesitzers denken.
Als sie nun wieder daran dachten, fiel ihnen alles wieder ein, jedes Detail und sie konnten einfach nicht aufhören zu lachen. Das traurige Thema von vorhin war zur Gänze vergessen und Lukas machte den Vorschlag in die Bar zu gehen um auf ihren Sieg anzustoßen.

Ihnen ist nämlich klar geworden, daß sie noch nie auf diesen Sieg angestoßen haben. Also machten sie sich auf den Weg und während sie gingen, da fiel einem der Beiden wieder ein Detail ihres letzten Duells ein und sie begannen erneut zu lachen. In der Bar angekommen bestellten sie sich zwei Drinks und ignorierten den Blick des Barkeepers, der nicht glauben konnte, daß jemand so früh morgens schon etwas Alkoholisches trinken kann.

Aber das war der Vorteil der ewigen Nacht im Weltraum, man konnte rund um die Uhr machen was man wollte. Man war nicht daran gebunden, gerade morgens zu frühstücken oder sich zu waschen und man kam auch nicht in die Verlegenheit kam immer um die selbe Zeit schlafen gehen zu müssen. Sie setzten sich an den gleichen Platz an dem Lukas am Vorabend mit Catherine gesessen ist. Auch zu diesem Zeitpunkt mußten sie noch immer lachen, weil einer der Beiden immer wieder von einer anderen mehr oder minder lustigen Begebenheit von anderen Duellen sprach.

Sie klangen wie zwei erfahrene BOD-Piloten und die anderen Leute, darunter auch wirkliche BOD-Piloten, die hier waren, blickten sich um, um zu sehen, wer jetzt nach der Hiobsbotschaft mit der verdorbenen Nahrung noch so unbeschwert lachen konnte. Aber die verdutzten Gesichter der anderen ließen Luke und Harry nur noch mehr lachen. Sie hatten entdeckt, daß Lachen viel befreiender sein kann als zu weinen. Wenn man lacht, denkt man zwangsläufig an etwas Positives und es läßt einen das Schlechte vergessen. Catherine ging währenddessen an der Bar vorbei und hörte wie jemand lauthals lachte. Da sie sich nicht vorstellen konnte, wer zu so einem Zeitpunkt lachen konnte, schaute sie hinein. Sie entdeckte Lukas und Harry sofort und ging auf sie zu um sie zu fragen ob sie ihre

fünf Sinne noch beieinander haben. Das Gesicht von Catherine, das zu fragen schien: „Seid ihr noch ganz bei Trost.“, ließ die Beiden nur noch mehr lachen. Das paßte Catherine überhaupt nicht und als Lukas die aufkeimende Wut in ihrem Gesicht sah, da beeilte er sich, ihr alles zu erklären.
Dies erfolgte allerdings ziemlich stockend, da Lukas immer wieder durch einen Lachanfall von Harry unterbrochen worden war. Allmählich konnten die Beiden Cathy mit ihrer Heiterkeit anstecken und sie begann ebenfalls zu lachen, wie auch einige andere im Raum.
Am Ende seiner Ausführungen erkannte Lukas, daß er ihr Harry noch nicht vorgestellt hatte. Er beeilte sich die beiden miteinander bekannt zu machen, aber im Lachen ging dies wohl unter. Lukas genoß es Catherine beim Lachen zuzusehen, er bemerkte, daß er es überhaupt genoß sie anzusehen. Als Catherine ihrerseits bemerkte, daß sie dauern von Lukas angestarrt wurde, sagte sie: „Soll ich dir ein Bild von mir geben oder soll ich weiterhin hier sitzenbleiben und mich von dir anstarren lassen?“
Auf diese Frage war Lukas nicht gefaßt und er suchte fieberhaft nach einer passenden Antwort, aber er fand keine und sagte deshalb: „Nein danke, nicht nötig. Ich habe dich bereits lange genug angesehen, um mir dein Gesicht vorstellen zu können, wann immer ich will.“
„Sieht ganz so aus als wäre deine neue Freundin etwas zu vorlaut für dich, Luke.“, gab Harry von sich.
„Sieht ganz so aus.“, antwortete er mit gespielter Resignation. Worauf Catherine und Harry erneut zu lachen begannen. Als sich alle drei wieder gefaßt haben, da fragte Cathy plötzlich: „Macht ihr euch wegen des Essens keine Sorgen?“

„Nein.“, antwortete Lukas, „Wenn der Captain sagt, daß wir noch genug zu essen haben, dann haben wir auch noch genug zu essen. So einfach ist das.“
„So einfach ist es nicht.“, entgegnete Harry, „Aber wir haben uns vorgenommen, nicht immer alles so schwarz zu sehen. Und deshalb denken wir auch, daß das Essen hier an Bord für alle reicht. Sollte dies nicht der Fall sein, dann schmeißen wir einfach den fetten Gribbin raus und wir alle haben wieder genug zu essen.“
Diese Aussage entlockte nur Harry und Luke einen Lacher, Catherine blieb ernst. Als die beiden das sahen, da beeilten sie sich, das Grinsen aus dem Gesicht zu bekommen. Als sich Lukas bei ihr entschuldigen wollte, da wurde er plötzlich ausgerufen. „Fähnrich Draxton unverzüglich auf die Brücke kommen.“
Nachdem Lukas auf die Uhr gesehen hatte, wurde er plötzlich schnell.
„Mist, bei all dem hier habe ich vergessen Lt. Gribbin bei der Bereitschaft abzulösen. Lauft nicht weg, ich bin wahrscheinlich gleich wieder hier.“
Er beeilte sich damit auf die Brücke zu kommen. Auf dem Weg dorthin hätte er beinahe die Ärztin Dr. Sarah Witherspoon umgerannt, aber er konnte noch im letzten Moment ausweichen. Er nahm sich nicht einmal die Zeit sich zu entschuldigen, wahrscheinlich hatte er sie zu diesem Zeitpunkt gar nicht wahr genommen. Lukas schaffte es den Weg zur Brücke in einer neuen Rekordzeit zurückzulegen und meldete sich schließlich ganz außer Atem bei Lt. Gribbin.
„Sorry, Sir.“, sagte Luke, während er nach Atem rang. Natürlich war er nicht wirklich so erschöpft wie er sich gab, aber er dachte es machte einen guten Eindruck, wenn er so tat als hätte er sein letztes gegeben um die verlorene Zeit wieder wett zu machen.

„Sie brauchen nicht den Erschöpften spielen, ich bin nämlich nicht so dumm wie ich vielleicht auf die meisten wirke. Haben sie mich verstanden?“, fragte er.
„Verstanden, Sir.“, antwortete Lukas leise, so daß selbst Gribbin auf der leeren und ruhigen Brücke Mühe hatte es zu verstehen, aber das war auch nicht so wichtig, denn er hatte ihm bereits verziehen, bevor er Luke tadelte. Er wollte ihn lediglich ein wenig zappeln lassen.
„Sie wissen, daß das Zuspätkommen zur Ablöse ein schweres Vergehen ist, aber ich bin trotz ihrer Show davon überzeugt, daß sie sich ehrlich beeilt haben. Ich werde also ein Auge zudrücken, achten sie darauf, daß es nicht noch einmal vorkommt.“, sagte Gribbin.
Er hatte recht, ein grober Verstoß gegen die Dienstordnung und Lukas war sichtlich erleichtert, daß er deswegen keine Probleme bekam. Nachdem Luke zur Antwort nickte, gab ihm Lt. Gribbin den Pieper und ging in Richtung Unterkünfte ohne ein weiteres Wort zu sagen. Wahrscheinlich gab es in dieser Angelegenheit nichts mehr zu sagen. Luke hatte einen Fehler gemacht, Gribbin hatte ihn zurechtgewiesen. Und genau das mochte er an Gribbin, diese Unkompliziertheit, mit der er an eine Sache heranging. Kein Zorn, kein Groll, keine Wut, bei näherer Betrachtung kam einem das ziemlich beunruhigend vor.
Aber Lukas störte dies nicht weiter, da er darüber einfach nicht mehr nachdachte. Mittlerweile stand er alleine auf der Brücke und starrte den kleinen schwarzen Kasten in seiner Hand an, der Grund, weswegen er überhaupt auf die Brücke mußte. Er machte einen kurzen Funktionstest um zu sehen ob dieses Ding in seiner Hand überhaupt reagierte. Nachdem dieser positiv abgeschlossen wurde ging er

wieder zurück in die Bar, in der hoffentlich noch Catherine und Harry saßen.
Sie waren beide noch dort, und unterhielten sich über irgend ein scheinbar sehr wichtiges Thema. Das schloß Luke daraus, daß sie leise redeten und die Köpfe nah beieinander waren. Für einen kurzen Augenblick flammte Eifersucht auf, aber dann sagte er sich, daß dies sein bester Freund sei, und daß er Luke so etwas nie antun würde. Er ging zu ihnen hinüber und setzte sich. Beide starrten ihn an, als wären sie gerade bei etwas ertappt worden.
„Worüber habt ihr gesprochen?“, fragte Lukas.
„Darüber, daß wir eigentlich viel zu wenig darüber wissen was hier an Bord los ist, und wie wir diesen Nachteil wieder wett machen können.“, antwortete Harry mit verschwörerischem Unterton.
„Und zu welchen Schlußfolgerungen seid ihr gekommen?“
„Zuerst muß ich wissen, ob du uns hilfst.“, sagte Harry noch verschwörerischer.
Lukas warf ihm nur einen verächtlichen Blick zu, als wolle er damit ausdrücken wie unnötig diese Frage war, weil er früher immer auf Harrys Seite war, auch wenn er nicht einer Meinung mit ihm war. Aber dieses Mal war er selbst nicht zufrieden damit, daß er nur sehr wenig über die Mission wußte.
„Als ob ich dir jemals nicht geholfen habe. Also laßt einmal hören, zu welchen Ergebnissen ihr gekommen seid.“, antwortete er schließlich.
Nachdem sie sich Lukes Unterstützung sicher waren ergriff Cathy nun das Wort und begann zu erklären, worum es ihnen hauptsächlich ging.
„Zu allererst wollen wir soviel wie möglich über die Fracht in Erfahrung bringen, denn jene Geräte die

angegeben wurden, die brauchen niemals soviel Platz, wie die Geräte die jetzt im Lager stehen.“
„Da muß ich dir allerdings recht geben, ich habe zu Beginn des Fluges einige Leute über die Fracht reden hören, angeblich haben wir unter anderem Offensivwaffensysteme geladen, die von einem Computer ohne Kontrolle von Menschen auf alles feuern, was als Feind einprogrammiert wurde. Eine gute Frage wäre auch zu wissen, wieso man solche Systeme auf einem friedlichen Forschungsaußenposten benötigt. Auf jeden Fall wurden viele hier an Bord über den Großteil der Ladung im unklaren gelassen. Man hat sich wahrscheinlich gedacht, daß niemand über die Ladung nachdenkt und somit zu dem Schluß kommt, daß die angegebene Ladung niemals so viel Platz einnehmen kann.“
„Gut, dann sind wir uns also einig, daß es hier etwas Aufklärung bedarf. Ich schlage deshalb vor, daß wir uns morgen hier treffen und uns dann den Lagerraum näher ansehen.“, sagte Catherine voller Tatendrang.
„All right, dann lege ich mich jetzt aufs Ohr um dann wieder fit zu sein.“, sagte Harry, gähnte und ging dann in Richtung Quartier. Es war sehr nett von Harry, daß er die beiden alleine gelassen hatte, aber Lukas fiel nichts mehr ein, was er der aufgedrehten Catherine hätte sagen können
„Ich bin froh, daß ich dich hier getroffen habe, denn ich habe noch nie jemanden kennengelernt, der so voller Leben ist wie du Catherine.“, sagte Luke und kam sich nachdem er fertig gesprochen hatte ziemlich blöd vor. Catherine sah ihn mit leuchtenden Augen an und als sich Lukas bereits zu Gehen ansetzte, hielt sie ihn fest und gab ihm einen langen und feurigen Kuß. Luke hielt sie daraufhin fest und erwiderte ihn. Es war das Beste, das ihm seit Beginn der Reise passiert ist und obwohl er

eigentlich schon oft geküßt wurde, war er doch für einen kurzen Moment benommen. Ihre Augen verrieten, daß dieser Kuß auch für sie etwas besonderes war. Da beide nichts sagen konnten gingen sie einfach schweigend Arm in Arm zu ihrem Quartier, wo er sie dann verließ und im Gedanken versunken auf der Brücke landete, obwohl er es doch Harry gleichtun wollte und schlafen gehen wollte.
Er hatte sich bereits umgedreht um seinen Fehler zu korrigieren, als er plötzlich auf den Monitor des Nav-computers aufmerksam wurde. Jetzt bemerkte er auch, was ihn seit Betreten der Brücke gestört hat, der Computer zeigte endlich etwas Leben. Allerdings bedauerte er diese Tatsache gleich wieder, weil man ihm doch gesagt hat, daß der Monitor nur etwas anzeige, wenn ein Fehler vorliege oder wenn der Computer vor einer zu komplexen Aufgabe stand. Beides hätte viel Arbeit für ihn bedeutet.
Aber als er sich dem Bildschirm zuwandte bemerkte er, daß hier die Personalakte des ersten Offiziers aufgezeigt wurde. Das bedeutete, daß irgend jemand an Bord der MC3 über den Navigationscomputer Angaben über das Personal abfragte. Da nur der Captain die nötige Autorisation dafür hatte schloß Lukas daraus, daß hier etwas merkwürdiges im Gange war. Er sah sich die Personalakte von Ltcm. Martinez genauer an und entdeckte, daß hier sogar der persönliche Code des ersten Offiziers angegeben war. „Consuela" war das achtstellige Codewort, mit dem er Zugriff zu seinen persönlichen Anrufen hatte. Lukas dachte, daß er diese kleine Information vielleicht noch brauchen kann und schrieb sie sich auf seiner linken Handfläche auf, weil er im Moment keinen Zettel finden konnte.
Luke wußte, daß es sich bei diesem Namen nur um den Namen seiner Freundin oder um den Namen seiner

Mutter handeln kann. Luke selbst hatte auch ein achtstelliges Codewort, denn schließlich war er ja auch ein Mitglied der Brückenbesatzung und hatte somit, wenn auch nur teilweisen, Zugriff auf geheime Informationen. Informationen, welche die Brücke nicht verlassen durften, er stand zwar in dieser Hierarchie an unterster Stelle, bekam aber immer noch mehr mit als zum Beispiel die BOD-Piloten oder die Lagerarbeiter. Wobei wir wieder beim Thema von Lukes Codewort waren, es lautet nämlich „BODPilot", seinem langjährigen Traum entsprechend.
Doch nun wieder zurück zur eigentlichen Geschichte. Nachdem Lukas sich das Wort notiert hatte las er noch etwas in der Akte des ersten Offiziers, es gab in ihr keine negativen Einträge, dies war die Akte eines makellosen Führungsoffiziers. Plötzlich verschwand die Akte vom Bildschirm und er wurde wieder zu einer scheinbar leblosen, schwarzen Wand. Lukas wartete noch etwas, in der Hoffnung auch noch die Personalakte des Captains serviert zu bekommen, aber dies war nicht der Fall. Nach zehn Minuten vergeblichen Wartens, wandte er sich ab und wollte nun endlich in die Unterkunft gehen um ein wenig zu schlafen.
Fast hatte er die Brücke schon verlassen, als er in den Augenwinkeln das Blinken einer hellblauen Kontrolleuchte sah. Eigentlich war es gar kein Sehen, eher ein Spüren, daß irgend etwas nicht zum gewohnten Bild der Brücke paßte. Er sagte sich, wenn er schon einmal hier wäre, dann könnte er genauso gut nachsehen, was diese Kontrolleuchte bedeutet. Er ging zum Stuhl des Captains auf dessen linker Armlehne das Lämpchen immer noch blinkte. Das Schild darunter wies darauf hin, daß den Captain eben eine Nachricht

erreicht hat. Dieses Lämpchen würde nun solange blinken, bis irgend jemand die Nachricht abfragte.
Von der Neugierde getrieben aktivierte er den kleinen Bildschirm links unterhalb der Armlehne. Die Worte „Codewort eingeben:“ erschienen. Es war für Luke beinahe ein Wink des Schicksal, so als ob ihm jemand sagen würde, daß er das Codewort des ersten Offiziers nur bekommen hatte um diese Nachricht lesen zu können. Mit leuchtenden Augen machte er sich daran „Consuela“ einzugeben. Aufregung und Ungeduld brachten seinen ganzen Körper zu zittern. Vielleicht würde diese Nachricht etwas Licht in das Dunkel, welches die Mission noch immer für ihn war. Nachdem er die Eingabe mit „Enter“ quittierte, kam allerdings die große Enttäuschung. Auf dem Bildschirm erschien „Zugriff verweigert“, was soviel bedeutet, daß nicht einmal der erste Offizier zum lesen dieser Nachricht berechtigt war. Die Aufregung legte sich rasch und machte der Enttäuschung platz. Er hatte so sehr gehofft etwas Neues zu erfahren, daß er gar nicht daran gedacht hatte, daß es sich vielleicht nur um belangloses Zeug von der Familie des Captains handeln könnte. Jetzt endlich machte er sich auf den Weg zu seinem Quartier. Aber er ließ sich Zeit, weil er wußte, daß er zu aufgekratzt war um schlafen zu können.

Anderorts hat eine reiche und mächtige Person mit weniger schwerwiegenden Problemen zu kämpfen.
"Wissen sie schon, was sie heute abend essen wollen?", fragte der mittlerweile schon ungeduldig gewordene persönliche Diener von Sir Walter Cunningham.
"Ich werde es sie wissen lassen, geben sie mir noch etwas Zeit, ich klingle dann.", antwortete ihm dieser. Entscheidungen, welche das Abendessen betrafen waren stets wohl überlegt. Das Dinner war eines der

wenigen Dinge in seinem Leben, an denen er noch Freude hatte. Gestern hatte er Miesmuscheln, vorgestern gab es eine hervorragende Meeresfrüchteplatte und am Tage zuvor gab es Lachsfilet. Auf jeden Fall schieden an diesem Abend Fischgerichte aus, heute wäre der richtige Abend für ein feines Filetsteak. Vor geraumer Zeit hatte er Boothe, seinem persönlichen Diener aufgetragen alles für ein Angusrindsteak zu kaufen. Er hoffte, während er die Klingel betätigte, daß diese Köstlichkeit bereits eingetroffen war. Die Versorgung war eine der wenigen Probleme der man an Bord seiner Raumstation nur sehr schwer Herr werden konnte, wenn man nicht auf ein gewisses Maß an Luxus verzichten wollte. Er hatte deswegen auch einen der besten Küchenchefs mit Hilfe von sehr viel Geld verpflichtet an Bord seines zweiten Zuhauses für sein leibliches Wohl zu sorgen.
"Sie haben ihre Wahl getroffen, nehme ich an, Sir" wendete sich Boothe in unterwürfigem Tonfall an seinen Arbeitgeber.
"Ja, geben sie dem Koch Bescheid, daß ich heute ein Angusrindsteak zu mir nehme."
"Ja, Sir. Wo werden sie heute speisen?"
"Im großen Saal, ich will den Ausblick auf die Sterne genießen."
Boothe nickte einmal zur Bestätigung und entfernte sich dann so lautlos und unauffällig wie er kam. Die war einer der vielen Vorzüge an Boothe, er vermied jedes Geräusch, denn Lärm war seinem Herrn zuwider. Sir Cunningham war wieder mit seinen Gedanken alleine, er hatte seit einiger Zeit ein großes Bedürfnis nach Gesellschaft, was ihn seither immer öfter dazu veranlaßte mit seinem kleinen Transportschiff auf sein Schloß auf die Erde zu fliegen. In England war er trotz seiner menschenfeindlichen Einstellung die er in bezug

auf sein selbsternanntes Königreich im All an den Tag legte, ein gern gesehener Gast. Seine Anwesenheit auf Empfängen wertete die gesellschaftliche Stellung des Gastgebers enorm auf. Er spielte immer häufiger mit dem Gedanken selbst einen Empfang zu geben, aber er überlegte es sich im letzten Moment immer wieder anders. Derartige Empfänge dauerten ihm immer zu lange, er ging meistens früher, aber wenn er selbst einen Empfang gab, so hatte er diese Möglichkeit nicht.
Aber er liebte es schöne kluge Damen kennenzulernen, mit denen er sich gut unterhalten konnte. Hatte er einmal eine solche Frau gefunden, so lebte er eine Zeit lang, meistens ein bis zwei Monate, aber dann langweilten sie ihn bereits und er setzte sich wieder auf die Straße. Er hielt es nie lange an einem Ort aus, er mußte stets ein neues Ziel vor Augen haben und hatte er einmal eines seiner Ziele erreicht, so freute er sich sehr darüber, aber die Freude hielt nicht lange an und so widmete er sich immer wieder neuen Aufgaben.
Er lebte also sein ganzes Leben nur für diese wenigen Glücksmomente, die ihm so gefielen aber nie lange genug anhielten. Aber mittlerweile hatte sich viel verändert, seine Perspektiven hatte sich verändert. Er ertappte sich immer wieder dabei, wie er sich nach dem Sinn seines Lebens fragte. Mit der Zeit wurde es auch immer schwieriger für ihn sich lohnende Ziele zu setzen. Er hatte bereits beinahe alles gemacht, alles erlebt, alles gesehen. Sein ganzes Leben war nur auf seinen Vorteil aufgebaut, seine Straße war mit vielen Leichen übersät, natürlich nur im übertragenen Sinn. Er hatte viele Existenzen zerstört, aber er hatte nie selbst jemanden getötet. Sollte der Tod eines Gegner unvermeidlich sein, so befahl er ihn einfach und die besten Söldner und Attentäter nahmen sich gerne seinen Auftragen an, weil immer sehr viel Geld dabei im Spiel

war. Cunningham war aber bei weitem klüger und gewitzter als die Polizei, denn obwohl jeder wußte wer hinter zahlreichen ungeklärten Mordfällen steckte, konnte ihm nie etwas nachgewiesen werden.
Mitleid oder ähnliches gab es für ihn nur bedingt. Die Angehörigen seiner Opfer, die ihren Widerstand mit dem Leben bezahlt hatten, machten meistens überraschenderweise eine große Erbschaft, gewannen ganz zufällig bei irgendeinem Preisausschreiben oder kamen unter ähnlich mysteriösen Umständen zu so viel Geld, daß sie sich um ihre Existenz keine Sorgen mehr machen mußten. Er war seiner Meinung nach seine Pflicht, ihnen zu helfen, sein Vater hatte ihm schon in frühen Jahren in seine Geschäftspraktiken eingewiesen und ihm immer und immer wieder erklärt, daß ein guter Profit das Wichtigste ist, daß aber niemals Unschuldige leiden sollten. Wenn man eine Firma zu Geld macht, soll man die gewöhnlichen Arbeiter gut entschädigen um sie nicht in den Ruin zu treiben. Den leitenden Angestellten allerdings sollte man nicht zu viel geben, da sie leicht wieder einen gutbezahlten Job finden.
"Sir, das Essen ist seviert.", sagte plötzlich eine sanfte Stimme im Hintergrund, Boothe war wieder lautlos in den kleinen Saal gekommen. Diesmal war er zu leise gewesen, Sir Cunningham schrak aus seinem Sessel hoch und blickte Boothe orientierungslos an.
"Sir? Geht es ihnen gut, Sir?", fragte sein Diener sichtlich besorgt.
"Ja, alles in Ordnung.", antwortete er ihm und begab sich in den großen Saal. Er setzte sich zu seinem Steak und nicht einmal der Anblick dieses so liebevoll hergerichteten Gerichtes bereitete ihm eine rechte Freude. Boothe war wieder gegangen und er war wieder alleine. Das Alleinsein störte ihn, aber aus irgendeinem Grund unternahm er nichts dagegen. Das Essen war wie

immer köstlich, aber er bekam es nur am Rande mit. Er starrte hinaus in die Weiten seines "Königreiches", in dessen Zentrum er jetzt saß.

Da im Weltraum Flächenmaße keine Aussagekraft hatten und Cunningham nicht wußte wie sein Reich aussehen sollte, entschied er sich spontan für eine Kugelform, in dessen Zentrum die Raumstation befand. Die Erkenntnisse auf dem Gebiet der künstlichen Schwerkraft waren nur mäßig und deshalb entschied er sich für eine Station die um sich selbst kreiste, um eine annähernd erdähnliche Atmosphäre zu schaffen. Ein Großteil seiner Station bestand aus Recyclinganlagen, für Luft, für Wasser und sonstige erneuerbare Dinge. Die Station war allerdings groß genug, so daß Sir Cunningham auf nahezu nichts verzichten mußte. Sein Reich selbst war etwas leer, irgendwo schwebten seine Verteidigungsstreitkräfte im Stand-by Betrieb, an seinen Grenzen patrouillierten selbstfeuernde Verteidigungssateliten, die aber wenig wirkungsvoll waren, da sie leicht umflogen werden konnten. Dann und wann passierte ein Meteorit oder ein Komet sein Reich, aber selbst sie schafften es meistens nicht in einem Stück durchzufliegen. Er ließ sie immer sofort nach der Entdeckung analysieren und schickte dann seine Minenraumschiffe zu ihnen um sie ihrer wertvollen Rohstoffe zu berauben, den kläglichen Rest ließ er weiterziehen. So also sah sein Reich aus, eine Kugel mit einem Vielfachen des Durchmessers der Erde, ohne sichtbare Grenzen.

Aber er würde nun mit der Bevölkerung seines Reiches beginnen, als erstes mußte er allerdings sicherstellen, daß seine Grenzen effektiv überwacht wurden, ohne Zoll zu zahlen sollte niemand mehr sein Gebiet passieren. Um niemanden entkommen zu lassen hatte er sich auch einige neue Schiffe zugelegt, die ohne dem

Wissen der Erdbevölkerung gefertigt wurden. Wenn er erst einmal die Grenzen überwachen konnte, dann würde er weitere Stationen wie seine eigene bauen und sie dann zu gebührenden Preisen verkaufen. Diese Vorstellung gefiel ihm und mit einem Mal hatte er nun wieder ein lohnendes Ziel vor Augen, die Besiedelung des Weltraumes selbst. Er wollte nicht die einzelnen erreichbaren Planeten und Asteroiden selbst besiedeln, sondern die unendlichen Weiten des Weltalls zwischen den Planeten. Er würde ein Gebiet für sich beanspruchen, welches größer war als man sich jemals erträumen konnte und welches es einem unmöglich machte, daran vorbeizufliegen.
"Ein Gespräch für sie, Sir, von Senator Meadow."
Sir Cunninghams Miene verfinsterte sich beim Erklingen dieses verhaßten Namens.
"Was will er?"
"Keine Ahnung, er wollte es nur ihnen sagen, scheint sehr dringend zu sein."
"Gut stellen sie es durch."
Cunningham wartete bis Boothe den großen Saal wieder verlassen hatte. Er vertraut ihm zwar, aber manche Dinge gingen ihn einfach nichts an.
"Was wollen sie.", fuhr Cunningham Senator Darian Meadow an.
"Ich wünsche ihnen auch einen schönen Tag, oder was auch immer gerade bei ihnen ist."
"Keine Schmeicheien. Sagen sie mir was sie wollen und dann verkriechen sie sich wieder."
"Na, gut. Wie auch immer, ich habe einen Raumfrachter der unbedingt zum Himmler-Außenposten fliegen muß. Und da die kürzeste Route durch ihr Gebiet führt wollte ich es ihnen sagen, damit sie nichts tun was sie später vielleicht bereuen könnten."

"Ich bereue nur eines, daß ich ihnen einmal zu oft vertraut habe und sie mich hinterher um drei komma sechs Millionen Dollar gebracht haben."
"Das ist doch nun schon zwölf Jahre her, sie können doch bei all ihrem Geld nicht noch immer diesem Vorfall hinterher heulen. Ich habe es ihnen doch schon einige Male gesagt, daß es mir leid tut, und daß ich ihnen das Geld sogar gerne wieder zurückgegeben hätte, aber das ging eben nicht."
"Aber sie und ihre sauberen Kollegen erwarten nun meine Mitarbeit, ohne mir als Gegenleistung etwas anzubieten."
"Gegenleistung? Was zum Beispiel?"
"Nun zuerst einmal die drei komma sechs Millionen, plus Zinsen versteht sich, die Anerkennung meines Reiches und daß ich der König davon bin."
"Woher sollen wir so viel Geld nehmen?"
"Das interesiert mich nicht. Dies sind meine Bedingungen. Wenn sie euch zu hoch erscheinen, dann werde ich das Frachtschiff nicht passieren lassen. Sollten sie trotzdem durch dieses Gebiet fliegen so werde ich sie mit allen nötigen Mitteln aufhalten."
"Das können sie nicht machen.", kam es von Meadow, der seiner Stimme nach zu urteilen um seine Fassung kämpfen mußte.
Durch den Lautsprecher von Sir Cunningham drang ein Stimmengewirr, einigen dieser Stimmen konnte er allerdings Namen zuordnen.
"Roswell, Sipai und Certosa sich also auch bei ihnen.", sagte Cunningham sichtlich amüsiert. "Sie sollten froh sein, wenn ich den Preis aufgrund der Erkenntnis, daß ihr vier Schlitzohren noch immer zusammen arbeitet, nicht verdopple."
Die vier eben erwähnten Personen, Darian Meadow, Clarence Roswell, Peter Sipai und Adriano Certosa

waren vor vielen Jahren Geschäftspartner von Sir Walter Cunningham, bis sie sich dazu entschlossen hatten, daß sie eigentlich zu viert besser dran wären als zu fünft. Sie drängten ihn aus ihrer Gesellschaft und machten ihm dabei eine lukrative Investition zu Nichte, ein Vorfall der ihm drei Komma sechs Millionen Dollar kostete. Er hatte ihnen daraufhin den Krieg erklärt, aber die Vier dachten nicht, daß er so nachtragend sein konnte.

"Ist das ihr letztes Wort, Walter?"

"Ja, ruft wieder an, wenn ihr damit einverstanden seid, wenn nicht, so braucht ihr gar nicht mehr anzurufen, dann werde ich mir dieses Schiff als Ausgleich übernehmen."

Cunningham unterbrach die Verbindung, er hatte genug von ihnen. Sie sollten besser auf seine Forderungen eingehen, wenn nicht, dann würden sie die ganze Größe seiner Macht spüren. Ja, insgeheim hoffte er, daß sie nicht zurückriefen, denn dann würde er die ganze Welt überraschen.

„ Politik besteht darin,
Gott so zu dienen,
daß man den Teufel,
nicht verärgert.“

(Thomas Fuller,
engl.Theologe und
Philosoph)

Kapitel Fünf

Als er im Quartier angekommen war, war er froh, daß er die Nachricht nicht hatte lesen können. Es war unrecht, und erst jetzt wurde es ihm bewußt. Er beschloß den Captain persönlich zu sprechen, ihm zu sagen, daß er mit dieser Ungewißheit nicht weiter machen kann und ihn um Aufklärung zu bitten. Er wußte natürlich, daß der Captain in keiner Weise verpflichtet war, ihm Antworten auf seine mittlerweile zahllosen Fragen zu geben, aber dennoch würde er versuchen an seinen gesunden Menschenverstand zu appellieren. Er befand, daß dieser Weg der Beste war und er sollte dazu auch eine Gelegenheit bekommen. Mit diesem Gedanken legte er sich in sein Bett und schloß die Augen.

Lt. Lupo hingegen war hellwach. Der Big Brother schickte seinem „Vater", dem Großrechner auf der Erde wieder eine Fülle von Informationen. Eines fiel dem Lieutenant gleich auf. Das Energiepotential, welches das Schiff verbrauchte war erheblich geringer als errechnet. Da Lupo den Ergebnissen gewöhnlich immer trauen konnte ließ er sich gleich einen detaillierten Bericht über den aktuellen Verbrauch geben. Aber eigentlich nützte dieser Bericht nicht viel, denn sie hatten keine Möglichkeit mit dem Schiff in Verbindung zu treten um ihnen Tips oder Befehle zu erteilen. Lupo konnte nur hoffen, daß der Captain und sein erster Offizier von sich aus die richtige Entscheidung trafen, wie immer die auch aussehen mag.

Um 11:38 rüttelte ihn und vor allem Harry, der zu diesem Zeitpunkt bereits fest schlief, die Sprechanlage über der Tür wach.
„Brückenbesatzung auf die Brücke.“
Luke schoß augenblicklich in die Höhe. Die Sprechanlage war eindeutig zu laut, ihm dröhnte der Kopf von der Durchsage, seine Beine waren wie tot, einen Moment lang konnte er nur zusehen, wie er seinen Beinen befahl sich zu bewegen, aber nichts geschah. Harry streckte sich und stieß leise Flüche aus, die Luke aber nicht verstand. Luke sah auf die Uhr. Acht Minuten. Lausige acht Minuten hatte er Ruhe. Aber das war eben das Problem, man mußte auf einem militärischen Raumschiff mit allem rechnen. Harry war mittlerweile auf den Beinen und zog Luke am rechten Arm.
„Komm, wir gehen. Je eher wir das hinter uns haben, desto eher können wir wieder schlafen.“
Harrys Stimmung war nicht gerade die Beste. Wie immer, wenn man ihn geweckt hatte. Davon abgesehen war auch Lukes Stimmung am Tiefpunkt angelangt. Es war aber gar nicht so lange her, daß er ausgiebigst geschlafen hatte, aber dennoch, Langeweile macht schläfrig. Wortlos stand Luke auf und ging zur Tür. Dies war das Zeichen für Harry besser nichts mehr zu sagen. Denn egal was es sein würde, es wäre bestimmt das Falsche.
Die beiden erreichten die Brücke noch vor Gribbin und Travis. Dafür waren neue Gesichter vertreten, als erstes sah Luke Lt. James Richards zuständig für die Sicherheit an Bord, ein muskulöser Mann um die 35. Schwarzes Haar, graue Augen, dunkler Teint, ein Mann mit dem man sich besser nicht anlegte. Scheinbar genau richtig für die ihm zugedachte Aufgabe, nämlich das koordinieren der bewaffneten Kräfte an Bord bei

Enterversuchen und die Aufrechterhaltung der militärischen Disziplin. Um das folgende besser zu begreifen sei gesagt, daß Lt. Richards eine der Schlüsselpersonen im kommenden Vorfall war und auch der beste Freund des ersten Offiziers.
Wahrscheinlich wäre alles anders gekommen, wäre er nicht an Bord gewesen. Und dann war da noch Peter Balandier, zuständig für die Triebwerke und alles was damit zusammen hängt. Da die Wartung der Triebwerke von der zivilen Firma „Cameron Technics“ übernommen wurde, bekleidete Balandier keinen militärischen Rang. Er sah mehr aus wie ein Vertreter, unscheinbar, leicht zu übersehen, ruhig. Die Frisur war etwas zu lang für militärische Bedürfnisse und sein Auftreten war etwas zu lasch. Aber das war eben das Privileg der Zivilisten. Aber die Uniform die man ihm gegeben hatte paßte genau, der Sitz war so korrekt, wie man ihn nicht einmal von den Soldaten verlangte.
Nachdem Luke die neuen Gäste auf der Brücke begutachtet hatte blickte er zum Captain. Seine Miene war zornig und sein Blick ruhte auf dem ersten Offizier, dessen Blick dem des Captains in nichts nachstand. Die beiden sahen sich an, als würden sie gleich aufeinander los gehen, aber nichts passierte, beide verharrten in ihrer Position. Als alle auf der Brücke waren wandte Captain Marwick den Blick von Ltcm. Martinez ab und sah in jedes einzelne Gesicht der auf der Brücke anwesenden Personen. Danach richtete er sich auf, wahrscheinlich um eindrucksvoller zu wirken, oder bedrohlicher.
„Der erste Offizier hatte vorhin Bedenken bezüglich der Mission geäußert, darüber möchte ich sie jetzt in Kenntnis setzen. Er glaubt nicht, daß die Verpflegung für die ganze Dauer der Mission reicht. Er glaubt, daß mir nicht mehr das Wohl der Besatzung am Herzen

liegt. Er denkt, daß in meinen Augen die Mission größere Priorität genießt als Sie, meine Herren. Deshalb meine Frage nun an Sie, stimmen sie dem zu?“, fragte der Captain in bedrohlichem Tonfall.

Darum ging es also, Unstimmigkeiten zwischen Captain und ersten Offizier. Das Ungewöhnliche daran war allerdings, daß man nun die Besatzung um ihre Meinung fragte. Normalerweise dürfte nicht einmal der erste Offizier seine Bedenken offen äußern, auch nicht wenn er alleine mit dem Captain war. Hier also begannen die Schwierigkeiten, genau zu diesem Zeitpunkt. Luke sah darin an seine Chance Informationen zu kommen. Aber er war klug genug die weitere Entwicklung dieses Konfliktes zu beobachten. Doch während er die Möglichkeiten abwägte meldete sich bereits Ltcm. Martinez zu Wort.

„So einfach ist es nicht. Erzählen sie warum der Doktor nicht anwesend ist. Warum liegt in der Sanität ein Fighterpilot mit Magenkrämpfen? Warum wissen wir absolut nichts über die Mission und die Ladung die wir transportieren? Ich kann es ihnen sagen, weil nichts von alledem, was man uns erzählt hat, der Wahrheit entspricht. Es ist nämlich ein größerer Teil der Nahrungsmittelvorräte verdorben als man im ersten Augenblick bemerkt hat. Deshalb hat nämlich auch einer der BOD-Piloten eine Lebensmittelvergiftung und Dr. Witherspoon versucht immer noch diese in den Griff zu bekommen. Das sind die Tatsachen, und aus diesem Grund frage ich sie Captain: Sind sie bereit uns Auskunft über die Fracht zu geben? Sind sie bereit uns etwas über die wirklichen Ziele dieser Mission zu sagen? Und vor allem, werden sie umdrehen, bevor es zu spät ist, bevor wir hier draußen verhungern, ohne je den Außenposten zu erreichen?“

Alle blickten gespannt zum Captain, der durch die Offenheit seines ersten Offiziers geschockt war. Es war wohl seit mehr als zehn Jahren nicht mehr vorgekommen, daß sich ein Offizier offen gegen den Captain oder seine Handlungsweise aufgelehnt hat. Captain Marwick brauchte einen Augenblick, um die Fassung wieder zu erlangen, seinem Gesichtsausdruck zufolge war er nahe daran den ersten Offizier zu verprügeln.

„Ich werde ihnen nicht mehr sagen als notwendig ist, der Rest ist geheim und ich habe meine Order von ganz oben bekommen. Ein Aufgeben ist inakzeptabel, dafür ist diese Mission zu wichtig, ich kann ihnen nur sagen, daß vom Gelingen dieses Auftrages mehr abhängt als vielleicht irgend jemand in diesem Raum auch nur erahnt."

„Wenn das so ist, Sir, dann enthebe ich sie hiermit ihres Kommandos. Und zwar mit der Begründung, daß ihnen das Wohl nicht mehr das Wichtigste ist. Lt. Richards, nehmen sie den Captain in Gewahrsam, wir drehen sofort um. Der Captain bleibt für die Dauer des Rückfluges in seinem Quartier, es werden zwei Mann als Wache abgestellt."

Das war neu, gänzlich neu. Eine Meuterei auf einem Raumschiff, so etwas hatte es bis dato nicht gegeben. Meutereien waren ja schon seit jeher eine schlimme Sache, aber nun in einer Zeit, in der bereits kleinere Vergehen hart bestraft wurden, waren sie undenkbar geworden. Der erste Offizier mußte sich seiner Sache ziemlich sicher sein. Das Schlimme an einer Meuterei war aber, daß eine Untersuchungskommission, die den Vorfall am Ende prüft, zu Gunsten des Captains, aber auch genauso gut zu Gunsten der Meuterer entscheiden kann. Die Chancen dafür standen fifty-fifty.

Auf einmal fiel es Luke ein, daß mit einem Mal nichts von alledem, was er wissen wollte, von Bedeutung war, alles ist irrelevant geworden. Sie würden also umkehren, die Mission ist gescheitert, sie würden den Außenposten niemals erreichen. Und was das schlimmste für ihn war, seine erste Mission, war ein Fehlschlag. Jeder würde sich an diese Mission erinnern, bei der es erstmals zu einer offenen Meuterei gekommen war.
Es drängte sich nun eine neuerliche Frage für ihn auf, nämlich wofür wurde er sich entscheiden, schlug er sich auf die Seite der Meuterer und wurde somit mitschuldig, oder verhielt er sich dem Captain gegenüber loyal und würde ebenfalls eingesperrt werden, wie jeder Gegner des ersten Offiziers.
Nein, Ltcm. Martinez war nicht im Recht, Luke gab ihm zwar insgeheim recht, weil er doch selbst viele Fragen hatte, aber das konnte nicht der richtige Weg sein. Im Endeffekt würde dieser Vorfall seiner Karriere mehr nützen als schaden. Denn wenn er auf der richtigen Seite stand, dann würde er mit einem Mal zum Helden werden und wenn er die falsche Seite gewählt hatte, so kann er sich immer noch auf die Befehlskette und auf das Befolgen von Befehlen ausreden. Andererseits lernte man bereits im ersten Jahr, daß man falsche Befehle oder illegale Befehle nicht ausführen darf, diese Tatsache könnte ihm zum Verhängnis werden. Er beschloß dennoch, sich auf die Seite des Captains zu schlagen, er sagte sich, daß der Captain doch wissen müsse, ob sich der Einsatz lohnt.
Inzwischen waren bereits Minuten des Schweigens vergangen, alles im Raum schien still zu stehen. Niemand wagte es die Stille zu beenden, als könne man das Gesagte wieder rückgängig machen. Jeder würde alles liebend gerne wieder so schnell wie möglich

vergessen. Jeder außer dem Captain und dem ersten Offizier, von denen jeder glaubte er sei im Recht. Doch wie die Geschichte wirklich ausging bleibt noch abzuwarten. Im Augenblick allerdings blieb jeder so ruhig und still wie er nur konnte.
Nachdem sich Lukes Ohren an die Stille gewöhnt hatten, hörte er nun den schweren Atem von Lt. Gribbin, ihm schien das alles zuviel zu sein. Das wäre großartig gewesen, wenn er im Augenblick der Anspannung umkippen würde, Marwick und Martinez würden sich gegenseitig die Schuld geben. Als sich Luke diese Szene vorstellte, da mußte er plötzlich schmunzeln, in diesem Moment dachte er nur an eines. Sein Gehirn spielte ihm immer wieder solche Streiche und präsentierte ihm Gedanken die ihn in wenigstens Schmunzeln ließen. Er haßte es, wenn so etwas in ernsten Situationen passierte. Aber es gab nichts, was er dem entgegenstellen konnte. Nicht Lachen! Auf gar keinen Fall Lachen!
Aber die Szenerie war zu komisch, der ächzende Gribbin, die ratlosen Gesichter der Unbeteiligten und der Captain, der mit Ltcm. Martinez darüber stritt, wer denn nun Schuld an der Misere hatte. Luke hielt es nicht mehr aus, die vergangene Minute hatte er den Atem angehalten um nicht lachen zu müssen, aber jetzt spürte er, wie er bereits rot anlief und wie der Sauerstoffmangel lauter weiße Punkte vor seinen Augen tanzen ließ.
Er versuchte sich langsam umzudrehen und in den Hintergrund zu gehen, um wenigstens das Gesicht verziehen zu können, aber als er sich umdrehte starrte er genau in das schwabbelige Gesicht seines unmittelbaren Vorgesetzten. Das war zuviel, er prustete dem ahnungslosen Lt. Gribbin ins Gesicht. Er brach in schallendem Gelächter aus, als er die dümlichste

Grimasse von Gribbin sah, die er jemals gemacht hatte. Schlagartig drehten sich alle nach Luke um, der Captain und der erste Offizier machten sich gar nicht die Mühe etwas zu sagen, da sie wahrscheinlich beide dachten, er habe den Verstand verloren.

Luke hingegen fand es dann sehr befreiend, davon abgesehen war seine Karriere schon längst den Bach hinunter gegangen. Er konnte ihr nur mehr nachsehen und sich selbst sagen: „Es war schön, solange es eben gedauert hat." Harry war als erster bei ihm und wollte ihm den Mund zuhalten, begann aber dann selbst zu grinsen, da er sich bisher immer von Lukes Lachen anstecken ließ. Kurz nachdem Harry neben ihm stand hörte Lukas bereits auf zu Lachen, der kurze lustige Moment war vorbei. Er zwang sich selbst nicht noch mehr dieser merkwürdigen Szenerien zu kreieren, nicht mehr an als das zu denken und vor allem wieder ein ausdrucksloses Gesicht zu machen. Was ihm auch den Umständen entsprechend hervorragend gelang.

Um die Ereignisse voranzutreiben ging Lt. Richards zum Captain und legte ihm die Hand auf die Schulter. Dieser blickte sich um und in seinen Augen lag die pure Enttäuschung. Enttäuschung über die Besatzung, über den ersten Offizier und vor allem wahrscheinlich über seine eigene Ohnmacht.

„Das ist nicht recht!", platzte Lukas plötzlich heraus. „Das ist einfach nicht richtig!"

Wieder kehrte Stille ein, der erste Offizier, der Captain, der zweite Offizier sie alle blickten zu Lukas. Dieser überlegte, ob er das wirklich gesagt hat, es stand eigentlich im krassen Gegensatz zu seinem sonstigen Verhalten. Jedesmal, wenn es Probleme gab, dann hielt er sich bedeckt und wartete ab, hoffte, daß alles ohne Konsequenzen für ihn vorüber ging. Aber jetzt... .

Jetzt war wahrscheinlich der Punkt des Verträglichen überschritten oder sein doch sehr ausgeprägter Gerechtigkeitssinn hat endlich einmal über die Feigheit gewonnen. Er sah den ersten Offizier an, der es noch immer nicht fassen konnte, daß ihm ein Fähnrich ins Handwerk pfuschte, Er wollte, daß alles still und leise über die Bühne ging, er wollte, daß der Captain schnell von der Brücke verbannt wurde, und daß er dann im normalen Rhythmus fortfahren konnte. Aber dem war nicht so. Gerade als es so aussah, als könnte er damit durchkommen, meldete sich der Grünschnabel Lukas Draxton zu Wort. Auch dem Captain sah er ins Gesicht und es kam ihm vor als würde er ein kurzes Lächeln über sein Gesicht huschen. Seine Augen jedenfalls verrieten Hoffnung, wenigstens mußte er nicht mit der Gewißheit gehen, daß sich die Crew geschlossen von ihm abgewendet hatte. Er hatte nun die Bestätigung, daß diese „Ablösung" nicht einstimmig beschlossen wurde. Doch der erste Offizier hatte sich schnell wieder im Griff, er bedeutete Richards, daß er schleunigst mit dem Captain verschwinden sollte. Richards hatte seine Hand noch immer auf der Schulter von Marwick und schob ihn, so schnell es eben ging, vor sich her und war einige Sekunden später verschwunden.
Doch Luke hatte mit etwas begonnen und war entschlossen diesen Einwand auch durchzubringen. Denn eines war er: Konsequent. Wenn er einmal wußte, wie es weitergeht oder wie es weitergehen soll, dann wich er nicht mehr davon ab, sondern brachte es zu Ende. Wie in diesem Fall.
„Sir, ich möchte, daß mein Einwand im Logbuch vermerkt wird. Denn ich glaube, daß sie falsch gehandelt haben."
„Wird im Logbuch vermerkt, wenn ich jetzt noch einen Ton von ihnen zu diesem Thema höre, dann stehen sie

unter Arrest wegen ungebührlichen Verhaltens einem Vorgesetzen gegenüber. Gehen sie jetzt an ihren Platz und versehen sie weiter ihren Dienst. Lt. Gribbin, wie lange brauchen sie um einen Kurs nach Hause zu berechnen?"
„Nach meiner Einschätzung etwa zwei Stunden, Sir. Da wir aber nicht die Zeit haben unsere Berechnungen zwei- oder dreimal zu kontrollieren ist alles mit einem gewissen Risiko verbunden."
„Das ist mir klar. Aber das Risiko, daß wir hier draußen verhungern ist noch größer. Also beginnen sie, sie haben soviel Zeit wie sie brauchen."
„Verstanden, Sir. Fähnrich Draxton und Creedles, sie legen mir binnen einer Stunde einen Kursvorschlag vor, und sie werden getrennt arbeiten um jeweils zu einem anderen Ergebnis zu kommen, ich werde diesen mit dem von mir bestimmten Kurs vergleichen und ihn gegebenenfalls korrigieren. Arbeiten sie sorgfältig, gründlich und schnell. Dies ist keine Übung wie auf der Akademie, hier werden Fehler teuer bezahlt."
„Verstanden, Sir."
„Verstanden, Sir."
Luke setzte sich an das Terminal, das ihm am nächsten war, rief das Nav-Programm auf und holte sich zuerst einmal die Position des Schiffes auf den Schirm. Er war überrascht, wie weit sie schon gekommen waren, sie waren nur mehr zwei bis zweieinhalb Tage von der selbstgezogenen Grenze von Sir Cunningham entfernt. Insgeheim freute er sich, daß sie noch rechtzeitig umdrehten. Diese Konfrontation wäre sicher nicht gut ausgegangen. Allerdings wußte er auch, daß noch nicht alles ausgestanden war.
Die nächste Stunde war er mit den Berechnungen beschäftigt, wenigstens diese eine Stunde vergaß er die Probleme um ihm herum. Die gesetzte Frist war noch

kürzer als er dachte und somit hatte er nach Ablauf selbiger das Gefühl als wäre dies seine schlechteste Arbeit, die er jemals abgeliefert hatte. Er war froh, daß im Endeffekt Gribbins Berechnungen für den Heimflug herangezogen wurden. Luke speicherte seine Berechnungen ab und ging zu Lt. Gribbin. Dieser wiederum war noch immer mit seinen Berechnungen beschäftigt, denn im Gegensatz zu Luke und Harry hatte er nicht die Möglichkeit sich Fehler zu leisten. Nachdem er seine Berechnungen abgeschlossen hatte sah er sich die beiden Kursvorschläge an. Die Berechnung von Luke unterschied sich natürlich von Harrys, denn wie immer war Luke einen vorsichtigen Weg gegangen und Harry hatte in einigen Punkten wieder auf Risiko gesetzt. Gribbin verarbeitete die eine oder andere Kleinigkeit von Lukes und Harrys Programm und eine Viertelstunde später war alles bereit für eine Wende.

„Sir, die Berechnungen sind abgeschlossen und in den Computer eingegeben. Wir können jetzt nach Hause fliegen. Möge Gott uns bestehen, daß uns aus dieser Angelegenheit kein Strick gedreht wird.“, sagte Lt. Gribbin.

„Gut, verstanden. Wir gehen kurzzeitig auf ALEV eins. Setzen sie sich und halten sie sich fest, wir wenden in engem Radius.“, antwortete der einstige erste Offizier.

ALEV steht für Alertlevel, die Zahl steht für die Ernsthaftigkeit der Bedrohung. Bei „eins“ hatte sich die Crew nur an einen Platz zu begeben, an dem sie sich gut festhalten konnte. Meistens war dieser Alarm nur kurzzeitig, für nicht geplante Kurskorrekturen zum Beispiel. Die Wende selbst war schnell und unkompliziert vollzogen, denn man gab dem Computer lediglich den Kurs und den Kurvenradius an und der Computer errechnete für die Stabilisatoren und die

Gravitationsausgleichsgeräte die notwendigen Werte, so daß die Mannschaft beinahe keine Fliehkräfte zu spüren bekommt. Es sei denn, es läuft etwas schief, aber für diesen Fall hielt sich die Mannschaft ja fest.
Es gab bei diesem Manöver allerdings keine Schwierigkeiten und im Handumdrehen waren sie wieder auf Erdkurs. Die Stimmung auf der Brücke hatte sich nicht wesentlich gebessert, jeder war noch von den Ereignissen der vergangenen Stunde berührt. Niemand wagte etwas zu sagen, die Stille lastete auf der Crew, wie ein Fluch der alle zur Untätigkeit verdammt hat.
Jeder war damit beschäftigt seine eigenen Karrierepläne neu zu überdenken, denn eines war klar, diese ganze Affäre würde an niemanden spurlos vorübergehen. Trotzdem befand der Großteil der Crew, daß sie zu Recht wieder umgekehrt sind, der Überlebenswille war, ist und wird immer größer bleiben als alles andere.
Luke war zu diesem Zeitpunkt etwas fertig, unfähig irgend etwas zu tun, aber das fiel nicht weiter auf, da es den Anschein hatte als würde hier auf der Brücke niemand etwas machen. Er hatte nur noch einen Gedanken. Schlafen. Er wollte nur mehr in die Unterkunft um zu schlafen. Nein, die Unterkunft war nicht mehr wichtig, befand er, er wäre sogar dazu im Stande gewesen auf der Brücke im Stehen zu schlafen. Ein Blick zu Harry sagte ihm, daß er genauso dachte. Er war kreidebleich im Gesicht, Schweißperlen standen ihm auf der Stirn, das Haar war zerzaust und überhaupt hatte er so gar nichts soldatisches mehr an sich. Man hatte allen an der Akademie beibringen wollen, daß sie ihren Mitmenschen nie ihren wahren körperlichen Zustand zu zeigen, man sollte vielmehr einen arroganten, selbstsicheren Eindruck hinterlassen. Dies wurde als ein Zeichen von Stärke interpretiert, aber wie

in den meisten Fällen war nichts von diesen albernen Verhaltensregeln übriggeblieben.
Luke dachte sich immer, daß es besser wäre nicht etwas vorzugeben, das man nicht ist, da man sonst sehr leicht immer eine gewisse Rolle spielen muß, aus der man dann, wenn es darauf ankommt, nicht mehr entfliehen konnte. Er hatte diesbezüglich auch schon einige Fälle erlebt. Fälle in denen Menschen an der Rolle, die sie spielen mußten zu Grunde gingen. Sie brachen dann einfach zusammen, und sie hinterließen einen noch schlechteren Eindruck, als wenn sie von je her ihr wahres Ich gezeigt hätten. Davon abgesehen hatte Lukas überhaupt nicht die Möglichkeit sich zu verstellen, er konnte zwar hin und wieder glaubwürdig lügen, aber für das Spielen einer bestimmten Rolle war er schauspielerisch zu wenig veranlagt. Und Harry ging es in dieser Beziehung nicht anders.
„Sir, wenn es für mich keine Arbeit mehr gibt, dann bitte ich um die Erlaubnis wegtreten zu dürfen.“, sagte Luke in einem etwas geschwächtem Tonfall, um seiner Bitte die nötige Glaubwürdigkeit zu verleihen.
„Sir, dieser Bitte möchte ich mich anschließen.“, stimmte Harry Lukas zu.
Martinez blickte daraufhin in Richtung Gribbin und als er bei ihm ein kaum wahrnehmbares Nicken sah, entließ er die beiden von der Brücke und sie schleppten sich mit schlurfenden Schritten zu ihrem Quartier.

Einige Stunden später machte sich wieder eine Fülle von Daten auf den Weg zur Erde um von Lt. Lupo begutachtet zu werden. Beinahe blieb ihm das Herz stehen, als er die Ziel Koordinaten sah.
Sie hatten umgedreht.
Sie waren wieder auf dem Weg nach Hause.

Dies würde seinen Vorgesetzten sicher nicht gefallen, da sie mehrmals angedeutet haben wie überaus wichtig diese Mission ist. Er selbst hatte bei der Durchsicht der letzten Daten die Vermutung geäußert, daß sie umdrehen werden, da die Sicherheit der Mannschaft nicht mehr vollständig gegeben ist. Daraufhin ist General Grodin wütend geworden und hat Lt. Lupo wüst beschimpft. Jedem war bekannt, daß der General jeden zur Schnecke machte der gerade in seiner Nähe war und meistens hatte Lupo das Vergnügen.
Aber es hatte niemand die Möglichkeit die eigenmächtige Abänderung der Befehle rückgängig zu machen.

Kapitel Sechs

Drei Tage waren nun schon wieder vergangen, drei Tage in denen sich Lukas immer öfter dabei ertappte, daß er sich nach dem Sinn dieser Aktion fragte. Die Zweifel wurden mit jeder Stunde größer und er glaubte, daß er nicht der Einzige war, der die Meuterei mittlerweile in Frage stellte.

Die Unruhe unter den Besatzungsmitgliedern wuchs stetig und Luke wußte, daß sie mit dieser Einstellung, welche die Crew nun hatte, nicht lebendig nach Hause kommen würde. Jeder trat mit einem so großen Widerwillen den Dienst an, daß darunter gewiß auch die Qualität der Arbeit litt.

Es rissen Schlampereien ein und es wurden unnötige Fehler gemacht. Lukes Verlangen danach mit dem Captain über all das zu sprechen wurde immer größer, aber er mußte sich zuerst etwas wegen der Wachen einfallen lassen. An denen kam er nur mit gültiger Erlaubnis vorbei, und diese wiederum bekam er nur von Ltcm. Martinez. Aber der würde nie zulassen, daß jemand mit ihm spricht, weil er immer noch zuviel Angst hatte, der Captain könnte sich mit einigen loyalen Männern befreien und ihn unter Arrest stellen lassen. Und dort würde er dann darüber nachdenken können, wie es wohl ist vor einem Erschießungskommando zu stehen. Lukas fiel nach einiger Zeit ein, daß er ein Erlaubnisschreiben aufsetzen konnte, welches seinen Authorizationscode trug, da er ja das Codewort des ehemals ersten Offiziers kennt. Er bemerkte, daß dies der einzige Weg war und machte sich gleich an dem Terminal in seinem Zimmer an die Arbeit.

Eine Viertelstunde später war es bereits fertig ausgedruckt und er ging damit zum Quartier des Captains. Die Wachen hatten wahrscheinlich Anweisung besonders finster zu schauen, denn sie wirkten bedrohlicher als sonst. Aber wahrscheinlich ließ nur Lukes Angst die beiden Soldaten links und rechts neben der Türe größer, stärker, muskulöser und bedrohlicher wirken. Im Augenblick jedenfalls glichen sie zwei Riesen, welche im nächsten Augenblick aus Platzmangel die Seitewände würden eindrücken.
Noch bevor die Beiden dazu kamen, eine patzige Meldung abzugeben hielt er dem rechten das Stück Papier unter die Nase, welches ihm, so hoffte er, Zutritt zum Quartier des Captains ermöglichte. Der Soldat las es sich nur kurz durch, machte dann einen Schritt zur Seite und lies ihn passieren. Das ging einfach, Gott sei Dank, denn Lukas schlug sein Herz bereits jetzt bis zum Hals.
Er fragte sich warum dies so war, denn er war doch früher kein Angsthase gewesen. Aber er wußte, warum er jetzt so reagierte, der Einsatz hatte sich erhöht, früher ging es um kleinere Bestrafungen, aber jetzt ging es um seine Karriere und was noch schlimmer war, es ging zum Teil auch um sein Leben. Aber darüber machte er sich im Augenblick keine großen Sorgen, er bemerkte vielmehr, daß er nun im Zimmer des Captains stand und nicht wußte was er sagen sollte. In gewisser Hinsicht war es die gleiche Situation wie vor einigen Tagen als er Catherine kennengelernt hatte. Übrigens hatte er sie die letzten drei Tage schon nicht mehr gesehen, aber das ist wohl eine andere Geschichte. Als er so dastand und ihm nichts besseres einfiel salutierte er vor ihm, wie es sich eigentlich gehört. Oder mußte er gar nicht mehr salutieren, er war doch seines Amtes enthoben

worden. Aber da er nicht wußte ob dies alles überhaupt legal war, war es besser vor ihm zu salutieren.
Er gab ein armseliges Bild, völlig unsoldatisch. Es roch hier nach Whiskey, aber keiner dieser Billigmarken, nein es roch nach teurem Whiskey. Die Augen des Captains waren glasig, sein Blick schweifte wie gehetzt umher und es sah so aus als habe er vor kurzem geweint. Er saß in einem alten hölzernen massiv wirkenden Schaukelstuhl und hinter diesem Stuhl konnte man noch bei genauerem hinsehen die leere Flasche erkennen, welche nun nur mehr durch den Duft daran erinnerte, daß sich in ihr ein guter Tropfen befunden hat.
„Was wollen sie?", sagte er schleppend mit einer rauhen Stimme. Er hatte weder vor ihm salutiert noch genickt, was im allgemeinen als sehr unhöflich unter Soldaten galt. Aber das war wohl der leeren Flasche hinter ihm zuzuschreiben, denn früher achtete er sehr genau auf die Umgangsformen.
„Mit ihnen reden, sie fragen wie es ihnen so geht und wie ich ihnen aus dieser Misere helfen kann."
„Drehen sie sich wieder um und verschwinden sie, sie haben nicht die Position mir zu helfen."
„Unterschätzen sie mich nicht, aber wenn sie nicht wollen, dann gehe ich wieder. Eine zweite Chance bekommen sie allerdings nicht, denn der Trick mit dem ich hier hereingekommen bin wird kein zweites Mal funktionieren."
Luke hatte sich bereits umgedreht und ging langsam, sehr langsam zur Tür um dem Captain eine Gelegenheit zu geben, seine Meinung zu revidieren. Was er dann auch tat.
„Warten sie noch.", sagte er schnell und mit hoher, fast schon hysterischer Stimme.

„Wenn sie schon so viel riskiert haben, um hierher zu kommen, dann sollte dies auch belohnt werden."
„Danke. Aber ich weiß nicht ob die beiden Wachen meinen kleinen Trick geschluckt haben, es bleibt also möglicherweise nicht mehr viel Zeit."
„Also gut, ich möchte allerdings zuerst wissen, wie sich zu der ganzen Situation stehen?"
„Meiner Meinung, beziehungsweise meiner Einschätzung nach hätte es nie so weit kommen müssen. Hätten sie der Crew von Anfang an mehr gesagt, dann wäre sie ihnen auch weiterhin gefolgt, auch wenn der Auftrag schwer zu erfüllen gewesen wäre."
Er leitete somit behutsam auf seine Fragen über, denn wenn er überhaupt eine Chance darauf hatte an die Informationen zu kommen, dann jetzt. Der Captain war dabei sich aus Langeweile zu betrinken, oder hatte er sich schon betrunken und legte nun ein Scherflein nach. So genau konnte man es zu diesem Zeitpunkt nicht sagen. Er vermutete allerdings, daß noch mindestens eine weitere Flasche dieses wohlriechenden Whiskeys vorhanden war und davon wollte er auch etwas abhaben. Das wurde ihm erst jetzt klar und er erschrak bei dem Gedanken, daß ihm vielleicht ein Schluck Whiskey wichtiger war als die Informationen, die er zu erhalten gedachte.
„Sie haben vielleicht sogar recht, aber mir waren doch die Hände gebunden. Ich hatte strickte Anweisungen. Wir sind in einer sehr verzwickten Lage. Wir haben es furchtbar eilig. Sollte ich hier auf jeden Fall früher heraus kommen als auf der Erde, dann werde ich wieder augenblicklich umdrehen. Es ist einfach zu wichtig, möglicherweise, ich sage nur möglicherweise, sogar wichtiger als das Leben einiger Besatzungsmitglieder."

Als er dies gesagt hatte, lehnte er sich zurück und dachte, seinem Gesichtsausdruck zufolge, angestrengt nach ob er dies auch wirklich ernst gemeint hatte. Oder aber er unterdrückte nur die drohende Übelkeit, was dem Gesichtsausdruck nach sogar die wahrscheinlichere Variante war, das befand zumindest Lukas. Luke wußte zwar, daß es schlimm war, aber er dachte nicht das es so schlimm war, daß der Captain seine Crew verriet. Die ersten Dinge, die man als Captain lernte, das hatte Lukas irgendwann einmal gehört, war, daß man der Crew niemals und unter gar keinen Umständen sagen darf, daß die Mission wichtiger ist als sie, daß überhaupt etwas wichtiger ist. Und man darf schon gar nicht durchklingen lassen, daß man gewillt ist einige Leben zu opfern. Luke bewunderte aber die Offenheit, mit der dieses Gespräch begann und er hatte vor nun alles zu erfahren, was er unter diesen Umständen erfahren konnte. Dies war die Chance, seine einzige Chance vielleicht etwas Licht auf das Dunkel der Mission zu werfen.
„Worum geht es denn nun wirklich? Viele Teile und Geräte sind auf der Frachtliste gar nicht verzeichnet."
„Sie haben großes Glück.", antwortete der Captain argwöhnisch, er hatte trotz seines Zustandes längst herausgefunden, daß Luke ihn über Dinge ausfragen wollte, die ihn nichts angingen.
„Sie wissen natürlich, daß alles streng geheim ist, und trotzdem fragen sie mich danach. Wie gesagt, sie haben Glück, daß ich mich in einer dummen Situation befinde, deshalb ist es fast schon egal, wenn ich ihnen einiges davon erzähle, wie es draußen wirklich zugeht. Ich muß sie aber trotzdem bitten, nicht alles an die große Glocke zu hängen. Verstanden?"
Er blickte Lukas mit müden Augen an, er war ohne Zweifel nicht mehr weit davon entfernt einfach müde

umzufallen. Aus diesem Grund nickte Luke nur um den Captain nicht zu unterbrechen.
„Gut, also angefangen hatte alles als vor etwa sechs Monaten der wöchentliche Bericht ausblieb. Wir funkten die Station an und alles was wir sahen waren Einspielungen der einzelnen Sicherheitskameras, die in der ganzen Station verteilt sind. Es war alles normal, also nahmen wir an, daß nur die Funkstation ausgefallen war und uns deshalb keine Nachrichten mehr erreichten. Durch Zufall fiel dann einem Techniker ein, daß wir dennoch Einsicht in die Meßdaten der Station nehmen können. Ich nehme an, sie wissen wozu der Außenposten dient?"
Wieder ein knappes Nicken.
„Gut, wir sahen uns also die Ergebnisse gleich an und ein Heer von Technikern machte sich gleich an die Auswertung der Daten. Man entdeckte dann ganz leise im Hintergrund Geräusche, die gar nicht hätten da sein sollen, und so nahm man an, daß jemand geantwortet hatte. Verstehen sie was das bedeutet?"
Knappes Kopfschütteln.
„Na, daß wir möglicher Weise eine Erstkontaktsituation haben. Wenigstens hat es das Verteidigungsministerium so eingestuft. Und deshalb ist es nun unsere Aufgabe auf der Station militärisch Präsenz zu zeigen und somit dem einen oder anderen Unfall vorzubeugen."
Jetzt konnte sich Luke auf die eine oder andere Sache einen Reim machen. Eine mögliche Erstkontaktsituation. Unglaublich, aber wahrscheinlich hatten diejenigen im Verteidigungsministerium mehr Beweise als sie dem Captain mitgeteilt hatten. Auch er war nur ein Rädchen in einer großen Maschine. Das alles bedeutete also, daß laut Meinung einiger Experten außer uns noch jemand da draußen ist, daß die Menschen nicht das einzige intelligente Leben im All

repräsentieren. Es wäre ja auch anmaßend und überheblich, zu glauben, daß in den endlosen Weiten des Alls kein Leben existiert. Nein, eigentlich wußte jeder, daß im Weltall noch mehr Leben existiert, aber Lukas hätte nie gedacht, daß sie so nahe waren. Nahe genug um uns gefährlich werden zu können. Lukas schätzte die Lage also richtig ein, man war darauf aus den Außerirdischen, wie immer die auch aussehen mögen, zu zeigen, daß es nicht gut war sich mit uns Erdlingen anzulegen.
Luke fragte sich auch ob die „weisen" Herren im Verteidigungsministerium jemals eine friedliche Lösung in Betracht gezogen haben. Aber es war unwahrscheinlich, denn man reagierte schon äußerst aggressiv auf Menschen, die nicht die gleiche Hautfarbe haben oder die gleiche Sprache sprechen. Der Rassismus ist wieder sehr stark geworden. Intoleranz siegt vor Vernunft. Würde man jemanden nach dem warum zu fragen, oder danach, wann man wieder begonnen hat Menschen wegen ihrer Hautfarbe zu hassen, niemand würde darauf eine präzise Antwort geben können. Es war einfach so, scheinbar hatte niemand Schuld.
Im Augenblick war Luke noch damit beschäftigt alles zu verdauen, sich der Nachricht überhaupt bewußt zu werden. Darüber im klaren zu sein, was dies für ihn, die Mission, sein Leben allgemein und überhaupt für die gesamte Menschheit bedeutet. Er beschloß darüber später nachzudenken, und seine gesamte Aufmerksamkeit wieder dem Captain zu widmen.
„Fahren sie fort.", sagte Luke daraufhin.
„Fahren sie fort.", äffte ihn der Captain in abfälligem Tonfall nach, „Was wollen sie denn noch hören? Ist das nicht genug. Unser Laderaum ist bis oben hin mit den

neuesten Waffensystemen vollgestopft. Alles für den Außenposten."

„Waffensysteme welcher Art?"

„Die Neuesten, die wir überhaupt entwickelt haben. Satelliten, die um die Station kreisen und auf alles feuern, was als Feind einprogrammiert ist. Alles ist darauf ausgelegt, daß man zum Bedienen der Waffen kein Personal abstellen muß. Es sind Selbstschußanlagen der neuesten Generation."

Man hat also vor einen Blitzkrieg zu führen und zwar gegen eine Rasse über die absolut nichts bekannt ist. Es könnten friedliche Forscher sein, die einfach Interesse an neuem Wissen oder überhaupt an neuen Kontakten haben, und die Menschen haben nichts anderes vor, als daß sie unsere Gäste mit Waffen erwarten. Der ganze S.E.T.I. - Unsinn, nein eigentlich war das kein Unsinn, denn die Kontaktaufnahme hat ja funktioniert. Aber all die S.E.T.I. - Forschungen waren trotzdem umsonst, denn dies konnte nicht im Sinne der Wissenschaftler, welche diese Programme ins Leben gerufen hatten, sein.

Auf einmal, während Luke an die Worte des Captains dachte, merkte er wie sich die Liste verlängerte. Jene Liste, auf der Lukas im Geiste all die Vorteil der Umkehr notierte. Und trotzdem plagten ihn immer noch Gewissensbisse.

„Warum bemüht man sich nicht um eine friedliche Lösung?"

„Friedliche Lösung?", antwortete der Captain schrill „Was sollte man den friedlich lösen?"

„Na, man könnte doch versuchen mit den Außerirdischen zu sprechen, sie kennenlernen, über ihre Gebräuche reden, oder was noch besser wäre Wissen austauschen."

„Nein, das wurde von der Erde als zu riskant abgelehnt. Die Wissenschaftler hatten sich für diese Lösung stark gemacht, aber sie wurden vom Militär überstimmt. Die Militärs sahen darin eine Chance das immer kleiner werdende Verteidigungsbudget wieder wachsen zu lassen. Aber jetzt ist das ja hinfällig geworden."
„Nicht unbedingt, Sir. Ich schätze, nicht alle an Bord sind mit der Entscheidung des ersten Offiziers einverstanden. Außerdem hatte er in den vergangenen paar Tagen eine entscheidende Persönlichkeitsveränderung durchgemacht. Er hat sich garantiert nicht zu seinem Vorteil verändert."
„Sind sie sicher. In wiefern hat er sich verändert?"
„Was meinen sie?"
„Na, was hat er in den vergangenen Tagen gemacht, was er früher nie gemacht hätte?"
„Ach so, nun zunächst ist seine Ruhe und Überlegenheit, welche ihn früher ausgezeichnet hatte, verschwunden. Er schreit herum und gibt unter anderem unsinnige Befehle. Er widerruft auch sehr oft einen seiner Befehle."
„Dann wird er sich nicht mehr lange halten können. Er hat Selbstzweifel, so etwas ist ebenso tödlich wie die Offenheit meinerseits vorhin, als ich erwähnte, daß ich vielleicht auch die Mannschaft opfern würde, für das Gelingen der Mission. Übrigens habe ich darüber nachgedacht, natürlich würde ich die Mannschaft nicht opfern, ich wollte ihnen damit nur klar machen, wie wichtig diese Mission ist."
„Natürlich, Sir."
Der abwertende Ton in Lukes Stimme war nicht zu überhören.
„Glauben sie es oder glauben sie es nicht. Ich würde es allerdings sehr positiv in meinem Bericht, wenn sie es

irgendwie schaffen könnten, Ltcm. Martinez davon zu überzeugen, daß er im Unrecht ist.“
„Ich dachte sie trauen mir nicht zu, etwas in dieser Richtung zu bewerkstelligen?“
„Nun, in Notsituationen wie diesen muß man alles versuchen... . Tut mir leid, ich wollte sie nicht beleidigen. Im Gegenteil, ich halte sie für einen fähigen Offizier. Ich kenne nicht viele, die sich eingemischt hätten, als man mich auf der Brücke des Kommandos enthoben hat.“
„Ich habe es, nachdem sie weg waren noch einmal gesagt und es wurde auf meinen Wunsch hin ins Logbuch eingetragen.“, sagte Lukas und der Stolz in seiner Stimme war nicht zu überhören.
„Und je mehr ich darüber nachdenke, glaube ich die Entscheidung des ersten Offiziers rückgängig machen zu können. Vertrauen sie mir.“
Da nach Lukes Meinung alles gesagt wurde und er endlich Antworten erhielt, drehte er sich um und ging zur Tür.
„Da wäre noch etwas, das sie mir sagen können. Warum haben sie auf der Brücke zum Lachen begonnen?“
„Das erkläre ich ihnen irgendwann einmal, das würde zu lange dauern, und derzeit gibt es zu viel zu tun.“, antwortete Lukas, ziemlich froh eine Ausrede gefunden zu haben.
Der Captain gab sich damit zufrieden und nickte. Lukas klopfte zweimal gegen die Tür und wurde aus der Kabine des Captains entlassen. Lukes große Klappe hatte ihn wieder einmal in Schwierigkeiten gebracht. Auf dem Weg zu seinem Quartier dachte er nämlich darüber nach, wie er sein Vorhaben verwirklichen könnte. Und ihm fiel nichts ein. Absolut nichts. Er war mit der Hoffnung Antworten zu erhalten zum Captain

gegangen, aber er hatte nicht im Traum daran gedacht eine Meuterei rückgängig zu machen.
Die Geschichte entwickelte sich zu einer Farce. Er dachte daran wie man früher solche Angelegenheiten geregelt hatte. Wahrscheinlich gab es früher viel mehr Meutereien als bekannt sind, aber manche haben ihre Fehler eingesehen und das Kommando wieder zurück gegeben und wahrscheinlich hatten die Meuterer einen humanen Captain, der nichts verriet. Tief in seinem Inneren spürte Luke, daß der Captain wieder auf seinen ursprünglichen Platz zurück mußte, wenn diese Mission nicht in einem absoluten Fehlschlag enden sollte.
Wie immer, wenn Lukas nicht mehr weiter wußte, wartete er einfach ab. Meistens passierte dann etwas, das Luke in seinem Vorhaben wesentlich besser weiter brachte, als er es hätte jemals planen können. Mit diesem Gedanken erreichte er seine Kabine, ging hinein und legte sich in sein Bett, nicht weil er müde war, sondern weil es nichts besseres zu tun gab. Tausend Gedanken schossen ihm in diesem Augenblick durch den Kopf. Er sah im Gedanken Bilder, Bilder von Zuhause, von seinen Eltern, von seinen früheren Abenteuern mit Harry, von seinem Jahr in Europa und von Catherine, aber er konnte keines der Bilder festhalten. Er konnte sich der Bilderflut nur tatenlos hingeben, mittlerweile bereute er es, daß er sich ins Bett gelegt hatte. Nach zehn Minuten kam dann endlich Harry und riß Luke aus seiner Lethargie. Schweißüberströhmt und kreidebleich sah er Harry an. Sein Atem ging schwer und er erholte sich nur langsam von seinem kurzen, intensiven Tagtraum.
„Danke, Harry."
„Was war los mit dir?"
„Nichts, gibt's was Neues?", antwortete Luke abweichend.

„Sehr viel, mein Freund.“, begann er fröhlich „Ich habe mit einigen Crewmitgliedern gesprochen und es hat den Anschein, als wäre zwar niemand mit dem Verlauf dieser Mission glücklich gewesen, aber die Meuterei halten die meisten für falsch. Eigentlich war das nur die Idee von Ltcm. Martinez und Lt. Richards. Und Richards Leute müssen ihm ja gehorchen, aber ich nehme an, daß auch dort einige Zweifler sind.“
„Mit wem hast du den gesprochen?“
„Mit Travis, dem zweiten Offizier und mit einer Person, unter deren Befehl auch viele Leute stehen, die können es mit den Soldaten von Richards aufnehmen.“
„Und wer ist das?“, fragte Lukas nun schon etwas ungeduldig. Er hatte nun das Gefühl, daß er eine Chance, eine Chance dem Captain zu helfen. Seine Taktik ist wieder einmal aufgegangen. Wie er immer zu sagen pflegte, Abwarten und Nichtstun ist oft die beste Möglichkeit ein Problem zu bewältigen.
„Ich habe mit Lt. Karen Banks gesprochen. Sie ist der Boß der Fighterpiloten, das bedeutet sie hat neun Piloten unter sich, die auch bewaffnet sind.“
„Wieso sind sie bewaffnet?“
„Meine Güte, du hast ja von überhaupt nichts eine Ahnung. Im Ernstfall helfen sie den Soldaten das Schiff gegen Enterversuchen zu verteidigen. Und dazu benötigt man nun einmal Waffen.“
„Und wofür hat sie sich entschieden?“
„Sie ist feige. Man müßte ihr ein wenig unter die Arme greifen. Und an dieser Stelle kommst du ins Spiel. Ich hoffe, daß du seit früher nichts an deiner Überredungskraft eingebüßt hast. Du mußt ihr einfach erklären, daß der Captain im Recht ist und Martinez im Unrecht.“
„Na sicher, das Einfachste für den großen Luke.“ sagte er spöttisch. „Und wie soll ich das anstellen?“

„So wie du früher die Menschen, von denen du etwas wolltest, manipuliert hast.“
„Du hast ja eine umwerfende Meinung von mir. Danke.“ antwortete er gekränkt, und das war nicht einmal gespielt. Er haßte es, daß man eine so schlechte Meinung von ihm hatte, und es war nicht das erste Mal, daß jemand so etwas von ihm sagte.
„Hey, nicht traurig sein, das ist positiv gemeint gewesen. Du hast die Gabe, jedem einzureden, daß das was du willst das Richtige ist. Ich wünschte, ich könnte das auch.“
„Ja, sicher.“
„Und wirst du zu Lt. Banks gehen?“
„Ja, sicher.“ antwortete er in einem langweiligen Tonfall, obwohl er froh darüber war, denn er hatte Angst davor sich wieder niederzulegen.

Einem der mächtigsten Männer, der nichts von der Umkehr der Coronian wußte, brachten Hunderte von Fragen um den Schlaf. Wann würde das Schiff in sein Reich eindringen? Was war der Grund der Mission? Würde er es noch rechtzeitig entdecken, bevor es sein Reich wieder verließ?
Er spürte ein eigenartiges Gefühl, längst vergessen geglaubt. Er hatte wieder ein Ziel vor Augen, eines das es seit langem wieder einmal wert war alles dafür zu riskieren. Er spürte Vorfreude auf die kommende Begegnung, es machte ihm auf einmal nichts aus nicht mehr einschlafen zu können. Er verließ sein Bett und ging zur Computerkonsole um nochmals die ihm zur Verfügung stehenden Daten durchzusehen, er sagte sich immer wieder, daß es unmöglich sei eine solche Mission geheimzuhalten. Aber so sehr er sich auch anstrengte die ihm vorliegenden Berichte wiesen nicht den kleinsten Hinweis auf ihre Route auf. Seine sonst

so guten Informationsquellen waren diesmal unglaublich zurückhaltend.
Seine Gegner wußten von ihm mehr als er über sie wußte, seit langem war er im Nachteil. Es wäre durchaus möglich, daß sie das Gebiet ungesehen pasieren können, da die Position seiner Überwachungssateliten größtenteils bekannt war und somit leicht umflogen werden konnten. Er hatte aber nicht mehr die Zeit sie umzugruppieren. Er mußte sich etwas anderes einfallen lassen, er mußte sich in seinen Gegner hineinversetzten.
Hinter ihm betrat sein Butler den Raum, nicht aber ohne die Türe hörbar zu schließen, sein Herr haßte es erschreckt zu werden.
"Ich habe noch Licht gesehen, Sir. Kann ich ihnen noch etwas bringen?" fragte er Sir Cuningham der immer noch mit dem Rücken zu ihm saß.
"Nein, danke. Es ist alles in bester Ordnung."
"Kann ich ihnen sonst irgendwie helfen?"
Cunningham drehte sich um und sah ihm in die Augen, er hatte schon des Öfteren von der raschen Auffassungsgabe seines Butlers profitiert. Es wäre in der Tat möglich, daß er Nützliches zu diesem Thema beisteuern konnte.
"Das können sie wahrscheinlich. Sind neue Berichte über die Mission gekommen?"
"Nein, tut mir leid." antwortete ihm Boothe, sichtlich bestürzt darüber keine zufriedenstellende Antwort geben konnte.
"Macht nichts. Ich möchte von ihnen ihr persönliche Meinung hören, wo wäre es am wahrscheinlichsten, daß sie auftauchen?"
Als Antwort auf diese Frage ging er zu einem niedrigen Tisch, auf dem nichts stand. Er war aus Glas, getöntem Glas, welches vermuten ließ, daß es sich um keinen

gewöhnlichen Tisch handelte. Das war er aber, es handelte sich nämlich um einen dreidimensionalen Projektor. Boothe aktivierte ihn durch einen verbrogenen Schalter an der Unterseite, gleich darauf erschien eine vielfarbige Kugel, welche täuschend realistisch wirkte. Sie hatte nur die Funktion eines Testbildes. Auf einer Computerkonsole dahinter gab er schnell hintereinander Befehle ein und wenige Sekunden darauf erschien das von Sir Cunningham beanspruchte Gebiet.

"Zu Beginn muß ich sagen, daß ich nicht die geringste ahnung habe wo sie auftauchen werden. Jeder der den Zeitpunkt des Startes nicht kennt, weiß auf ihr Frage auch keine Antwort. Und bei der Vielzahl von Schiffen die in letzten Zeit gestartet sind kann man unmöglich das Richtige herausfinden. Aber ich habe etwas Besseres für sie."

Er hielt kurz inne um Luft zu holen und deutete dann auf einen kleinen Punkt, der mit minimaler Geschwindigkeit in ihre Richtung unterwegs ist.

"Das ist einer der vielen Trümmern eines längst untergegangenen Planeten, wahrscheinlich genauso wie die anderen Asteroiden, die wir überprüft haben, sehr reich an den unterschiedlichsten Rohstoffen, Edelmetalle nicht ausgeschlossen. Das besondere an ihm allerdings ist daß er beinahe an unserer Haustür, wenn man so sagen kann, vorbeifliegt. Wir sollten lieber diesen Asteroiden untersuchen und die Rohstoffe abbauen, anstatt auf dieses Schiff zu warten."

Cunningham sah ruhig da, sein Butler hatte ihm vielleicht eine Möglichkeit gezeigt sein Gesicht zu wahren. Denn wenn das Schiff ungesehen durchkommt kann er immer noch sagen, daß er es hatte passieren lassen, weil ein lohnenderes Ziel vorhanden war. Andererseits wollte er unbedingt beweisen, daß

niemand ohne Zoll zu zahlen durch sein Gebiet fliegen konnte. Er wollte endlich seine Macht demonstrieren.
"Sie verstehen nicht, was... ", begann Cunningham.
"Ich verstehe besser als sie denken, Sir. Sie wollen beweisen, daß sie in der Lage sind ihr Gebiet zu kontrollieren, aber wie man sieht sind sie es nicht. Davon abgesehen war rohe Machtdemonstration noch nie eine gute Werbung für jemanden."
Sein Butler verstand ihn nicht, auch wenn er anderes behauptete. Was sollte man von einem Kleingeist wie er es war auch erwarten. Cunningham sah sich selbst in der Rolle eines Vorreiters, eines Avantgardisten. Viele andere, die es sich selbstverständlich leisten konnten, würden ihm folgen und ebenfalls Gebiete beanspruchen, wenn es sich als einträgliches Geschäft erwies. Er würde vielleicht sogar in die Geschichte eingehen, als erster Industrieller, der sein Imperium in den Weltraum ausdehnte.
"Sie wissen eben nicht worauf ich hinaus will, ich will eben beweisen, daß ich mein Gebiet überwachen kann. Habe ich erst einmal den Beweis erbracht, dann kommt niemand auf der Erde umhin meine Ansprüche auf dieses Gebiet anzuzweifeln. Ich werde es dann rechtmäßig besitzen.", erklärte er Boothe mit einem machthungrigen Glitzern in den Augen, welches Boothe noch nie gesehen hat.
"Trotzdem hoffe ich, bei allem nötigen Respekt, daß es mir gestattet ist zu sagen, daß Mord noch nie ein akzeptables Mittel war um Forderungen durchzusetzen oder Ansprüche zu erheben."
Diese Aussage schrie nun aber doch nach einer Zurechtweisung, sein Diener sollte sich nicht als Moralapostel aufspielen.
"Mir gegenüber können sie ihre Meinung durchaus in dieser Art und Weise äußern, aber ich hoffe sie

erzählen dies nie in der Öffentlichkeit. Denn dann wäre die Entlassung noch das mindeste, das ihnen passieren würde. Ich würde es nur ungern sehen, wenn ich ihr Familie bei einem Gewinnspiel gewinnen lassen müßte. Ich hoffe, sie verstehen was ich meine."
Natürlich verstand er es, er war ja nicht schwachsinnig. Ein Gutes hatte sein Arbeitsverhältnis bei Sir Walter Cunningham allerdings, er konnte sich immer sicher sein, daß für seine Familie gesorgt war, wenn er durch unbedachte Äußerungen oder Handlungen das Zeitliche segnete. Sie würde dann bei irgendeinem unbekannten, von Cunningham manipulierten Gewinnspiel eine ausreichend große Summe gewinnen um nicht am Hungertuch zu nagen. So konnte er erstens sicher sein, daß es der Familie des Betroffenen gut ging, und daß man die Spur nicht bis zu ihm zurückverfolgen konnte.
"Ich habe sie sehr gut verstanden und weiß es zu schätzen, daß sie auf meine Meinung so großen Wert legen. Ich werde mich natürlich weiterhin umhören aber ich habe das Gefühl, daß es nichts bringen wird. Wir hätten noch die größte Chance, wenn wir alle Schiffe, die wir zur Verfügung haben rund um die Uhr ihr Gebiet durchfliegen lassen. Vielleicht entdecken wir sie ja."
"Ich danke ihnen, wahrscheinlich haben sie recht, sollte sich wirklich nichts ergeben können wir immer noch den Asteroiden suchen. Ich gehe jetzt schlafen, ich brauche sie deshalb nicht mehr."
Sein Butler nickte noch einmal mit dem Kopf und verschwand dann nahezu lautlos durch die Tür, durch die er gekommen war. Cunningham deaktivierte den Tischprojektor, da dieser Unmengen von kostbarer Energie verschlang und legte sich dann unzufrieden in sein Bett. Er schlief zwar relativ schnell ein, aber

erholsam war der Schlaf sicher nicht, dazu war er viel zu unruhig.

Kapitel Sieben

„Herein.“, antwortete eine tiefe Frauenstimme auf Lukes Klopfen hin.

Etwas zögernd kam er dieser Aufforderung nach, da er nicht wußte ob es zulässig war, als Mann in den Frauentrakt einzutreten, aber er mußte ja mit ihr sprechen. Unbedingt. Ein verdutztes Gesicht mittleren Alters blickte ihn an, Lt. Karen Banks war eine Frau, die ganz offensichtlich versuchte die Folgen des Älterwerdens zu bekämpfen. Wenn er wüßte wie alt sie wirklich war, dann könnte er sehen ob ihr Bemühen von Erfolg gekrönt war. Aber sie sah eigentlich gut aus, die kleinen Fältchen unter ihren Augen ließen sie nur interessanter und nicht älter erscheinen. Die Haare waren streng nach hinten frisiert und zu einem kunstvollen Zopf geflechtet. Da sie saß und auch keine Anstalten machte aufzustehen, konnte er ihre Größe nur schätzen. Wahrscheinlich 170 cm groß und das Gewicht entsprach auch ihrer Größe. Das heißt, daß sie weder dick war noch, daß sie eine Wespentaille hatte.

„Sind sie sicher, daß sie hierher gehören?“

„Nein, hier gehöre ich sicher nicht her.“, antwortete er mit einem Schmunzeln, das über seine Verlegenheit hinwegtäuschen sollte „Aber ich muß mit ihnen reden.“

„Gut, fangen sie an.“

„Nun, es geht über die derzeitige Situation hier an Bord. Ich wollte von ihnen wissen, wie diese Mission ihrer Meinung nach ausgeht?“

„Warum fragen sie ausgerechnet mich?“

„Weil... . Nun, weil sie die Mittel hätten, etwas zu ändern, die ursprünglichen Verhältnisse wiederherzustellen.“

„Und wie soll ich das ihrer Meinung nach machen. Wie heißen sie übrigens?“
„Verzeihen sie meine Unhöflichkeit, mein Name ist Lukas Draxton, Fähnrich Draxton. Und was das Wie betrifft, sie haben die Möglichkeit die Piloten zu bewaffnen und das Kommando im Namen des Captains wieder übernehmen.“
„Na gut, Fähnrich Draxton. Sie stellen sich das Ganze etwas zu einfach vor. Ich kann nicht einfach zu Ltcm. Martinez gehen und ihm befehlen den Captain freizulassen.“
Als Luke diese Ausflüchte hörte wurde er wütend. Er zeigte in seiner Wut keinen Respekt mehr vor ihrem Rang.
„Das sind doch alles nur Ausflüchte. Sie sind einfach zu feige, sie hoffen einfach nur, daß alles an ihnen vorübergeht. Aber das wird es nicht. Es ist an der Zeit für sie Stellung zu beziehen.“
„Mäßigen sie ihren Ton Fähnrich. Sie sprechen mit einem ranghöheren Offizier.“
„Mit allem nötigen Respekt, aber ich spreche scheinbar mit einem äußerst feigen ranghöheren Offizier, denn die ganze Angelegenheit ist so einfach wie ich es eben geschildert habe.“
„Wenn sie mich noch einmal feige nennen, dann lasse ich sie unter Arrest stellen. Haben sie das verstanden?“
„Ja“ gab er kleinlaut von sich „Tun sie einfach etwas, daß sie in meinem Ansehen wieder steigen läßt. Gehen sie mit ihren Leuten zu Martinez und sagen sie ihm die Meinung. Ihre Leute können es als einzige mit den Soldaten von Lt. Richards aufnehmen.“
Die darauffolgende Stille ließ Luke befürchten, daß er den Bogen überspannt hatte. Aber wie man schon auf der Space-Akademie sagte: Extreme Situationen erfordern extreme Maßnahmen.

„Wissen sie eigentlich was sie mir hier vorschlagen?“
„Ja, einem Mann das Kommando wieder zu geben, dem es eigentlich rechtmäßig gehört. Oder anders ausgedrückt, endlich einmal Partei ergreifen.“
Er schmunzelte um seinen Worten etwas von der Schärfe zu nehmen. Lt. Banks hatte der Vortrag ein Lächeln entlockt. Vor ihr stand ein junger idealistischer Fähnrich, der alles wieder einrenken wollte ohne darauf zu achten, wen er damit auf die Füße trat. Lukas wußte nicht was sie lächeln ließ, aber es gefiel ihm, daß er sich wieder auf sicheren Boden gerettet hatte. Außerdem machte ein Lächeln beinahe jeden Menschen um das zehnfache schöner, und im diffusen Licht der Kabine erschien sie wie eine gütige Lehrerin, die sich um die Gunst eines kleinen Schülers bemühte.
„Gut, ich werde meine Leute befragen, ob sie die Situation genauso sehen, wie sie. Sie sollten nun wieder in ihr Quartier gehen und warten.“
„O.K. ich gehe, aber warten fällt mir sehr schwer. Und eines muß ich ihnen der Fairneß halber sagen, wenn der Captain wieder am Ruder ist besteht die Chance, daß wir abermals umdrehen um unsere Mission zu vollenden. Unwahrscheinlich, aber doch möglich. Ich dachte sie sollten das noch wissen.“
„Danke. Und nun gehen sie, ich habe noch etwas zu tun.“
Erleichtert verließ er die Kabine und machte sich auf den Weg in die Bar. Alles war besser als in die eigene Kabine gehen und sich niederzulegen. Schlafen war unter diesen Umständen nicht ratsam, denn er würde wahrscheinlich nur wieder zu träumen anfangen. In letzter Zeit haßte er es zu träumen. In der Bar war der Tageszeit entsprechend, falls man im All von so etwas wie Tageszeit sprechen kann, ziemlich voll. Am anderen Ende aber sah er einen freien Platz, genau

neben... Catherine. Welch ein Lichtblick! Lukas beeilte sich damit einen Drink zu holen und setzte sich zu Catherine, die wie bei ihrer ersten Begegnung alleine an einem Tisch saß. Anscheinend kam sie wirklich hierher um alleine zu sein.
„Hallo, Cathy. Wie geht's?"
„Setz dich Luke und heitere mich auf."
„Aufheitern ist nur zum Teil machbar. Hat dir Harry von unserem Plan erzählt?"
„Er hatte einmal etwas von einer Kommandorückgabe gesagt."
„Richtig!", antwortete Luke übermütig, „Ich habe mit Lt. Banks gesprochen und sie wird nun mit den Piloten sprechen, und wenn die mit dem Plan einverstanden sind, dann werden sie Waffen ausfassen und werden Martinez und Richards das Kommando entziehen und dem Captain wieder zurückzugeben. Allerdings habe ich auch mit dem Captain höchstpersönlich gesprochen und diesem Gespräch nach ist die Mission so wichtig, daß wir wahrscheinlich wieder umdrehen um zu dem Außenposten zu fliegen. Seiner Einschätzung nach haben wir noch mehr als genug zu essen."
„Großartig.", sagte sie wenig begeistert.
„Es ist noch nicht sicher wie großartig diese Sache wirklich ist. Warum sitzt du eigentlich hier?"
„Eigentlich wollte ich wieder einmal alleine sein, aber wie beim ersten Mal, ohne Erfolg."
„Aber du hast gesagt, ich soll mich zu dir setzen."
„Sicher" sagte sie wenig begeistert „Aber wärst du gegangen, wenn ich dich darum gebeten hätte?"
„Nein."
„Na siehst du."
„Also gut, du willst alleine sein, dann gehe ich."
Er machte Anstalten aufzustehen um wegzugehen, aber sie hielt ihn am Arm fest. Berührungen zwischen ihr

und ihm elektrisierten ihn immer wieder. Er blickte zuerst auf den Arm und dann in ihr Gesicht. Sie lächelte ihn entschuldigend an und bedeutete ihm mit einem Nicken sich niederzusetzen.
„Bleib′ hier. Ich habe es mir anders überlegt. Was hat dir der Captain über die Mission erzählt?“
„Ich habe aber dem Captain versprochen nichts davon zu erzählen. Tut mir leid, weißt du kein anderes Thema?“
„Kein anderes Thema?“, sagte sie spöttisch, „Was soll ich dir denn erzählen, meinst du ich erlebe hier etwas Aufregendes?“
„Nein, wahrscheinlich nicht, aber das kommt vielleicht noch.“
Ein kurzer Knall unterbrach diese etwas eintönige Konversation. Es war ein Schuß, ein zweiter folgte. Und plötzlich war die Luft erfüllt vom Lärm der feuernden Waffen, eine Vielzahl von feuernden Waffen. In der Bar ist es mit einem Schlag still geworden, aber das bemerkte niemand, jeder war durch den Lärm betäubt.
„Das muß ich sehen!“, rief Luke Catherine durch den Lärm zu.
„Bist du verrückt, bleib hier oder willst du erschossen werden?“
„Ich muß Lt. Banks doch helfen.“
Catherine entgegnete noch etwas, aber Luke war schon außer Hörweite. Er sprintete den langen Korridor entlang und achtete dabei darauf aus welcher Richtung der Lärm kam. Er kam von Lt. Richards Quartier, welches sich in der Nähe der Frachträume befand. Die Situation war klar, Lt. Banks hatte Lt. Richards darauf hingewiesen, daß Martinez keinerlei Befugnisse mehr hatte. Lt. Richards hatte es daraufhin irgendwie geschafft seine Leute zu alarmieren. Die Soldaten

kamen ihm daraufhin zu Hilfe und die bewaffneten Piloten zogen sich daraufhin in den naheliegenden Frachtraum zurück. Beide Seiten bezogen dort Stellung, verschanzten sich und versuchten nun die gegnerische Partei mit Hilfe der Waffen zur Aufgabe zu zwingen. So hat es sich wenigstens laut Lukes Analyse abgespielt, und damit lag er nicht einmal so falsch, denn beim Quartier des Sicherheitsoffiziers war nichts mehr los. Der Lärm kam nun aus dem Frachtraum.
Die Hülle des Schiffes war nicht in Gefahr, die Konstrukteure haben in weiser Voraussicht die Hülle mit einer Panzerung versehen, wie man sie noch nicht gesehen hat. Selbst an der dünnsten Stelle betrug die Dicke der Hülle mehr als einen halben Meter angereicherten Vorbanstahles. Derzeit das härteste Material, welches künstlich hergestellt werden kann. Allerdings weiß niemand genau, wie die Zusammensetzung des Stahles im Detail war, denn die Vorban-Werke gaben keinerlei Auskunft darüber. Um die Wahrheit die Ehre zu geben, muß man sagen, daß dies kein Stahl im herkömmlichen Sinn war, es war vielmehr eine Legierung aus Metall- und Kunststoffkomponenten, aber auch die genauesten Analysen ergaben bloß daß mehr als 30 verschiedene Komponenten gemischt worden sind, mehr nicht.
Das Feuergefecht war noch im vollen Gange, Luke versteckte sich auf der linken Seite des Einganges und lugte vorsichtig hervor um sich ein Bild vom Geschehens machen zu können. Gleich hinter dem Eingang, ungefähr fünf Meter von Lukes Position entfernt lag ein Soldat, aus seinem Bauch quoll Blut, es hatte sich bereits eine Lache gebildet. Seine Kameraden waren aber damit beschäftigt, ihre Position zu halten, niemand kam ihm zu Hilfe. Lukas konnte ihn aber nicht dort liegen lassen, er verfluchte sich, weil er einen

Blick riskiert hatte. Hätte er das nicht getan, dann wäre er jetzt auch nicht in der Zwickmühle, ob er ihm helfen sollte, oder ob er auf seine Sicherheit achten sollte. Aber das Bild des verwundeten Soldaten hatte ihn zum Reagieren gezwungen. Er legte sich flach auf den Boden und rutschte zu ihm rüber. Er sparte sich das Leisten der ersten Hilfe, Lukas nahm einen Arm und zog ihn behutsam aus der Schußlinie. Mehrere Schüsse pfiffen gefährlich nahe an Luke vorbei, aber keiner traf. Beinahe keiner, am Ausgang angelangt wiegte er sich schon in Sicherheit, da spürte er plötzlich einen brennenden Schmerz am rechten Oberarm. Er stöhnte auf, zog den angeschossenen Soldaten aber weiterhin aus der Gefahrenzone. Hinter dem schützenden Türpfosten angelangt schulterte er den Verwundeten und rannte mit ihm zum Krankenrevier. Dr. Witherspoon hatte die Schüsse ebenfalls gehört, als Luke die Krankenstation betrat, hatte sich die Frau Doktor bereits hinter ihrem Schreibtisch versteckt.
„Kommen sie, ich habe Arbeit für sie."
Sie hatte sich schnell gefaßt und schoß auf Lukas, der noch immer den bewußtlosen Soldaten auf der rechten Schulter trug, zu.
„Legen sie ihn hier her, holen sie mir ein paar Tücher um die Wunde zu säubern und dann gehen sie wieder, ich muß mich konzentrieren. Da läßt man sich auf einem Raumschiff anstellen, um solche Wunden nie wieder sehen zu müssen, und dann das."
Lukas rannte schnell zu einem unverschlossenen Schrank gegenüber der Eingangstür um einige Tücher zu holen. Er wollte so schnell wie möglich zurück, ohne eigentlich zu wissen, was er dort ausrichten könnte. Auf dem Weg zur Tür erblickte er die 9 mm Automatik im Halfter des immer noch bewußtlosen Soldaten. Dr. Witherspoon ignorierte sie und blickte nur mehr auf die

Wunde. Luke nahm die Waffe, überprüfte ob sie geladen war und..., wußte plötzlich nicht mehr was er machen soll. Ihm kam die Pistole im Vergleich zu den Waffen die im Frachtraum im Einsatz waren äußerst mickrig vor. Aber dann fiel ihm eine Person ein, die dem Ganzen ein Ende setzen kann. Der Captain.

Neuen Mutes lief er zum Quartier des Captains, er hoffte eindringlich, daß dieser nicht zu besoffen war um die anderen zur Vernunft zu bringen. Bevor er in den Gang zum Quartier einbog verlangsamte er seinen Schritt und schlenderte gemächlich um die Ecke. Die Waffe hielt er in der rechten Hand am Rücken fest und mit einem teilnahmslosen Gesichtsausdruck ging er auf die beiden Wachen zu. Sie hatten seit dem letzten Besuch nichts an ihrer Bedrohlichkeit eingebüßt. Als er vor ihnen stand, immer noch mit dem teilnahmslosen Gesichtsausdruck, sah er zuerst die linke, dann die rechte Wache an, und schneller als die Beiden reagieren konnte schwang er die Waffe hinter seinem Rücken hervor und zielte einmal nach links und einmal nach rechts.

„Lassen sie sofort die Waffen fallen!“, rief Luke so laut, daß es im Gang hallte.

„Sie werden nicht schießen.“, entgegnete der Rechte, machte aber auch keine Anstalten mit der Waffe auf ihn zu zielen.

Luke spürte wieder die Wut in sich hochkriechen, Wut über Martinez und Richards, weil sie doch Schuld an dieser verfahrenen Situation hatten. Er begann zu zittern, sein Finger krümmte sich gefährlich am Abzug der entsicherten Waffe

„Ich würde nicht darauf wetten. Sehen sie mir in die Augen und wiederholen sie was sie eben gesagt haben.“

Einige Sekunden der Stille vergingen.

„Das dachte ich mir. Also legen sie nun die Waffen nieder.“, Luke sprach betont ruhig, so als müsse er sich zu jedem Wort zwingen. Aber das war mehr gespielt, denn als er sah, daß die Wachen die Waffen langsam zu Boden legten, da war seine Wut verraucht. Sie ging genauso schnell wie sie kam.
„Danke, und nun öffnen sie die Tür.“
Der Rechte der Beiden drehte sich um und während des kurzen Augenblickes, während Lukes Aufmerksamkeit auf dem Rechten lag, sprang der andere auf Lukas zu. Er schreckte sich so, daß er einen Sprung nach hinten machte, und der Soldat sprang an ihm vorbei, prallte gegen die Mauer und wollte schon nachsetzen, aber das Überraschungsmoment war weg und Luke schoß dem Angreifer in das linke Knie. Mit einem markerschütternden Schrei sank er in sich zusammen. Der Soldat konnte gar nicht mehr aufhören zu schreien, sein Kamerad war mit einem Schritt bei ihm und funkelte Lukas böse an.
„Gehen sie weg von ihm, sperren sie die Tür auf, lassen sie den Captain heraus und bringen sie dann ihren Kameraden in die Krankenstation.“, rief Luke kaltblütig. Er haßte sich bereits Sekunden nach dem Schuß für das was er getan hatte. Im nachhinein gesehen hätte er dem angreifenden Soldaten genauso gut mit dem Griff der Waffe auf den Kopf schlagen können, aber für moralische Bedenken war es nun zu spät. Der andere Soldat tat wie ihm geheißen und ließ den Captain aus seiner Kabine. Captain Marwick blickte als erstes auf den sich windenden Soldaten und dann auf Lukas, mit einem sonderbaren Blick. Luke wußte im Moment nicht wie er diesen Blick deuten sollte, aber dann fiel es ihm wie Schuppen von den Augen. Es war Stolz, der Captain war stolz auf das, was er getan hatte. Er wollte aber nicht, daß jemand stolz

auf ihn war, denn diese Tat war seiner Meinung nach verabscheuungswürdig. Luke war übel, hatte aber nicht vor nun, nachdem alles mehr oder minder gut gelaufen war, Schwäche zu zeigen und vor den Dreien auf den Boden zu kotzen. Er wollte alles so schnell wie möglich vergessen.

„Ich habe sie wirklich unterschätzt.“, sagte der Captain als erstes, als er seine Kabine verließ.

Marwick griff nach einer der beiden Waffen, ein Maschinengewehr unbekannten Typs, das heißt Luke kannte die Waffe nicht, sie war gerade erst neu eingeführt worden. Er hielt die Waffe fest umklammert und hatte plötzlich einen seltsamen Ausdruck in den Augen. Den Ausdruck der wiedergewonnen Macht. Er lud plötzlich durch und zielte auf den anderen Soldaten, der noch unverletzt war. Dieser wiederum kniete neben dem Verwundeten und wollte ihn gerade schultern um ihn in die Krankenstation zu bringen. Lukas begriff den Ernst der Situation als Erster und sprang auf den Captain zu um den Lauf vom Soldaten wegzureißen.

„Lassen sie das, wir gehen jetzt besser um das kleine Gefecht im Frachtraum zu beenden.“

Lukas hielt, während er dies sagte, die Waffe des Captains fest und war darauf bedacht, daß der Lauf kein lebendes Ziel vor sich hatte. Es dauerte einige Zeit, bis der Captain die Worte verstand, der irre Blick verschwand nun endlich und es war als käme der Captain wieder zur Besinnung.

„Gehen sie jetzt und erklären sie ihrem Freund, daß das ein Unfall war und, daß es mir wirklich leid tut.“ sagte Luke zum unverletzten Soldaten

„Ganz ehrlich, es tut mir wirklich leid“ fügte er leise hinzu, wohlwissend, daß dies nichts ändern würde.

Der Captain hatte sich nun wieder unter Kontrolle und ging aber nicht wie Luke gehofft hatte in den

Frachtraum, sondern ging zum Quartier des ersten Offiziers. Dort trat er die Türe ein und hielt dem verdutzten Ltcm. Martinez die Waffe an den Kopf.
„Sie werden nun diese Farce beenden, indem sie mit uns in den Frachtraum gehen und dort verkünden, daß die Meuterei vorüber ist.“, erklärte der Captain seinem ersten Offizier, seinem Ex- ersten Offizier. Martinez wußte schon längst, daß sein Spiel vorbei war, aber jetzt war es amtlich.
„Natürlich, Sir.“, antwortete er kleinlaut.
Zu dritt gingen sie in Richtung Frachtraum. Vorne ging Martinez, dahinter Marwick, mit der Waffe im Anschlag und hinter ihm ging Lukas. Letzterer hatte allerdings Angst, daß der Captain einen Rückfall hatte und aus einem unerfindlichen Grund das Feuer eröffnete. Aber dem war nicht so, der kleine Marsch zum Frachtraum verlief ohne Zwischenfälle.
„Pfeifen sie ihre Leute zurück!“, rief der Captain seinem ehemaligen ersten Offizier zu. Der Lauf der Waffe in der Hand des Captains zeigte immer noch bedrohlich auf Ltcm. Martinez. Aber dieser beachtete ihn gar nicht, er war nämlich ganz ergriffen von der Szenerie die sich ihm bot. Gleich neben dem Eingang lag ein toter Soldat und rund zehn Meter gegenüber der Türe lag ein Pilot, der sich vor Schmerzen wand und sich den Bauch hielt. Offensichtlich ein Bauchschuß, sollte dieses Gefecht noch andauern, dann wird er keine Hilfe mehr benötigen. Soweit hätte es nie kommen dürfen. Auf gar keinen Fall!
Ltcm. Martinez war wie erstarrt, erst ein gefährlich sein Ohr streifender Querschläger brachte ihn wieder zurück auf den Boden der Tatsachen.
„Hört auf zu schießen, es ist vorbei!“, rief er so laut er konnte um den Lärm des Feuergefechts zu übertönen. Während dessen bemerkte der Captain erst wo er

eigentlich war und wurde plötzlich weiß im Gesicht, Luke, der ihn, beziehungsweise seine Waffe genauestens beobachtete, bemerkte es sofort, konnte sich aber keinen Reim darauf machen. Doch die Aufklärung folgte sofort.

„Oh Gott, hört sofort auf, ihr Idioten. Ihr wißt ja gar nicht wo ihr euch verschanzt.“, rief der Kreidebleiche.

Aber es war zu spät, eine ohrenbetäubende Explosion folgte seinen Worten, als hätte man nur mehr auf das Stichwort gewartet. Was dann kam war das blanke Grauen, Luke, Martinez und Marwick fegte es von den Füßen, sie schlugen ziemlich parallel auf die Mauer hinter ihnen auf, verharrten in dieser Position als wären sie an die Wand geklebt für einige Sekunden und fielen dann zu Boden, wo sie dann bewegungslos liegen blieben. Im Frachtraum war die Situation nicht anders, diejenigen die dem Epizentrum der Explosion am nächsten waren, hatten sich um nichts mehr Sorgen zu machen, sie waren augenblicklich tot. Die Feuerwolke die sich bildete machte keinen Unterschied zwischen Soldaten und Piloten, sie fegte nach allen Richtungen hinweg und hinterließ viele kleine Brände an den Kisten und an manchen Soldaten und Piloten, die dann panisch durch die Gegend tanzten. Die Temperatur der Luft stieg rapide auf rund das Dreifache an und trieb den verbliebenen teils unverletzten Leuten den Schweiß aus den Poren. Die vielen kleineren Brandherde ließen die Luft durch die Rauchentwicklung undurchsichtig werden. Die Unverletzten tasteten sich dem Ausgang entgegen. Luke war als erster wieder bei Sinnen und stand schnell auf ..., und bereute es sofort.

Da sein ganzer Körper schmerzte wußte er nicht recht, welches Körperteil er sich zuerst vor Schmerzen halten soll. Doch der 90% der Schmerzen waren schnell verebbt, doch die verbleibenden 10% waren noch

schlimm genug. Sein Kopf dröhnte, am Rücken hatte er eine riesige offene Wunde, die er sich durch einen Hacken an der Wand zuzog, im linken Oberschenkel steckte ein kleiner Holzsplitter, der rechte Arm war vollständig gelähmt und er hatte ein Gefühl auf der Brust, als hätte man ihm sämtliche Rippen bis zur Wirbelsäule durchgedrückt. Davon abgesehen war er voll da, aber es verblieben eigentlich auch nicht mehr viele Körperteile die nicht durch die Explosion in Mitleidenschaft gezogen war.
„Was zum Teufel war das!“, schrie Lukas als könnte er sich somit von einem Teil seiner Schmerzen befreien.
„Aktivpanzerung.“, antwortete ihm der Captain, der sich umständlich und langsam aufrichtete. „Computer, Schadensbegrenzung einleiten.“
„Verstanden.“, tönte die Computerstimme in der gleichen Tonlage wie immer.
Der Vorteil eines Computers, man konnte von ihm auch noch rationale Handlungen erwarten, wenn die gesamte Besatzung kopflos und panisch herumlief. Als erstes aktivierte er, da noch Menschen im Frachtraum waren konnte er nicht die CO2 - Löscher einsetzen, die Sprinkleranlage und es begann wie von Zauberhand zu regnen. Das kühle Wasser auf der Haut spürend atmete Luke auf, die Lebensgeister kehrten zurück. Ihm wurde neue Energie verliehen. Als die Thermosensoren keinerlei Brandherde mehr spürten folgte Schritt Zwei. Dies bedeutete, daß die zusätzlichen Luftumwälzer anliefen, riesige Turbinen, die sich an der Decke befanden. Was als leichtes Lüftchen begann endete mit einem kurzen Sturm, der die Menschen im Frachtraum taumeln ließ. Der Rauch verzog sich schnell, und ebenso schnell beendeten die Luftumwälzer ihren Einsatz. Nachdem der Computer sichergestellt hatte, daß es nicht noch einmal zum Brennen beginnen kann,

saugte er das verbliebene Löschwasser ab, und somit war das Programm „Schadensbegrenzung“ beendet und obwohl es zu diesem Zeitpunkt niemanden interessierte, wies der Computer mit einem „Programm beendet“ daraufhin.
Wie hypnotisiert starrte Luke auf den vom Rauch befreiten Frachtraum. Dieses Bild ließ sogar einem Kriegsveteran das Blut in den Adern gefrieren, die Leiche, welche er vor der Explosion nahe der Tür bemerkte, war nun gänzlich verkohlt, auch der Pilot, der vorhin noch mit seiner Bauchwunde beschäftigt war, war jetzt von allen Sorgen befreit worden. Von ihm ist auch nicht viel mehr als ein verkohlter Körper übriggeblieben. Marwick, Martinez und Lukas hatten Glück, daß eine riesige Kiste die Flammenwolke aufhielt, sonst wäre von ihnen ebenfalls nur ein schwarzer Etwas übriggeblieben. Am Ende des Frachtraumes glaubte Lukas einen Arm zu sehen, einen einzelnen rechten Arm. Er wollte schon auf besagten Arm zugehen, als ihm plötzlich ein Pilot entgegen stolperte dessen linke Gesichtshälfte durch die Flammen stark in Mitleidenschaft gezogen wurde, außerdem blutete er aus zahlreichen kleineren Wunden. Er stand offensichtlich unter Schock und trotzdem Lukas sich ekelte faßte er sich ein Herz und unterstützte der Verwundeten auf dem Weg ins Krankenrevier.
Die Ärztin war dort gerade mit dem Anlegen des Verbandes fertig geworden und wollte sich gerade eine Pause gönnen, als Luke erneut hereinpolterte.
„Mehr Arbeit für sie, jetzt werden laufend Verletzte hereinkommen, es hat eine Explosion im Frachtraum gegeben.“
„Gut, legen sie ihn auf die Bahre neben der Türe und sehen sie nach ob sie im Frachtraum helfen können. Unter der Bahre ist ein „Erste-Hilfe-Satz“, nehmen sie

ihn und legen versorgen sie einige Wunden im Frachtraum. Die Injektionseinheiten greifen sie nicht an, nur Verbände anlegen. Verstanden?"
„Ja, Doktor."
Und schon war er wieder auf dem Weg zurück zum Frachtraum. Doch dort haben sich die Soldaten und die Piloten schon gegenseitig geholfen und Lukas ergriff die Gelegenheit und stellte den Captain der Explosion wegen zur Rede.
„Was war in der Kiste?"
„Sagte ich doch bereits."
„Ich habe sie vorhin aber nicht richtig verstanden."
„Es war Sprengstoff für unsere Aktivpanzerung. Ich wollte sie anbringen lassen, wenn wir an der Grenze zu Cunningham´s Gebiet waren."
Deshalb war die Explosion so gewaltig, der Sprengstoff für Aktivpanzerungen war extrem instabil und durfte deshalb normalerweise gar nicht hier gelagert werden, er müßte separat in einem Frachtraum untergebracht werden und außerdem müßte am Eingang eine Wache postiert sein um das Betreten durch Unbefugte zu verhindern. Die Wahrheit aber war vielmehr, daß man keinen Platz vergeuden wollte und deshalb stellte man die Kisten zusammen mit anderen Ausrüstungsgegenständen in einen Frachtraum, bei minimalen Sicherheitsvorkehrungen.
An dieser Stelle noch eine kleine Erklärung für den aufmerksamen Leser:
Aktivpanzerung stellt die größte Neuerung der Forschung auf diesem Sektor dar. Es handelt sich hier um Sprengstoffplatten von ungefähr fünf Zentimeter Stärke, welche auf Kunststoffteile aufgeklebt werden. Trifft nun im Gefecht eine Rakete auf die besagten Platten, so detoniert sie und durch die Hitzeentwicklung explodiert der Sprengstoff und nimmt dadurch der

Wucht der auftreffenden Rakete die gesamte Bewegungsenergie.
Die große Hitzeentwicklung war früher ein großes Problem, da sie immer noch sehr viel Schaden angerichtet hat, was den Einsatz dieser Art von Panzerung aus Kostengründen in Frage stellte. Aber dieser Problematik wurde man durch die Kunststoffplatten Herr, denn die Hitze wird jetzt zum Schmelzen besagter Platten verbraucht. Die nach diesen beiden Stufen der Verteidigung restliche Zerstörungskraft reichte bei weitem nicht aus um dem Schiff ernsthaft Schaden zuzufügen. Somit konnte das Schiff an dieser Stelle einem einmaligen Raketenangriff standhalten, stellt man sich diese Panzerung nun um das gesamte Schiff oder auch nur auf strategisch wichtigen Teilen desselben vor, so hat man in der Tat einen weitaus wirksameren Schutz gegen angreifende Raketen als wenn man sich nur auf den dicken Vorbanstahl verläßt.
Doch nun wieder zu den verheerenden Auswirkungen jener Panzerung, wie man sie nur bei unsachgemäßer Lagerung sieht. Lukas ging langsam in den Frachtraum nachdem er sich selbst dazu beglückwünscht hatte, daß ihm eigentlich nichts passiert ist, andere werden alleine durch ihr Aussehen, auch wenn alle Wunden verheilt sind, für immer an diesen Tag erinnert werden, mit jedem Male, wenn sie in den Spiegel sehen.
Der Frachtraum war wesentlich größer als man von außen hätte denken können, links und rechts des Einganges konnte man leicht noch zwanzig Meter gehen bevor man die Außenwand berührte. Einige Schritte in den Frachtraum getreten blieb er stehen um einen Blick nach links und rechts zu riskierten, in der Hoffnung etwas oder jemanden zu finden, der dieses Inferno nahezu schadlos überstanden hätte.

Einige Soldaten und Piloten hatten auf jeden Fall ebenso viel Glück wie Lukas, sie wurden durch einige stabile Kisten von der Flammenwolke verschont und trugen nur Schnittwunden, Knochenbrüche und Prellungen davon. Doch von der Ladung war nicht mehr viel übrig geblieben, zersplitterte Kisten, zerstörtes Werkzeug und ruinierte technische Geräte unbekannter Art, soweit das Auge reichte. Allem Anschein nach waren hier die Verteidigungssysteme, welche man auf dem Außenposten installieren wollte, untergebracht.
„Captain an Frachtraumbesatzung.“, sagte Marwick in die nächstgelegene schiffsweite Sende/Empfänger-Einheit, „Kommen sie sofort zu Frachtraum C.“
Lukas irrte auch noch beim Eintreffen der Arbeiter etwas verloren herum, das Ganze hatte ihn doch mehr mitgenommen als er gedacht hatte. Er mußte immer daran denken, daß er einer dieser verkohlten Leichen sein könnte und wer ihn kannte, wußte genau, daß dies ganz bestimmt nicht seine Art zu denken war. Nein, früher nahm er sein Glück immer sehr gelassen hin und dachte nie daran wie seine Abenteuer im schlimmsten Fall ausgehen hätten können, aber jetzt..., jetzt begann er erstmals zu begreifen, wie viel Glück er hatte. Ein Schaudern lief ihm bei dieser Erkenntnis über den Rücken und er begann durch die in ihm aufsteigende Kälte zu zittern. Einer der heranrauschenden Arbeiter sah dies und ging zu ihm hin.
„Kann ich ihnen irgendwie helfen?“ fragte er und blickte ihn bemitleidend an, auch er war von dieser Szenerie mitgenommen, steckte es aber scheinbar leichter weg. Oder er stellte nicht die gleichen Überlegungen des Glückes wegen an.
„Nein, lassen sie mich bitte einen Augenblick alleine, ich bin gleich wieder da.“

Er nickte und überließ ihn wieder sich selbst. Luke erinnerte sich plötzlich an ein Sprichwort: „Das Glück ereilt die Tüchtigen". Er fand sich selbst außerordentlich tüchtig und deshalb dachte er sich, daß ihm auch eine außerordentliche Menge an Glück zustand. Durch diesen beruhigenden Gedanken fing er sich wieder und das Zittern hörte auf. Er war nun wieder voll bei seinen mentalen Kräften und bemerkte erst jetzt das geschäftige Treiben rund um ihn.

Die Arbeiter hatten bereits mit den Aufräumarbeiten begonnen. Sie hatten Anweisung alles an brauchbarem Gerät in die anderen Frachträume zu bringen, sämtliche Tore zum Frachtraum zu schließen und dann den Müll in den Weltraum abzulassen. Die Leichen wurden in einen luftdicht abschließenden Raum eingesperrt um ihnen am Ende der Reise, wenn sie die Erde jemals wieder erreichen, ein ordentliches Begräbnis zuteil werden zu lassen. Alles in allem gesehen war dies die einfachste Lösung für alle derzeit anliegenden Probleme. Erst nachdem der Captain sich um die unmittelbar anstehenden Probleme gekümmert hatte, ging er ins Krankenrevier um festzustellen, wer denn diese Katastrophe überlebt hatte.

Das Ergebnis war niederschmetternd, von den ursprünglich zehn an Bord befindlichen Soldaten waren drei tot, einer schwer und drei leicht verletzt. Bei den Piloten war die Situation noch schlimmer, von den neun Piloten, sechs Aktive und drei Reservepiloten, waren nur mehr vier einsatzfähig, die anderen waren entweder tot oder so schwer verletzt, daß sie für die Dauer der Mission ausfielen würden. Aber trotz dieser Erkenntnis hatte der Captain zu diesem Zeitpunkt den Beschluß gefaßt abermals umzukehren um den Auftrag doch noch zu einem erfolgreichen Abschluß zu bringen. Dies teilte er der Besatzung mit, er sprach in seiner kurzen Rede

auch davon, wie wichtig doch dieser Auftrag wäre, daß eigentlich noch mehr als genug Nahrungsmittel vorhanden wären und daß er auf seine Crew trotz alledem eigentlich sehr stolz wäre.
Lukas selbst bekam von alledem nicht sehr viel mit, denn nachdem er noch einigen Verwundeten geholfen hatte begab er sich selbst, aus offensichtlichen Gründen, in die Krankenstation. Dort bekam er ein leichtes Beruhigungsmittel, ihm wurden Verbände am linken Oberschenkel, am rechten Arm und am Rücken angelegt und die Ärztin erklärte ihm, daß seine Verletzungen nur gering waren und er, wenn er wollte, laut Dienstvorschriften in zwei Tagen wieder zu hundert Prozent einsatzfähig war.
Da Luke die negative Stimmung in der Krankenstation nicht mehr ertrug, bat er darum sich in sein Quartier legen zu dürfen um in zwei Tagen zu einer Abschlußuntersuchung wieder hierher zurückzukehren. Die Ärztin war sogar erleichtert über dieses Angebot, denn die Krankenstation war zu diesem Zeitpunkt hoffnungslos überbelegt.

Kapitel Acht

Die vergangenen beiden Tage waren für Lukas sehr erholsam, er verbrachte die meiste Zeit in seinem Bett und ließ sich von Harry erzählen, wie es denn nun auf der Brücke zuging. Die Abschlußuntersuchung zeigte, daß Dr. Witherspoon Recht behalten hatte und somit war Luke, wenigstens der Vorschrift nach, wieder vollkommen genesen und konnte somit um exakt 14:00 seinen Dienst wieder antreten. Da er von Harry auf dem Laufenden gehalten wurde, wußte er, daß ihn eine eisige Stimmung auf der Brücke erwartete.

Sämtliche Brückenmitglieder waren natürlich ganz und gar nicht mit der Entscheidung des Captains einverstanden, sie hatten nur vor so schnell wie möglich nach Hause zu kommen. Aber sie hingen aus irgendeinem Grund mehr an ihrer Karriere als an ihrem Leben. Zu diesem Zeitpunkt war jeder der Meinung er hätte nichts Falsches getan und dachte gar nicht daran, wie sich die Meuterei auf die Beurteilung des Captains nach der Reise niederschlagen wird. Aber das war gar nicht der Punkt, der Punkt war, daß eine Totenstille auf der Brücke herrschte, Lukas ließ sich sein Leben lang immer von der Stimmung der Allgemeinheit mitreißen. Dies wurde ihm zum in dieser Situation zum Verhängnis, kam er doch anfangs noch frisch und ausgeruht auf die Brücke, so war er nun gleich depressiv wie die Anderen.

Andererseits wäre die Stimmung zu diesem Zeitpunkt der Mission, auch ohne der Meuterei und allem was nachher kam, unter dem Nullpunkt gewesen, denn sie näherten sich unaufhaltsam dem Gebiet von Sir Cunningham und es war keine friedliche Lösung in dieser Konfliktfrage in Aussicht. Wahrscheinlich müßten sie sich den Weg freischießen, um überhaupt noch einen Hauch einer Chance zu erhalten, die Mission positiv zu beenden, und dazu brauchten sie jeden verfügbaren Mann. Genau an dieser Stelle wollte Lukas ansetzen, es waren nun seit der Explosion nicht mehr genug Piloten vorhanden, um alle BODs gleichzeitig fliegen zu lassen und deshalb wollte er zum Captain gehen und ihn fragen, ob Harry und er nicht vorübergehend zur BOD-Staffel überstellt werden können.

Dies war eine einmalige Chance sich seinen langgehegten Traum zu erfüllen, er hatte vor die Gelegenheit nicht verstreichen zu lassen. Eine halbe Stunde später verließ der Captain die Brücke und ging in sein Büro, welches direkt an die Brücke angrenzte. Da Lukas nicht auf der Brücke benötigt wurde, folgte er dem Captain fünf Minuten später. Luke klopfte an, wurde hereingelassen, salutierte zackig und strahlte ihn an, während er darauf wartete, daß er ihn sprechen ließ.

„Ich glaube ich weiß warum sie hier sind, aber sprechen sie trotzdem."

„Sir, ich wollte sie eigentlich fragen, ob sie Harry und mich nicht vorübergehend zur BOD-Staffel überstellen können, dort fehlen doch zwei Leute und wir beide wären die Richtigen für diesen Job, denn ehrlich gesagt, bin ich der Beste auf diesem Gebiet und mit Harry bilde ich ein nahezu unschlagbares Team."

„Ihr Selbstvertrauen dieses Gebiet betreffend ist unschlagbar, ich habe noch keinen gesehen, der dies von sich behauptet hat, noch dazu in der felsenfesten Überzeugung wie sie es eben taten. Genau diese Typen sind es, die ein bestehendes Team negativ beeinflussen. Mag sein, daß sie und ihr Freund unschlagbar sind, aber auf diesem Schiff dürfen sie nicht fliegen."

„Aber Sir, warum nicht? Sehen sie sich doch meine Ergebnisse von der Akademie an, meine Abschußquote ist unübertroffen, und wird es wahrscheinlich auch die nächsten hundert Jahre bleiben.“
„Mag sein, aber wissen sie, was mir ihre Akte diesbezüglich noch verrät? Nein, nun sie haben während ihrer, sagen wir einmal, ungefähr hundertachzig Simulatorflüge den Vogel nur dreimal unbeschädigt zurück gebracht. Stellen sie sich das einmal vor, das ist nur etwas über ein Prozent der absolvierten Flüge. Sie fliegen mit dem Ding an die Grenze des Möglichen, nein, sie überschreiten mit nahezu jedem Flug diese Grenze, teilweise sogar bei weitem. Hier steht ein ganz besonderer Fall.“ ‚sagte er und deutete auf sein Display, auf dem die Flugakte des Lukas Draxton aufschien, „Sie sind einmal eine Mission geflogen, bei der sie vier Gegner abgeschossen haben, sie haben sie gekonnt ausmanövriert, haben keinen einzigen Treffer einstecken müssen, und trotzdem sah der BOD, laut Computeranalyse, aus als wären sie durch drei Asteroidengürtel geflogen und hätten abschließend noch einen Kometen gestreift, ihr Schiff war nur mehr zu acht Prozent flugtauglich. Kein Treffer und ihr Flugzeug sah aus wie nach einer ausgewachsenen Weltraumschlacht. Berichte dieser Art finden sich wahrscheinlich noch massenhaft in ihrer Akte. Sie fliegen rein nur nach Instinkt und Gefühl, Tabellen und theoretische Flugdaten sind ihnen komplett fremd. Sie haben in diesem Fach nur bestanden, weil sie ein überragender Flieger waren, von der Theorie haben sie nicht die leiseste Ahnung. Es ist traurig, daß gerade sie den Rekord halten, ein Rekord, der wahrscheinlich wirklich nicht zu brechen ist. Und sie wollen von mir ernsthaft die Erlaubnis, daß ich sie zur BOD-Staffel überstelle?“

Jetzt war die Zeit gekommen um etwas zu riskieren, er hatte vor seinem geistigen Auge schon das Bild eines buckligen alten Mannes, der sein Leben vor dem Navigationsbildschirm eines unbekannten Schiffes verbrachte. Dies war absolut nicht die Zukunft, die er sich vorstellte. Er spürte, wie die Wut wieder in ihm hochkroch und er könnte sich einfach gegen die nächsten Worte nicht werden, sie kamen ihm wie von selbst von den Lippen.
„Ja, Sir. Die will ich und nach allem, was ich für sie getan habe ist das, verdammt noch mal, das Mindeste, was sie mir geben können. Sie sollten etwas mehr Vertrauen zu mir und meinem Freund haben, wir waren es schließlich, die ihnen ihren angestammten Platz wiedergegeben haben. Ich bin bei Gott der beste Pilot, den die Akademie jemals gehabt hatte und Harry auch, und selbst die Asse unter den Piloten, werden wahrscheinlich nie manche Sachen mit ihren Vögeln machen können, die ich bereits auf der Akademie gemacht habe. Davon abgesehen, ist der Zustand der Maschinen egal, da sie nur für einen Einsatz benötigt werden, nämlich für den Grenzübertritt. Danach dürfte es, soweit ich gesehen habe keine weiteren Probleme mehr geben, und falls die Piloten es nicht schaffen, daß sie dem Schiff den Weg freischießen, dann ist die Mission ohnehin gescheitert. Sie brauchen für diesen Höllenritt jede nur denkbare Verstärkung, und wenn wir nur halb so gut sind wie es in den Akten steht, dann sind wir immer noch eine größere Hilfe als es ein ganzes Geschwader voller mittelmäßiger Piloten wäre."
„Nun, ich sage es nicht gerne, aber wahrscheinlich haben sie recht, wahrscheinlich schulde ich ihnen Beiden wirklich etwas und wahrscheinlich sind sie Beide wirklich die Besten. Gut, ich überstelle sie hiermit der BOD-Staffel dieses Schiffes, sie melden

sich, sobald sie Fähnrich Creedles gefunden haben und er mir bestätigt hat, daß er genauso gerne fliegen möchte wie sie, bei Lt. Karen Banks. Alles weitere entscheidet sie dann. Abtreten!“
Lukas nahm daraufhin Haltung an, machte eine Kehrwendung und ging zur Tür. Als er die Klinke hinunter drücken wollte, sagte der Captain noch: „Übrigens, jetzt schulde ich ihnen nichts mehr, haben sie mich verstanden?“
In seiner Stimme lag etwas bedrohliches, etwas, das gar keinen Widerspruch zulassen würde, deshalb nickte Lukas und verließ ohne ein Wort das Büro des Captains, durchquerte schnell und ohne ein Wort die Brücke und machte sich daran Harry zu suchen.
„Harry!“ rief er beim Betreten des Quartiers, aber es war niemand hier, der ihm hätte antworten können. Genauso war es bereits in der Bar und im Fitnessraum, aber da sah er nur kurz hinein, da er gerade in der Nähe war, er hatte nicht wirklich geglaubt, daß er ihn dort finden würde. Nein, er war eigentlich davon überzeugt ihn im Quartier vorzufinden, wo dieser seiner Lieblingsbeschäftigung hätte nachkommen können, dem Schlafen. Statt dessen fand er nur ein unordentliches Zimmer vor, Harry hatte vermutlich etwas gesucht und war dann wieder irgend wohin verschwunden.
Luke hatte die Suche satt, er wollte sich schon längst bei Lt. Banks melden um endlich seiner wahren Bestimmung zu folgen, der Fliegerei. Ein Kribbeln durchströmte seinen Körper, als er nur ans Fliegen dachte. Wenn er Harry nicht bald finden würde, dann würde er höchstwahrscheinlich platzen, aber er gedachte nicht zu platzen, nicht bevor er einmal in einem wirklichen BOD gesessen hatte, gegen wirkliche

Gegner gekämpft hatte und, was das wichtigste war, gegen diese auch wirklich gewonnen zu haben.
„Harry! Verdammt noch mal, wo steckst du!“ rief er den Gang vor seinem Quartier runter, aber es antwortete niemand, er erntete nur einige tadelnde Blicke jener, die mit verschlafenen Gesichtsausdruck ihr Quartier verließen um zu sehen, wer sie denn nun geweckt hatte.
Wo könnte sich Harry Creedles denn versteckt haben und vor allem wieso hatte er sich überhaupt versteckt? Er beschloß die Sache logisch anzugehen, wahrscheinlich brauchte er nur etwas Ruhe, und wo würde er hingehen, wenn um die ersonnene Ruhe zu bekommen? Nun, dazu mußte man etwas über den verdrehten um nicht zu sagen, leicht perversen Charakter des Harry Creedles wissen.
Früher war er immer an Orten zu finden, an denen etwas Schreckliches stattgefunden hatte, zum Beispiel lief er einmal von Zuhause weg und man fand ihn später neben den Schienen, die in der Nähe ihres Hauses verliefen, nicht weit von der Stelle entfernt, an der einige Tage zuvor ein kleiner Junge überfahren wurde.
Dies war nicht der einzige Fall dieser Art, er erzählte Lukas später einmal, daß ihn diese Orte magisch anziehen, man konnte dort noch den Hauch des Todes spüren. Er sagte, dies würde ihn stärker werden lassen, er stellte sich dann immer vor wie der Unfall abgelaufen war und diese, oftmals grausame, Vorstellung nahm ihm immer wieder ein Teil seiner Angst vor dem Tod. Bis er scheinbar an einem Punkt angelangt ist, an dem er, nach eigenen Angaben, keine Angst vor dem Sterben mehr hatte. Aber zu einem Beweis dieser Behauptung war es nie gekommen, Harry lud auch Lukas immer wieder ein, einen der beschriebenen, schaurigen Orte zu besuchen, aber er

hatte immer wieder abgelehnt, da er fand, daß die Angst vor dem Tod durch nichts genommen werden kann und daß er die Furcht vor dem Tod als eine Eigenschaft bezeichnete, die den Wert eines Menschen ausmachte. Lukas war sicher nicht das, was man einen Angsthasen bezeichnete, aber zu behaupten, man habe keine Angst mehr vor dem Tod, war töricht. Man belügt sich damit nur selbst.
Nachdem Lukas dies wieder eingefallen war, ging er auf den schnellsten Wege in den Frachtraum, in dem sich die verheerende Explosion ereignete. Dort fand er ihn auch, inmitten der Trümmer die noch immer, wie stumme Zeugen einer dunklen Episode dieser Reise, herumlagen. Man hatte sich nicht die Mühe gemacht hier ordentlich sauber zu machen, das könnte man genauso gut auch wieder auf der Erde erledigen, falls dort jemals jemand von ihnen wieder ankam. Man konnte sogar noch Blutlachen sehen, nicht einmal das wurde weggeräumt, man hatte lediglich brauchbares Material, davon war nicht mehr allzu viel übrig, aus dem Frachtraum gebracht und es in einen der anderen Frachträume gebracht, die jetzt hoffnungslos überfüllt waren. Dieser Frachtraum hatte nun keinerlei praktische Bedeutung mehr, er diente scheinbar nur mehr als Mahnmal für die übrige Crew, oder anders ausgedrückt als eine bildhafte Kopie des Computerlogbuches. Denn die Mission selbst war bereits mit Blut befleckt und unter den Trümmer der Meuterei begraben. Keiner konnte zu diesem Zeitpunkt, einer kurzen Ruhephase, ahnen wie alles noch enden würde. Doch zurück zum Eigentlichen, inmitten der erwähnten Trümmer saß Harry, an einen übriggebliebenen Teil einer Kiste, gelehnt und ließ seinen Blick schweifen, als suche er etwas Bestimmtes, wollte sich aber nicht die Mühe machen aufzustehen um genauer zu suchen.

Lukas war so als sah er kurzzeitig Tränen in den Augen seines Freundes, trotzdem dieser sich sofort von Lukes Blick abwandte. Lukas sagte kein Wort, er setzte sich einfach neben seinen Freund und ließ das Bild, welches sich ihm bot, auf sich wirken. Es war das erste Mal, an dem Lukas bewußt einen jener Orte aufgesucht hatte, deren Besuch er früher abgelehnt hatte. Er wußte nun warum. Lukas wollte einfach nicht so mit dem Tod, mit dieser Endgültigkeit konfrontiert werden, diese Konfrontation machte ihn auf eine Art und Weise verwundbar, die er immer mehr oder weniger erfolgreich zu verdrängen versuchte.
An manchen Tagen hielt er sich für unverwundbar und war es auch, wenigstens dachte er das. Aber jetzt konnte er nur mehr an das Glück denken, das Glück, welches ihn begleitete und andere nicht. Das Glück, das ihn jederzeit wieder verlassen konnte. Diese Vorstellung ließ seine Angst wachsen, und zwar mehr als ihm lieb war. Er mußte sich nun eingestehen, daß er nicht unverwundbar war und das erschütterte sein Weltbild ganz gehörig. Harry neben ihm ging es nicht anders, er zitterte, Luke konnte es spüren, die Vibrationen wurden durch die gemeinsame Lehne weiter geleitet.
„Früher haben mir solche Orte immer etwas von meiner Angst vor dem Tod genommen“ begann Harry
„Aber jetzt..., jetzt verstärkt der Eindruck meine Angst nur noch, ich habe Angst aufzustehen und den Frachtraum zu verlassen, denn dann müßte ich den gesamten Frachtraum durchqueren und ich würde noch mehr Trümmer, verkohlte Überreste und Blutlachen ansehen.“
„Du hast also doch noch Angst?“
„Natürlich habe ich noch immer Angst.“ antwortete er gereizt.

„Mit jeder Sekunde die ich noch länger auf dem Schiff verbringe wächst sie. Es ist als würde dich jemand mit aller Kraft gegen die Wand drücken, und je mehr Zeit vergeht um so größer wird die Kraft dieses Jemands. Irgendwann ist dieser Druck zu groß und es zerquetscht einem die Eingeweide, dann ist es aus. Es bleibt nichts als ein Grabstein auf dem steht: ′Aus Angst gestorben′. So will ich nicht enden.“.

Interessanter Standpunkt, ′Aus Angst gestorben′, eine interessante Inschrift für einen Angsthasen, aber nicht für Harry oder Luke. Luke hielt sich und seinen Freund nicht für Angsthasen, im Gegenteil, sie hatten in gewissen Situationen erstaunlich viel Mut bewiesen, Todesmut. Todesmut aber nicht im wahrsten Sinne des Wortes, sondern in Bezug auf die zu erwartenden Konsequenzen, es war ihnen egal, welche Strafen sie ausfaßten, sie beschwerten sich teilweise nicht einmal, wenn die Strafe unverhältnismäßig hoch ausfiel, sie nahmen sie einfach hin. ′Aus Angst gestorben′, Luke traf diese Aussage ziemlich hart, aber nicht des Inhaltes wegen, sondern weil sein sonst so mutiger Freund dies sagte und offensichtlich ernst gemeint hat. So konnte es nicht weiter gehen, sie würden in ihren BODs nicht eine Sekunde überleben, wenn die Angst im Nacken sitzt.

Er hatte schon von vielen Piloten gehört, die einfach im Kampf verloren haben, weil die Angst ihre Sinne benebelt hatte. So wollte Luke nicht enden, im Gegenteil, er wollte berühmt werden, auf einem Gebiet der Beste werden. Das war sein Ziel und er war nicht gewillt dieses Vorhaben der Einstellung wegen aufgeben zu müssen, wenn er jetzt die Angst nicht besiegen konnte, dann war er für den Rest seines Lebens von ihr gezeichnet. Er beschloß Harry nun gehörig die Meinung zu sagen, weil er ihn mit sich in die Tiefe gezogen hatte. Er war gekommen um Harry eine freudige Botschaft zu bringen und nun saß er neben ihm wie ein seelisches Wrack, von Angst zerfressen.

„Hör auf so einen Unsinn zu reden. Ich habe es eben geschafft den Captain davon zu überzeugen, daß wir eigentlich BOD-Piloten sind und jetzt finde ich dich hier in diesem Zustand vor."

„Ich kann nicht anders, noch nie in meinem Leben hatte ich eine solche Angst."

„Weil du dir immer eingeredet hast, daß du die Angst besiegen kannst, und nun bist du aufgewacht. Man kann die Angst nicht besiegen, man kann sie nur verdrängen. Kapiert?"

„Du hast leicht reden. Du warst ja immer Mr. Unverwundbar."

„Wer hat dir denn das gesagt?"

„Niemand, es war immer so, wenn wir beide etwas Gefährliches gemacht haben, dann bist du immer vorausgegangen, und hast es getan, als ob es das Natürlichste der Welt war."

Als Luke das hörte begann er zu Lachen, er konnte es sich nicht verkneifen. Nur weil er immer als Erster alle gefährlichen Sachen gemacht hatte, galt er als Mr. Unverwundbar. Die Ironie des Schicksals.

„Weiß du, warum ich immer vorausgegangen bin?" fragte Luke, während er sich die Tränen, die beim Lachen kamen, aus den Augen wischte. „Ganz einfach, weil ich es so schnell wie möglich hinter mich bringen wollte. Ich hatte teilweise solche Angst, daß ich mir nichts sehnlicher wünschte, als daß alles schnell wie möglich vorüber ging. Ich habe immer damit gekämpft nicht als Feigling dazustehen, daß mir bei manchen Dingen das Risiko egal war."

„Na, sicher." antwortete Harry wenig überzeugt.

„Jetzt komm, reiß dich endlich zusammen und akzeptiere die Angst wie alle anderen auch, sonst wirst du am Ende noch so ein feiger Sack der zu nichts zu gebrauchen ist.“

„Großartig, Luke. Du weißt wirklich wie man jemanden aufmuntert.“ gab Harry sarkastisch von sich.

„Ich will dich doch gar nicht aufmuntern, ich will dich lediglich wachrütteln.“

„Als gut ich werde es versu... .“ er hoffte den Satz noch rechtzeitig unterbrochen zu haben, denn wenn Harry eines wußte, dann das Luke es absolut nicht leiden konnte, wenn man ihm mit Floskeln wie „Ich werde es versuchen.“ kommt. Da wurde er echt wütend, und wie man bereits vorhin sah, war es besser ihn nicht wütend zu machen. Doch Harry hatte den Satz zu spät beendet, Lukas hatte schon verstanden, was er sagen wollte.

„Versuchen! Na los sag es schon!“ schrie er Harry an

„Ich werde es versuchen. Ich werde es probieren, vielleicht schaffe ich es ja.“ sagte Luke in einem nachäffenden Tonfall, er war kurz davor wieder wütend zu werden, aber nicht so sehr wegen der letzten Aussage, die war nur der Auslöser, sondern vielmehr weil er sich von Harrys depressiver Gemütsverfassung hat anstecken lassen.

„Es gab, gibt und wird nie ein Versuchen geben. Es gibt nur zwei Möglichkeiten, etwas tun oder es zu lassen. Hast du denn alle Regeln, die wir zusammen aufgestellt haben, vergessen?“

„Nein.“ gab Harry in gefestigtem Tonfall von sich „Du hast recht, wir machen etwas. Keine Depressionen mehr, keine Zweifel und vor allem keine Angst mehr.“

Harry hatte sich nun wieder im Griff, die düstere Stimmung, welche die Umgebung ausstrahlte hatte keine Macht mehr über ihn. Es war als bemerkte er die

Trümmer, die verkohlten Überreste und vor allem die Blutlachen nicht mehr.

“Gut, nachdem wir dies geklärt haben, habe ich dir eine freudige Mitteilung zu machen. Wir sind ab jetzt offiziell in die BOD-Staffel aufgenommen. Das heißt wir werden endlich wirkliche Gefechte bestreiten, gegen Gegner mit einem ausgefeilten Flugstil als diese stumpfsinnigen computergesteuerten Piloten.“

„Die geben dir tatsächlich einen BOD? Sei mir nicht böse, aber das kann ich mir nicht vorstellen.“

„Hast du etwa meine Ergebnisse und Beurteilungen angesehen?“

„Ja, sicher. Ich habe ihnen gesagt, was ich wollte und sie haben es mir gegeben.“

„Besser ich frage gar nicht wen du mit ′sie′ meinst. Wie kommst du dazu einfach meine Beurteilungen zu lesen?“

„Ich mußte ja wissen wie es mit dir weiter ging. Deine Abschußquote ist phänomenal, man kann zu Recht behaupten, daß was du vor dein Visier bekommst, ist schon so gut wie abgeschlossen. Aber du hast den Vogel so gut wie nie heil zurück gebracht, und dir wollen sie ein Kampfschiff geben? Hat da irgend jemand zu viel Geld?“

„Ja, ja, mach du nur deine Witze, aber nachher wenn ich dir draußen den Rücken decke, dann bist du froh darüber, daß ich mehr aus dem Vogel hole als irgend jemand sonst. Davon abgesehen ist es wahrscheinlich nur eine Mission, wenn wir die Grenze von Cunninghams Territorium passiert haben, dann haben wir alles hinter uns. Und für diese eine Mission wird mein Flugstil durch nichts eingeschränkt, ich fliege das absolute Maximum und werde gewinnen.“

Der Blick, den er hatte, als er dies sagte, ließ Harry erschauern. Aber er hütete sich davor etwas diesbezüglich zu äußern. Es gefiel ihm, daß Lukas so zuversichtlich war, er ließ sich von dieser Zuversicht anstecken.

„Gut, wir sind also Elitepiloten, noch bevor wir einen echten Einsatz geflogen sind. Siehst du das so?"

„Ja, absolut korrekt, genauso sehe ich es, denn eines haben wir diesen Veteranen voraus, wir sind zusammen aufgewachsen, haben uns bei den zahlreichen Simulatorflügen blind verstanden. Somit sind wir allen überlegen."

„Du hast recht, also los gehen wir, verlassen wir diesen finsteren Ort. Gehen wir der Zukunft entgegen."

„Gehen wir unserer Karriere entgegen." sagte Lukas, er hatte es geschafft Harry Zuversicht einzuimpfen. Sie haben sich gegenseitig geholfen, indem sie sich ihre Stärken erzählt haben. Sie betraten den Frachtraum als depressive schwarzmalerische Menschen und verließen ihn gestärk und gestählt, vor Zuversicht strotzend. Nicht ein Quentchen negative Stimmung ist zurück geblieben, in diesem Augenblick waren sie in der Tat unverwundbar.

Kapitel Neun

Luke und Harry hatte am vorangegangenen Tag beschlossen sich ins Bett zu legen, da es schon zu spät war um sich bei Lt. Banks zu melden. Sie wurden erstmals seit langem wieder von einem Wecker geweckt, es war für die beiden ein angenehmes Gefühl. Sie standen wie auf der Erde am Morgen auf, sie hatten sich vom Stundentakt der übrigen Besatzung losgesagt und lebten nun wieder nach der Uhrzeit. Auch wenn man es durch einen Blick aus dem Fenster nicht sah, es gab wieder Tag und Nacht, wenigstens so lange, wie sie bei der Fliegerstaffel waren. Nachdem sie sich geduscht hatten und ein ausgiebiges Frühstück genossen haben machten sie sich nun endlich auf den Weg zu Lt. Banks. Sie hielten sich auch diesen Morgen noch für unverwundbar und auf die kommenden Ereignisse bezogen waren sie es auch fast.

„Fähnrich Creedles und Fähnrich Draxton melden sich zum Dienst, Mam." sagte Luke als sie den Besprechungsraum der Piloten betraten. Sie hatten sich zu Karen Banks und ihrer Truppe durchfragen müssen, denn scheinbar wissen hier an Bord nur sehr wenige was die Piloten eigentlich wirklich taten, wenn sie nicht in ihren BODs saßen. Am Ende waren sie eben im Besprechungsraum gelandet, wo sie alle Piloten eingefunden hatten um die beiden Neuen zu begrüßen. Aber da Harry und Luke dies nicht wußten kamen sie bei weitem zu spät.

„Das wurde ja auch Zeit. Wo waren sie so lange?" fragte Lt. Banks sichtlich verärgert.

„Ich dachte wir sollten uns in ihrem Büro melden. Als wir dort niemanden antrafen, haben wir uns bis hierher durchgefragt. Sorry.“ ergriff Lukas das Wort, er wollte sich nicht zu Beginn entschuldigen müssen. Er hielt es für Zeitverschwendung, in diesem Augenblick konnte er schon in einem BOD draußen seine Einführungsrunden drehen.

„Sie denken ein 'Sorry' genügt, wir warten hier seit zehn Minuten. Ich muß mich schon sehr über den Captain wundern, schickt uns zwei Grünschnabel. Noch dazu genau diejenigen, die an der ganzen Misere Schuld haben.“

„Darum geht es also. Sie geben mir die Schuld dafür, daß sie sich in einem Frachtraum verschanzt haben, in dem unerlaubterweise ungekennzeichnete Kisten mit Sprengstoff herum standen. Nun, mag sein, daß ich wirklich die Schuld dafür trage, aber meiner Ansicht nach hätte alles etwas anders ablaufen sollen. Ich hatte mir das nämlich so gedacht, sie gehen mit ihren bewaffneten Leuten zu Richards und führen ihn ab. Es war nie eingeplant, daß sie ihm die Möglichkeit lassen Hilfe zu holen.“

Luke hatte die Nase voll, man wollte ihm also alles anhängen. Und wenn er eines nicht mochte, dann die Tatsache, daß er als Sündenbock herhalten sollte, er hatte schon zu viel damit zu tun für seine eigenen Fehler geradezustehen. Außerdem war er mittlerweile so versessen aufs Fliegen, daß er zu zittern begann. Lt. Banks und die Piloten sahen das allerdings nicht, sie starren ihm verärgert in die Augen.

„Gut, schließen wir mit diesem Thema ab.“ sagte Banks, als sie bemerkte, wie Recht Luke doch hatte.

„Willkommen im Team.“ fuhr sie wenig überzeugt fort.

„Das kann doch nicht ihr ernst sein, sie wollen die Beiden wirklich mit uns fliegen lassen. Wir kommen besser ohne sie zurecht.“ rief ein Pilot von seinem

Sitzplatz im hinteren Teil den Besprechungszimmers erbost.
„Seien sie still.“ wurde er daraufhin zurecht gewiesen.
„Das ist Creep. Ich werde nur ihre Rufnamen erwähnen, die wirklichen Namen verwendet hier sowieso keiner.“ erklärte sie.
Creep schien Lukas ein sehr passender Name für den arroganten Typen, der dachte er kam ohne Harry und ihm zurecht. Er würde schon sehen, was er von seiner Haltung hat, insgeheim dankte er dem Captain noch einmal für die Versetzung. Denn die Piloten waren ganz bestimmt entschieden dagegen gewesen sie Beide aufzunehmen, der Captain hatte sich für sie stark gemacht, außerordentlich stark. Er nahm sich außerdem noch vor zu einem späteren Zeitpunkt die anderen zu fragen, wie man denn zu einem Rufnamen wie ′Creep′ kommt. Doch er wurde aus den Gedanken gerissen, weil Lt. Banks mit dem Vorstellen fortfuhr.
„Weiters haben wir hier noch Coldblood, Conjurer und Typhoon. Das ist der Rest eines Eliteteam, welches extra für diese Mission zusammen gestellt wurde. Es wurden dabei die besten Piloten zusammengezogen. Die anderen sind tot oder so verletzt, daß sie so schnell nicht mehr fliegen können und was am meisten weh tut ist die Tatsache, daß sie nicht einmal im Einsatz starben, sondern bei dieser Meuterei draufgingen. Das macht uns alle so wütend, vielleicht verzeihen ihnen Beiden die Leute hier mit der Zeit. Ich werde es auf jeden Fall versuchen, aber nichts ist für uns Piloten schlimmer als jemanden auf diese Art und Weise zu verlieren.“ schloß Lt. Karen Banks das Gespräch.
Ihre Trauer um die gegangenen Piloten war wirklich und aufrichtig und es gab für Lukas nicht den geringsten Zweifel, daß sie nur Untergebene waren,

nein, sie waren ihre Kinder. Wieder fiel Luke der Vergleich kleiner Schüler / gütige Lehrerin ein.

Trotzdem sie alle ziemlich feindselig gegen Lukas und Harry eingestellt waren, gefiel ihm die Atmosphäre, die hier herrschte. Ein Gefühl von Vertrautheit, von Aufrichtigkeit und von Gemeinschaftsgeist strahlte über ihnen, wie eine nie untergehende Sonne. Ja, Lukas hatte endlich gefunden, was er so lange gesucht hatte. Dies war seine Zukunft, seine Bestimmung, seine Berufung, er konnte es fühlen und er hoffte inständig, daß Harry es genauso sah. Da fiel ihm plötzlich auf, daß Harry noch gar nichts gesagt hatte, seit er diesen Raum betrat. Er drehte sich um und blickte in das Gesicht seines Freundes, er grinste. Das war ein gutes Zeichen. Er sah wie Lukas seine Zukunft im Kreise solcher Kameraden. Luke drehte sich wieder um, es herrschte seit einigen Minuten Stille im Raum, scheinbar war jeder im Gedanken versunken.

„Ich für meinen Teil finde, sie tragen keine Schuld an dem was vorgefallen ist, wir hatten jeder einzeln die Möglichkeit noch rechtzeitig auszusteigen, und wer weiß, vielleicht wären wir jetzt schon alle tot, wenn Ltcm. Martinez weiterhin das Kommando hätte." brach die als Typhoon vorgestellte Pilotin die Stille.

Lukas bemerkte erst jetzt wie schön sie eigentlich sein könnte, aber sie hatte harte Gesichtszüge, etwas, was Luke bei Frauen schon immer abgeschreckt hatte. Sie war 1,75m groß, hatte einen dunklen Teint, braune Augen und ihr pechschwarzes Haar, war zu einem Pferdeschwanz zusammengebunden. Sie war schlank, machte aber nicht den Eindruck als würde sie auf ihre Linie achten, sie hatte einfach nur Glück, daß ihr fettes oder üppiges Essen nichts anhaben konnte. Auch Luke war diesbezüglich bevorzugt, er konnte essen soviel und was er wollte, er nahm nicht zu.

„Danke, Typhoon. Übrigens welche Rufnamen haben wir?“
„Idiot Eins und Zwei.“ kam es aus Creeps Richtung.
„Immer noch besser als Creep, oder?“ gab Harry zurück, er konnte die Feindseligkeit von Creep nicht mehr länger ertragen. Doch Creep ließ sich nichts gefallen, er sprang auf und war mit einem Satz bei Harry, Luke stand aber zufällig zwischen den Beiden, er war sich aber nicht sicher ob das so gut war. Den Blicken zufolge, mit denen sich die Beiden ansahen, wäre es wohl besser gewesen, er wäre nun woanders. Aber er stand nun einmal mitten drin und deshalb war er auch angehalten das Nötige zu tun um diese an sich harmlose Auseinandersetzung nicht eskalieren zu lassen.
„Hört schon auf ihr Beiden, wir sitzen doch im selben Boot und deshalb müssen wir das Beste daraus machen.“ sagte Luke, oder wenn es nach Creep ging, Idiot Eins, genervt.
Creep sah ein, daß er gegen Harry UND Luke nichts ausrichten konnte und wandte sich wütend ab.
„Davon abgesehen hat Harry recht, Creep ist wirklich kein klangvoller Rufname.“
„Schluß jetzt, das steht ihnen nicht zu, Fähnrich Draxton. Er mußte sich seinen Namen genauso verdienen wie alle anderen auch und ich wüsche, daß das respektiert wird. Ist das klar?“ fragte Lt. Banks streng.
„Ja, Mam, vollkommen klar. Es tut mir leid, ich weiß, daß man sich seinen Namen erst verdienen muß. Ich werde mich über keinen Rufnamen hier mehr lustig machen.“ gab Lukas zu, sie hatte recht und so dämlich der Name auch war, er hatte wenigstens einen Rufnamen, einen den nur er hatte und sonst niemand.

Lukas und Harry hingegen werden nur eine unbedeutende Rufnummer erhalten.
„Gut, normalerweise erhalten sie Rufnummern, bis sie genügend Einsätze geflogen beziehungsweise überlebt haben." fing sie an, als habe sie den letzten Gedanken von Luke gehört, „Aber wenn sie schon bei der Elite aufgenommen werden, so sollen sie wenigstens so etwas ähnliches wie einen Rufnamen haben. Sie können sich bis morgen jeder einen Buchstaben aus dem griechischen Alphabet aussuchen und dies ist dann, bis sie sich ihren richtigen Rufnamen haben, ihr Name."
„Danke, Mam."
„Ja, danke."
„Und nennen sie mich nicht 'Mam', sondern Chief, oder Lt. Banks. Ich hasse 'Mam'."
„Jawohl, Chief."
„Nachdem also das Organisatorische erledigt ist, kommen wir zum nächsten Punkt. Sie werden sich bis morgen noch einmal schlau machen, was die BODs und deren Bedienung betrifft. Morgen sehen wir uns um 0900 auf Startdeck Eins. Seien sie pünktlich..., und nun: Wegtreten."
Damit machte sie eindeutig klar, daß sie Harry und Luke nicht mehr sehen wollte, wenigstens bis morgen 9:00 Uhr. Also nahmen Lukas und Harry Haltung an, salutierten, machten eine zackige, absolut synchrone Kehrwendung und verließen das Besprechungszimmer. Wahrscheinlich würde Lt. Banks ihren Leuten noch einmal gut zureden, ihnen zu verstehen geben, daß diese Entscheidung der Captain getroffen hat, und daß sie damit leben mußten. Allerdings war es nicht von Bedeutung, ob sie sich mochten oder nicht, sie waren alle Profis und konnten ihre wahren Gefühle während eines Einsatzes unterdrücken. Aber es war wichtig für den Gemeinschaftsgeist, ein Team, das auch in den

Zeiten zwischen den Einsätzen harmonisch miteinander auskam, war bei weitem besser als ein zerstrittenes Team.
Luke und Harry allerdings waren froh im Team zu sein, egal welche Gefühle die restlichen Piloten entgegenbrachten.
„Oh Mann, die waren ja echt sauer." begann Harry den Dialog, sowie sie den Raum verlassen hatten.
„Ja, ich hoffe aber, daß sie das im Einsatz, wenn wir draußen sind, vergessen."
„Natürlich, du hast doch gehört, das ist die Elite. Großer Gott, ein erfolgreicher Einsatz mit diesen Jungs, bei dem wir nachweislich Großes geleistet haben, läßt unsere Karriere beschleunigen wie ein Raumschiff bei einem Alarmstart."
„Ja, wenn wir mit denen mithalten, und ich weiß, daß wir das werden, dann sind wir an der Spitze noch ehe unsere Klassenkollegen einen Weltraumflug absolviert haben."
„Ach, wieso ist nicht schon längst Morgen, ich könnte platzen vor Aufregung."
„Da fällt mir ein, ich weiß gar nichts über die BODs."
„Was soll das heißen, du brauchst doch nur deine Kenntnisse vom Unterricht auffrischen."
„Das habe ich mir nie angesehen."
„Wie bitte?" fragte Harry ungläubig.
„Na ja, da ich ja sowieso auf Gefühl geflogen bin, und das ziemlich gut wie du weißt, habe ich mir nie viel Sorgen um die Theorie gemacht. Würde man den praktischen und den theoretischen Unterricht teilen, dann hätte ich eine Eins und eine Fünf, das hat man aber nicht getan und somit habe ich dieses Fach mit Zwei minus abgeschlossen."
„Das ist nicht dein Ernst?" fragte Harry immer noch fassungslos.

„Doch.“
„Dann..., dann sollten wir wohl so schnell wie möglich mit dem Lernen beginnen, ich erzähle dir alles, was ich über die BODs weiß, das ist eine ganze Menge und wird für morgen reichen.“
„Wieso sollte ich plötzlich all die nutzlosen Sachen lernen?“
„Weil, wenn wir morgen früh auf dem Startdeck Eins aufkreuzen und Banks plötzlich anfängt Fragen zu stellen, du ziemlich dämlich dastehst. Dann könnte ihr womöglich einfallen dich nicht fliegen zu lassen. Du weißt, die waren alle von Anfang an dagegen, nur der Captain hat sich für uns stark gemacht, die suchen ja nur nach Schwächen um uns endlich loszuwerden. Willst du wegen soetwas deinen Traum aufgeben.“
„Nein, ganz bestimmt nicht. Also lernen wir.“
Dieser kleine Dialog überbrückte die Zeit, die sie brauchten um Vom Besprechungsraum zu ihrem Quartier zu kommen. Harry hatte natürlich recht, alle werden ihnen genau auf die Finger sehen und auf mögliche Fehler lauern. Aber sie werden ihnen keinen Grund liefern, der ihren Rauswurf rechtfertigen könnte. Lukas wußte, er mußte nur die Zeit vom Antreten am Startdeck bis zum Einsteigen in den BOD überbrücken, wenn er es erst einmal geschafft hatte, daß er die Erlaubnis bekam in den BOD zu steigen, dann hatte er schon gewonnen. In diesem Flieger konnte ihn nahezu nichts aufhalten, und mit Harry an seiner Seite... . Ihm kam wieder das Wort Unverwundbar in den Sinn. Es verfolgte ihn schon seit sie gestern den Frachtraum mit neuen Kräften verlassen hatten.
Der Rest des Tages war es eigentlich nicht wert erwähnt zu werden, denn sie verbrachten ihn damit alles nur erdenkliche über ihr zukünftiges Arbeitsgerät zu lernen, was nur irgendwie möglich war. Sie saßen den ganzen

Tag über bei den Büchern, studierten nichtssagende Tabellen und rechneten mit komplizierten, Lukes Meinung nach überflüssigen, Formeln und bekamen Ergebnisse die niemand deuten konnte. Es hatte ganz den Anschein, als führe dies zu nichts. „Perlen vor die Säue werfen“ kam Lukas resignierend in den Sinn.
Aber als sich der Tag dem Ende zu neigte, konnte Lukas stolz verkünden, daß er an diesem Tag wirklich etwas gelernt hatte, daß er etwas vollbracht hatte. Die letzte Hürde zu einer scheinbar großen Karriere wurde überwunden. So verbissen wie an diesem Tag hatte Lukas noch für nichts gelernt und auch Harry, der angeblich so viel wußte, hatte noch viele Dinge erfahren, von denen er bisher keine Ahnung gehabt hatte. Er hatte sich vom Lerneifer Lukes anstecken lassen, Gott sei Dank, denn sonst wäre es am Tag darauf vielleicht Harry gewesen, dem der Zutritt zu einem BOD aus Wissensmangel verweigert worden wäre.
„Ich denke wir wissen jetzt genug.“ sagte Lukas, sichtlich gezeichnet von den Strapazen dieses Tages.
„Yo, das denke ich auch, ich glaube wir haben uns einen Drink und etwas Gesellschaft verdient.“
„Das haben wir, also auf zur Bar.“
Dort angekommen, als wäre es abgesprochen gewesen, saß Catherine zusammen mit einer anderen Frau, die ihr in Punkto Schönheit in nichts nachstand, an einem Tisch nahe dem Panoramafenster. Harry und Luke holten sich rasch einen Drink, nahmen den Ladies auch einen mit und gingen zu ihnen rüber.
„Hallo, Cathy. Genau dich habe ich jetzt gehofft zu sehen.“ sagte er erfreut.
„Hallo, Luke.“ entgegnet sie nicht minder erfreut und lächelte ihn an. Genau deswegen war er hergekommen, wegen diesem bezaubernden nahezu unbeschreiblichen

Lächeln. Es ließ ihr Gesicht, ihr Umfeld, überhaupt den ganzen Raum erstrahlen. Lukas konnte einfach nicht anders, er mußte sie anstarren, hypnotisiert von ihrem Lächeln. Ihre Gesichter kamen sich allmählich näher und dann folgte zur Begrüßung ein kurzes, fast schon schüchternes Küßchen.
„Übrigens, dies ist Natalie Caplan, sie bedient das andere Geschütz im Ernstfall. Wir teilen uns ein Zimmer."
„Hallo, Natalie. Freut mich."
Harry sagte zu diesem Zeitpunkt nichts, er war zu sehr damit beschäftigt sie anzustarren. Lukas schob sich, als er dies bemerkte, unauffällig zwischen ihn und Natalie, rempelte ihn kurz an und holte ihn somit zurück auf den Boden. Der verträumte Blick verschwand, Natalie Caplan allerdings wußte wie sie auf ihn wirkte.
„Hallo. Sie wissen ja gar nicht wie es mich freut." sagte Harry endlich.
„Ich kann es mir ungefähr vorstellen." gab sie herausfordernd zurück.
Luke und Harry kamen nun endlich auf die Idee sich zu setzen und Lukas konnte sich nun einfach nicht mehr zurückhalten sondern platzte mit seiner Neuigkeit heraus.
„Weißt du eigentlich, was ich morgen mache?"
Kopfschütteln.
„Ich fliege. Der Captain hat uns endlich die Chance gegeben, zu zeigen was wir wirklich draufhaben. Ist das nicht toll."
„Ja, das ist es in der Tat, ich freue mich für dich, ich freue mich für euch beide."
„Sie sind also jetzt Pilot, Mr. ... ." fragte Natalie.
„Draxton." fiel Lukas ihr ins Wort, doch ihr Blick verriet, daß sie ganz und gar nicht mit ihm sondern vielmehr mit Harry gesprochen hat. Lukas beeilte sich

damit seinen Kopf wieder in Richtung Catherine zu drehen. Ziemlich peinlich für Luke, er spürte wie sein Kopf rot wurde, aber seiner Cathy machte das nichts aus, sie begann zu lachen.
„Halte jetzt lieber deine Klappe und laß die Beiden miteinander nun in Ruhe.“ flüsterte sie ihm in einem Tonfall, der verriet, daß sie es nicht so streng meinte, wie es eigentlich vom Text her klang. Luke nickte nur um sich weitere Peinlichkeiten zu ersparen.
„Creedles, Harry Creedles. Ja ich bin jetzt ein Pilot. Stehen sie auf Piloten, Natalie Caplan?“
„Natalie reicht vollkommen.“
„Gut, dann nennen sie mich Harry. Und stehen sie auf Piloten?“
„Nur wenn sie gut sind.“, sagte sie herausfordernd, ihre Augen blitzten hämisch, als sie die Antwort gab.
„Und sind sie gut?“, fuhr sie scheinheilig fort.
„Ich bin der Beste.“, kam als Antwort. Das war die einzige Antwort die sie hören wollte. Nur das Beste war gerade gut genug für sie.
Sie hatte ungefähr das Alter von Catherine, die gleiche Größe und die gleiche Figur, aber ansonsten waren sie so verschieden wie Tag und Nacht. Catherine war meistens ruhig und in sich gekehrt, Natalie war, dem ersten Eindruck nach, lebhaft und herausfordernd. Es sah so aus als hatte sie jede Situation fest im Griff, ganz im Gegensatz zu Catherine, die, wenn ihr die Situation entgleitet, immer ruhiger wurde. Doch die Beiden ergänzten sich wundervoll, sie paßten zusammen, wie auch Luke und Harry zusammen paßten. Somit konnte man es beinahe schon als Fügung des Schicksals betrachten, daß die vier sich trafen. Lukas betrachtete die ganze Szenerie wohlwollend und während er sich über die kommenden Ereignisse Gedanken machte, fast schon von ihnen träumte, flirtete Harry unablässig mit

seinem äußerst attraktivem Gegenüber. Einige Minuten später bemerkte er Catherine, wie sie gelangweilt die Sterne durch das überdimensionale Panoramafenster betrachtete. Luke wandte kurz seinen Blick nach Harry, der ihn gar nicht mehr wahrnahm, und dann wieder zurück zu Cathy.

„Wir sollten die Beiden nicht mehr stören und uns ein ruhigeres Plätzchen suchen.“ erklärte er Catherine.

„Ja, du hast recht, lassen wir die Beiden alleine.“

Sie verließen unauffällig die zur Hälfte gefüllte Bar und gingen in ein kleineres Bespechungszimmer. Es war ziemlich spartanisch eingerichtet, ein neutraler, hölzerner Tisch, rundherum von der Farbe dazupassende Sesseln, an Schlichtheit ebenfalls nicht zu überbieten und ein nahezu überdimensionales Fenster, welches den Blick zu einer Unmenge von Sternen preisgab. Aufgrund der Größe des Raumes hatte man beinahe den Eindruck, man säße im Freien, und dies war ein überwältigendes Gefühl. Psychologen hatten herausgefunden, daß sich der Anblick der Sterne beruhigend auf die Besatzung auswirkt und deshalb hatte man beim Einbau der eigentlich sündhaft teuren Panoramafenstern nicht gespart.

„Du hast in der Bar traurig ausgesehen.“ begann Luke den Dialog.

„Ja.“

„Warum?“

„Weil du die Karriereleiter hinaufstürmst und ich hingegen scheinbar schon alles erreicht habe.“

„Das stimmt doch gar nicht. Ich stürme die Karriereleiter nicht hinauf und du hast noch eine Menge vor dir, du bist karrieremäßig noch lange nicht am Ziel.“

„So, meinst du. Wie bezeichnest du denn deinen Aufstieg zum Piloten?“

„Ich bezeichne dies als Anfang einer vielversprechenden Karriere, ein kleiner Schritt in die richtige Richtung.“ gab Luke bescheiden von sich, obwohl Bescheidenheit in Zusammenhang mit seinen Flugkünsten sicher nicht zu seinen Stärken zählt, aber er konnte ihr ja schlecht sagen, daß er der Beste war und sie somit noch mehr deprimieren.
„Sehr diplomatisch ausgedrückt.“ gab sie mit einem Seufzer zurück.
Es tat Luke in der Seele weh, sie so leiden zu sehen, diese wunderschöne Gesicht in Sorgenfalten gelegt zu sehen. Er suchte fieberhaft nach tröstenden Worten, aber ihm wollte einfach nichts einfallen. Er hätte zu diesem Zeitpunkt alles getan um ihr ein kurzes strahlenden Lächeln zu entlocken. Doch sie wandte sich ab und blickte verstohlen nach unten und dann zum Fenster hinaus, sie wich seinem Blick absichtlich aus. Lukas aber griff sanft mit dem Zeigefinger an ihr Kinn und drehte den Kopf behutsam in seine Richtung, so daß sich ihre Blicke wieder trafen. Der traurige Blick versetzte Lukas erneut einen Stoß in die Magengegend. Hoffnungslos, ja mit diesem Wort war ihr Blick am ehesten zu beschreiben, übermächtige Hoffnungslosigkeit. Als wäre sie eben von einem schönen Traum aufgewacht und müßte sich erst mit der Realität abfinden. Alle tröstenden Worte die Lukas einfielen, kamen ihm so abgedroschen vor, als wären es nur leere Floskeln, ohne jegliche Aussagekraft. Er versuchte es trotzdem.
„Mach dir keine Sorgen. Du wirst sehen, die guten Dinge im Leben ergeben sich ganz von alleine. Alles wird wieder gut, das verspreche ich dir.“
Sie erwiderte nichts darauf, sie begnügte sich in seine Augen zu sehen, als wären dort Antworten auf ihre Fragen oder Lösungen für ihr Probleme zu finden. Er

sah in ihre grünen Augen und merkte plötzlich wie er von ihnen in ihren Bann gezogen wurde. Ihre Gesichter kamen sich langsam, nahezu unbemerkbar, näher. Lukas spürte ihren warmen Atem, wie er seine Haut streifte, er spürte die Wärme die Catherines Haut ausstrahlte. Dann passierte es die Lippen der Beiden berührten sich, zuerst ganz leicht, dann fester. Der Kuß wurde intensiver, je länger er dauerte. Die Gefühle schaukelten sich auf, sie umarmten sich und ihre Hände streiften führungslos an ihren Körpern entlang. Als sie dann darauf kamen die störende Kleidung auszuziehen, hielt Cathy inne.

„So weit dürfen wir nicht gehen.“, gab sie schweratmend mit einer hauchenden, kaum hörbaren Stimme von sich. Doch Lukas mußte nichts hören um die Absicht von ihr zu erkennen. Er wußte schon längst, daß sie sich in verbotene Gewässer vorgewagt hatten, aber es war eben zu schön.

„Du hast recht. Es ist verboten.“, entgegnete er.

„Wir setzen unsere Karrieren aufs Spiel.“

„Das ist es nicht wert.“, versuchte sich Lukas selbst zu überzeugen, aber es war vergeblich. Sein Herz wies ihm den Weg und er konnte sich selbst nicht davon überzeugen, daß seinen Gefühlen, nahezu unbändigen, unsagbar schönen Gefühlen, so etwas wie Karriere im Weg stehen sollte.

Lukas wußte, daß Catherine einen ählichen inneren Kampf ausfocht wie er. Sie hatte sich mittlerweile einen Schritt zurück gemacht. Aber der vergrößerte Abstand würde weder sie noch ihn von irgend etwas abhalten, wenn die Gefühle über Vorschriften und vor allem Vernunft siegen würden.

„Oh Gott, ist es heiß hier.“, sagte sie immer noch schweratmend.

Er sah wie sich ihre Brust schnell hob und senkte. Kleine Schweißtropfen liefen ihr den Hals hinunter und verschwanden im halbgeöffneten Overall. Der Schweiß glänzte im Antlitz der Sterne und des diffusen Lichts im Raum, und der Anblick von Catherine in diesem Licht ließ sie hundertmal attraktiver aussehen, als sie ihm sowieso schon erschien. Die Karriere war ihm zu diesem Zeitpunkt so egal wie alles andere, was er zuvor für wichtig hielt, nur Catherine war ihm wichtig. Doch als er sich dieser Tatsache bewußt wurde sagte Cathy bereits:
„Ich sollte wohl besser gehen. Wir sollten unsere Beziehung etwas abkühlen lassen, sie hat scheinbar ein Level erreicht, welches wir uns beide nicht leisten können. Wir sollten uns wohl ein paar Tage nicht sehen. Wir sollten jetzt beide eine lange kalte Dusche nehmen."
Sie ging bereits während sie dies sagte in Richtung Tür davon, und als sie fertig war verschwand sie bereits in Richtung Unterkunft. Zurück blieb ein verzweifelter und beschämter Lukas Draxton, der sich selbst dafür haßte sich so gehen zu lassen. Er haßte sich noch vielmehr dafür, daß Catherine es war, die sich ihrer beider Situation richtig bewußt war und die Chancen für ihre Beziehung richtig einschätzte. Gerade er, der so auf die Karriere bedacht war, ließ sie sich beinahe von einer, zugegebenermaßen feurigen, Beziehung ruinieren. Und doch hatte er in dem kurzen Moment, indem die Gefühle über die Vernunft und das Karrierebestreben, den Durchblick. Er erkannte, daß dies eigentlich vielmehr dem Sinn des Lebens näherkam, als das scheinbar sinnlose Streben danach ein Jemand zu werden, Karriere zu machen. Doch dies sollte ihm erst viel später klar werden.

Kapitel Zehn

„Come on, gehen wir endlich!“ rief Harry.

Den ganzen Morgen über waren sie vor Tatendrang nicht zu bremsen, sie sind extra schon um 07:00 Uhr aufgestanden um rechtzeitig für ihren großen Flug bereit waren. Sie waren bereit, für ihren Beginn der Karriere, für die Feuertaufe, dafür den anderen Piloten, der Elite, einmal zu zeigen was sie können. Jetzt war es allerdings höchste Zeit, also machten sie sich auf den Weg. Zwei Minuten später standen sie bereits vor dem Eingang des zweiten Startdecks.

„Wenn wir jetzt durch diese Türe gehen, dann gibt es kein Zurück mehr.“ sagte Harry, ohne den Blick von der Türe zu wenden.

„Wenn wir durch diese Tür gehen, dann haben wir den ersten Schritt in eine große Zukunft getan.“ entgegnete Lukas, ebenfalls den Blick starr auf die Türe gerichtet.

„Also los.“ kam es von Harry und sah Lukas an.

„Also los.“ wiederholte Lukas und sah Harry ebenfalls an.

Der ernste Gesichtsausdruck in den Gesichtern verschwand und machte einem Grinsen platz.

Jetzt fühlten sich unverwundbar. Nein, sie fühlten sich nicht nur so, sie waren es. Unverwundbar, das Wort hatte in Lukes Leben eine große Bedeutung, nichts war ihm wichtiger als das Gefühl dieser Unverwundbarkeit.

Nachdem sie dieses Gefühl lange genug genossen haben rang sich Lukas endlich durch die Türe zu öffnen. Die Piloten waren bereits vollzählig angetreten, Lt. Banks stand vor ihnen und unterhielt sich noch mit. Wahrscheinlich gab sie ihnen noch letzte Anweisungen wie sie mit den beiden Neulingen umzugehen hatten.

„Fähnrich Draxton und Fähnrich Creedles melden sich wie befohlen, Chief.“ meldete sich Lukas. Sie waren tadellos gekleidet, die Fliegerkombi wies keinen Fleck auf und die Stiefel waren blitzblank geputzt.
„Gut, heute also pünktlich, ein guter Anfang.“ antwortete Lt. Banks. „Rühren.“
Die beiden Neuen entspannten sich ein wenig in der Haltung. Lukas mußte sich immer wieder selbst ermahnen nicht zu zappeln oder nervös von einen Fuß auf den anderen zu steigen. Wie immer vor großen Ereignissen war er fast nicht zu bremsen, aber in dieser Situation mußte er sich beherrschen, denn sonst könnte er damit alles verderben. Er spürte plötzlich das Adrenalin durch seine Adern strömen.
„Setzen sie sich gleich in die beiden BODs und gehen sie, sobald sie Freigabe haben, die Checkliste durch. Machen sie dabei keinen Fehler und es steht ihrem ersten Flug in einem realen BOD nichts mehr im Wege.“
„Ja, Chief.“
„O.K., Chief.“
Das war scheinbar das Stichwort, Creep, stieg in den dritten BOD auf dem Flugdeck und Conjurer, Coldblood und Thypoon entfernten sich und gingen zum Flugdeck eins. Harry und Lukas setzten sich den Helm auf, ordneten die Anschlüsse und setzten sich dann in ihre zugewiesenen BODs. Lt. Banks ging in den Kontrollraum um die Freigabe zu erteilen.
„Ladies und Gentleman, sie haben Freigabe unsere beiden Neuen werden abwechselnd die Punkte der Checkliste durchgehen. Ach ja, da hätte ich ja beinahe etwas vergessen, wie sind ihre erwählten Rufnamen?“
„Hier ist Draxton, mein Rufname ist ′Delta′.“
„Hier ist Creedles, mein Rufname ist ′Kappa′.“

„Verstanden, Delta und Kappa, warum auch immer sie genau diese Buchstaben gewählt haben sei dahingestellt. Delta, beginnen sie mit dem ersten Punkt."
„Hier Delta, schließen der Kuppel und Überprüfung ob die Kabine dicht ist."
„Gut, Durchführung. Nächster Punkt, Kappa."
„Überprüfen der Helmfunktionen."
„Gut, machen sie abwechseln weiter mit der Checkliste ohne auf die Bestätigung meinerseits zu warten. Ich werde sie nur mehr auf Fehler hinweisen."
„Aye, aye. Hier Delta, überprüfen des Head-up Displays."
„Hier Kappa, justieren der Radareinstellungen."
„Hier Delta, Zielzuweisungsradar aktivieren und Selbstcheck starten."
„Hier Kappa, Lebenserhaltungssystem überprüfen."
„Hier Delta, Kabelverbindung zum Schiff lösen und Funkverbindungscheck durchführen."
„Hier Kappa, Antrieb kurzzeitig auf Maximum beschleunigen."
„Hier Delta, Antrieb zurück auf Startleistung, das heißt auf 60 Prozent der Nennleistung schalten."
„Hier Kappa, Zeitpunkt des Endes der Checkliste protokollieren."
„Hier Delta, dem Flügelmann und den anderen Piloten Glück wünschen."
„Hervorragend, sie haben nichts vergessen. Sie haben nun Startfreigabe, kein Startfenster nötig, da dies nur ein Übungsflug ist." beendete Lt. Banks das Durchgehen der Checkliste.
Der Start verlief eigentlich ohne Zutun des Piloten, er wurde komplett vom Computer durchgeführt. Nachdem man alle Checks hatte durchgeführt, brauchte man nur mehr die Hände vom Steuer nehmen, den Startknopf,

vereinfacht ausgedrückt, betätigen und schon wurde man hinauskatapultiert ins All um welch auch immer geartete Missionen durchzuführen. In diesem Fall handelte es sich um den simpelsten aller Aufträge, das Absolvieren eines Übungsfluges, bei dem man versuchen sollte, die Gegner, in diesem Fall Creep und Thypoon, simuliert abschießen. Conjurer und Coldblood würden sich im Hintergrund halten und ihre unabhängige Meinung zum Verhalten von Kappa und Delta abgeben, diese würde dann maßgeblich am weiteren Verlauf ihrer Karriere beteiligt sein. Im Endeffekt galt es also nur diese Beiden zu beeindrucken und schon würden sie fest in das Flugteam aufgenommen. Kappa und Delta hatten auch nicht den geringsten Zweifel daran, daß sie dies nicht schaffen würden. Der Katapultstart war eines der Manöver, bei dem man ein Vielfaches der Erdbeschleunigung aushalten mußte. Dies war aber unerläßlich, weil die BODs auch während des Fluges des Mutterschiffs ins All geschossen werden konnte, und je schneller die BODs die Startdecks verließen um so geringer war die Zeit, in der ein Unfall, hervorgerufen durch die Relativbewegung des Mutterschiffes, passieren konnte.

Sofort nachdem die Startphase aller Schiffe abgeschlossen war, flog Creep eine Schleife um sofort entweder Kappa oder Delta ins Visier nehmen konnte. Er war scheinbar auf einen schnellen, demoralisierenden Sieg aus, um den beiden Grünschnäbeln zu zeigen, wer der beste Pilot war. Delta und Kappa wären bei dem Ausweichmanöver beinahe zusammengestoßen, aber der Kollisionsalarm warnte sie davor. Die alte Routine, welche sie bei den zahlreichen gemeinsamen Flügen, unter anderem gegen die Klewer-Zwillinge, erworben hatten, war mit einem Schlag wieder da. Sofort nach dem Ausweichmanöver

gingen sie sofort in einen perfekten Formationsflug über, Delta übernahm die Führung und Kappa folgte ihm als Flügelmann auf der rechten hinteren Seite. Die beiden bildeten eine Ebene, um den Verfolgern, Thypoon hatte mittlerweile zu Creep aufgeschlossen, so wenig wie möglich Angriffsfläche zu bieten. Doch Lukas, alias Delta, hatte von Anfang an das Gefühl, daß an diesem BOD irgend etwas nicht stimmte, so ein lahmes Fluggerät hatte er bei seinen zahllosen Flügen auf der Space-Akademie nie. Sollten reale BODs wirklich so anders zu steuern sein, oder hatte hier jemand Veränderungen, ob mutwillig oder versehentlich sei dahingestellt, vorgenommen? Noch hütete er sich einen derartigen Verdacht zu äußern, aber auch Harry, alias Kappa, hatte über Funk versteckt angedeutet, daß er mit den Flugeigenschaften nicht ganz einverstanden war. Eigentlich kann man die Aussage: „Was ist denn das für ein dämlicher, lahmer Vogel, der kann ja überhaupt nichts." nicht als versteckte Andeutung bezeichnen.
„Halten sie Funkdisziplin ein, Kappa." tönte es von Lt. Banks zurück.
Aber er hatte nun einmal recht und es half nichts sich darüber zu beschweren, sondern man mußte daraus machen was man konnte, Delta würde sich sicher nicht die größte Aufstiegsmöglichkeit nehmen lassen, die er jemals bekommen wird.
„Halte dich zurück, Kappa. Sehen wir zu, daß wir das Beste daraus machen."
„Alright, Delta, versuchen wir's auf die klassische Weise?"
„Gut, versuchen wir es. Warte auf dein Zeichen."
Die klassische Methode ist in gewisser Hinsicht einfacher und auch schwerer als andere Manöver. Einfacher, weil man keinem gewissen Muster folgen

muß und schwerer, weil der Wingman sich auf den wirbelnden und abwechslungsreichen Flugstil einstellen muß. Die klassische Art und Weise erhielt ihren Namen dadurch, weil dies das erste, wirklich geplante Manöver war, welches die Beiden in ihrer langjährigen Simulatorduellen, unter anderem gegen die Zwillinge, vollführten.
Der Leader der Rotte flog wild durcheinander Loopins, Faßrollen und rüttelte auch sonst wie wild am Steuerknüppel, so daß ihn seine Gegner nie richtig ins Visier bekam und der Wingman versuchte bis zu einem bestimmten Zeitpunkt den Bewegungen des Leaders zu folgen, weicht dann plötzlich von den Bewegungen des Leaders ab und stößt auf den Gegner, der wie man bei diesem Manöver hoffte, sich immer noch auf den Leader konzentriert. Bei Gelingen müßten sie, in diesem Fall nur simuliert, mindestens einen der beiden Gegner abschießen können. Das war die Theorie, und wie so oft im Leben, sollte es in der Praxis ganz anders aussehen.
Luke rief auf einmal unvermittelt: "Jetzt" und tauchte dann so schnell es ging nach unten weg. Am Anfang, so dachte jedenfalls Harry, würde er noch so fliegen, wie sie beim ersten Mal geflogen sind, und er sollte recht behalten. Luke tauchte also nach unten weg, drehte sich dann auf die Seite um dann zu einem engen Looping anzusetzen, den er allerdings nur mehr zu drei Viertel vollzog um dann wieder, von seinem Schiff aus gesehen nach unten weg zu ziehen. Von diesem Augenblick an rüttelte Luke nur mehr am Steuerknüppel und betätigte den Schub wahllos. Ab hier war es Harry klar, daß er seinem Leader nicht mehr folgen kann. Er entschloß sich unauffällig näher an die Thypoon und Creep heranzufliegen und anschließend einen der Beiden

abzuschießen. Doch die Beiden, so schien es jedenfalls, waren um Klassen besser als Kappa und Delta.
Sie durchschauten das Manöver, obwohl sie davon beeindruckt waren, daß gerade zwei Neulinge ein absolut neues Manöver brachten, wenn auch nicht ganz sauber ausgeführt. Creep stieß weg und flog einen kurzen Bogen um sich an die Fersen von Kappa zu heften, aber Thypoon behielt unbeirrbar ihren Kurs bei um Delta bei der nächstbesten Gelegenheit abzuschießen. Den beiden Neulingen gelang es einfach nicht diese unvorteilhafte Position zu verlassen, sie waren, was sie auch taten, die Gejagten.
Das Unvermeidliche konnte nur mehr eine Minute hinausgezögert werden, dann wurden sie ziemlich zur gleichen Zeit, simuliert natürlich nur, abgeschossen. Gleich darauf meldete sich Lt. Banks vom Mutterschiff: "Kappa, Delta, sie wurden abgeschossen, kommen sie herein, sie haben Landeerlaubnis. Die Auswertung findet anschließend im Besprechungsraum statt. Ende." Die Abgeschossenen quittierten mit einem "Verstanden." und schwenkten auf den Landekurs ein. Die Freude in der Stimme vom Chief war ihnen beiden nicht entgangen. Harry flog ziemlich dicht neben Luke und konnte ihm dabei ins Gesicht sehen und er glaubte Tränen in Lukes Augen zu sehen. Er konnte ihn verstehen, auch er wäre sehr an einer Karriere als Pilot interessiert gewesen, aber sie waren scheinbar nicht gut genug. Die Landung verlief ohne Zwischenfälle, sie kamen als Letzte herein und trafen erwartungsgemäß keinen der anderen Piloten, da diese gleich in den Besprechungsraum gingen.
Sie warteten wahrscheinlich schon ganz ungeduldig auf die "Hinrichtung" der Beiden, die doch so großspurig erklärt hatten, daß sie nahezu unbesiegbar waren. Als Luke und Harry sich nach dem Verlassen zum ersten

Mal wieder sahen wechselten sie kein Wort, jeder mußte für sich erst einmal mit dieser Niederlage fertig werden. Sie gingen gesenkten Hauptes zum Besprechungraum um sich dort noch einmal fertig machen zu lassen, Schonung würde es in diesem Fall nicht geben.
Als Harry die Tür zum Besprechungsraum öffnete, atmete er vorher noch einmal tief durch. Was hätte er in diesem Moment nicht alles gegeben um sich das Kommende zu ersparen. Er öffnete die Tür langsam, riskierte erst einen vorsichtigen Blick, bemerkte aber dann, daß ihm dies nur als Feigheit angerechnet werden konnte. Er richtete sich deshalb auf, straffte die Schultern und ging mit dem Bewußtsein hinein wenigstens seine Ehre und seinen Stolz zu behalten. Lukas bemerkte dies und tat es ihm gleich. "Chief, Kappa und Delta melden sich zurück." sagte Harry, als es vor Lt. Banks stand.
"Gut, rühren. Wir hören uns zuerst die Berichte der unbeteiligten Beobachter an. Conjurer fangen sie an."
"Danke, Chief. Alles in allem war dies eine ziemlich kurze Vorstellung die sie uns gegeben haben.", begann er und wandte sich an Luke und Harry,
"Sie haben zu Beginn ziemlich schnell reagiert, als Creep sie gleich ins Visier genommen hat. Aber sie sind die ganze Zeit über immer in der Defensive gewesen. Ein wahrer Pilot zeichnet sich dadurch aus selbst die schlechteste Position zu seinem Vorteil zu nutzen. Davon waren sie Beide weit entfernt."
Lukas hatte sich auf einiges gefaßt gemacht, aber auf eine so unverblümte Kritik war er nicht vorbereitet. Er spürte wieder Wut in sich aufsteigen, die zum Teil grinsenden Gesichter der anderen Piloten, die sich am Untergang der Neuen weideten, steigerten seine Wut nur noch mehr. Er hatte nicht vor sich sämtliche

Beleidigungen anzuhören. "Beenden wir doch diese ganze Farce, wir sind ihrer Meinung nach nicht gut genug für diese Truppe. Fein, wenn sie meinen, aber ihnen entgehen zwei erstklassige Piloten. Ohne diese dämlichen Begrenzer hätte uns so schnell niemand das Wasser reichen können. Darüber sollten sie einmal nachdenken. Wenn es sonst nichts weiteres zu besprechen gibt, dann melden wir uns ab. Die Zukunft wird zeigen, was sie verpaßt oder gewonnen haben mit ihrer Entscheidung."
Harry merkte, daß Lukas recht hatte, hier hatten sie nichts mehr verloren, wenngleich er nicht so zuversichtlich war ihre Flugkünste betreffend. Beide salutierten noch, machten eine Kehrtwendung und verließen so schnell wie möglich, aber nicht fluchtartig, den Raum. Als hinter ihnen die Tür ins Schloß fiel, gingen sie in Richtung Quartier davon.
"Meinst du, das war richtig so?" fragte Lukas Harry.
"Das fragst du jetzt, so etwas überlegt man sich vorher, nun kann man nichts mehr daran ändern. Aber meiner Meinung nach hast du das richtige getan."
"Danke. Wir müssen auf jeden Fall unsere Strategie neu überdenken."
Harrys Gesichtsausdruck verriet allerdings, daß es für ihn diesbezüglich nichts mehr zu überdenken gab. Er konnte sich mit der Tatsache zwar nicht anfreunden, aber abfinden, daß er einfach nicht gut genug war.
"Darüber reden wir später, jetzt brauche ich erst einmal etwas zu trinken." antwortete er ihm.
Nachdem sie Beide erst einmal drei Drinks getrunken, oder besser gesagt hinuntergestürzt hatten, legte sich die Anspannung. Der Adrenalinspiegel sank, die Muskeln, die bis dahin unbewußt angespannt waren, ließen nun locker. Lukas und Harry waren bis zu diesem Augenblick mit ihren eigenen Gedanken

beschäftigt, sie blickten beide durch eines der großen Panoramafenster, ohne jedoch irgend etwas zu betrachten. Lukas kehrte als erster wieder in die Realität zurück, er ging zur Bar um sich und seinem Freund einen neuen Drink zu holen, ließ den Gedanken gleich die ganze Flasche mitzunehmen wieder fallen, da sie dies nur dazu verleiten könnte mehr zu trinken als gut für sie ist.
"Harry, ein neuer Drink." sagte Lukas, während er ihn anstupste. "Vergiß was da draußen passiert ist, zum Teufel mit denen allen, wir kriegen unsere Chance noch."
"Nein, Luke. Zum Teufel mit dir. Ich habe echt gedacht, wir hätten was drauf. Aber diesmal hatten wir es mit echten Profis zu tun, jetzt wissen wir wie gut wir wirklich sind. Bei weitem nicht gut genug." antwortete ihm Harry lauter als es notwendig war. Harry haßte es zu verlieren und noch mehr haßte er es, daß er sich von Lukas zu diesem Flug überreden ließ.
"Du willst doch jetzt nicht aufgeben?" fragte Luke sichtlich entrüstet.
"Wir haben nur eine Schlacht verloren, nicht aber den Krieg."
"So siehst du es, Luke. Du weißt einfach nicht wann du verloren hast."
"Daß ich soetwas gerade von dir höre, ist so als würde ein Blinder sagen, es sei glücklich nichts zu sehen. Wir können es noch schaffen."
"In dieser Angelegenheit mußt du dir das "wir" abgewöhnen, du schaffst es vielleicht wirklich noch, aber ohne mich."
"Ohne dich geht es eben nicht. Wir beide sind ein unschlagbares Team. Wir ..."
"Nein, sind wir eben nicht." unterbrach Harry seinen Freund, "Wir sind tot. Kannst du das verstehen, tot.

Wäre das vorhin ein reales Gefecht, mit realen Waffen gewesen, dann wären wir jetzt tot. Und was das Traurigste an der ganzen Sache wäre, niemand würde es kümmern. Vielleicht würde es sogar niemand erfahren. Es würde nur einen symbolischen Grabstein geben, denn es wäre nicht einmal etwas vorhanden, das man hätte begraben können. Hinterher würde man sich nur mehr an zwei törichte Grünschnäbel erinnern, die bei einem Spiel mitmischten, das ihnen bei weitem zu hoch war. Hast du das verstanden, wir sind weder unbesiegbar, noch unverwundbar, wir sind tot."
„Aber wir streiten uns hier noch. Diese Tatsache ist doch wohl Beweis genug, daß wir noch am Leben sind.“
Harry schüttelte nur mehr ungläubig den Kopf. Sein Freund war scheinbar viel zu dumm, als daß er begreifen konnte, was er meinte.
„Du hörst mir nicht zu. Du hörst mir einfach nicht richtig zu.“
„Doch, ich höre dir zu. Ich höre einem Feigling zu, der nach einer Niederlage aufgibt.“
Harry hatte es aufgegeben. Er war nicht einmal wütend darauf, daß er ihn einen Feigling schimpfte. Er fragte sich, wie sich sein bester Freund nur so verändern konnte.
„Nein, du hörst zwar, daß Worte aus meinem Mund kommen, aber du siehst keine Verbindung zwischen den Worten. Fakt ist; Wir haben versagt. Ich werde wieder meiner alten Arbeit nachgehen, und ich werde sie gut machen."
"Aber dabei wirst du wahrscheinlich zu Grunde gehen."
Schweigen.
"Sieh mir in die Augen und sag mir ins Gesicht, daß du dich darauf freust deiner alten Arbeit nachzugehen."
Lukas konnte es beinahe hören, wie es in seinem Hirn

arbeitete. Er suchte nach einer Antwort, die wahr war, die aber auch nicht gesteht, daß er in der Pilotenkanzel um etliches glücklicher war als vor dem Nav-Computer.
"Du hast recht, ich bin nicht glücklich mit dem alten Job. Aber ich bleibe am Leben."
"Ist das genug?“
"Ist was genug?"
"Reicht es dir also nur am Leben zu bleiben?"
"In diesem Fall schon."
"Du hast dich verändert, sicher nicht zu deinem Vorteil. Hätte ich gewußt, daß du zu einem Angsthasen geworden bist, dann hätte ich dich gar nicht als Flügelmann gewollt."
"Du hast dich auch verändert, weißt du das?"
"Inwiefern?"
"Du bist zu einem Adrenalinjunkie geworden. Nichts ist dir mehr gut genug, du bist nie zufrieden. Du warst nie leicht zufrieden zu stellen, aber jetzt ist es unmöglich geworden. Du jagst Phantasien nach die du nie erreichen wirst.", schrie Harry ihn an.
Jetzt waren die Rollen getauscht. Jetzt konnte man beinahe Lukes Gehirn bei der Arbeit belauschen.
Ob Harry recht hatte?
Hatte er sich wirklich so verändert?
Nein, er war immer schon so gewesen. Man konnte ihn glücklich machen. Draußen im All, in der Pilotenkanzel war er glücklich, wenigstens den kurzen Augenblick lang nach dem Start, als eine Niederlage noch ausgeschlossen war.
Zugegeben, es war nur ein ziemlich kurzer Augenblick, aber das war immerhin ein Anfang.
"Ich kann zufrieden sein, glaube ich."
"Natürlich." hielt Harry dieser lahmen Ausrede sarkastisch entgegen.

"Mag sein. Aber genau deshalb ist es für mich so wichtig, meinen Traumjob zu erreichen."
"Glaubst du, daß du dann glücklich sein kannst?"
Luke nickte.
"Gut.", lenkte Harry ein, "Wir werden sehen. Wenn wir noch einmal eine Chance bekommen, dann machen wir es besser."
"Du bist noch dabei?"
"Ja, ich bin noch dabei."
Harry verzog das Gesicht, als hätte man ihm Lebertran oder ähnliches eingeflößt. Lukas merkte, daß Harry nicht glücklich darüber war von ihm abermals zu seinem Willen überredet worden zu sein. Aber je länger er darüber nachdachte um so mehr gelang er zu der Erkenntnis, daß überleben nicht alles ist. Er würde sonst was geben, wenn er nicht wieder zu seinem alten langweiligen Job zurückkehren mußte. Doch zu diesem Zeitpunkt wußte weder Lukas noch Harry, daß sie noch eine Chance bekommen und daß sie dabei mehr opfern mußten als jeder einzelne von ihnen bereit war zu opfern.

„... Werd ich zum Augenblicke sagen:
Verweile doch! du bist so schön!
Dann magst du mich in Fesseln schlagen,
Dann will ich gern zugrunde gehen!
Dann mag die Totenglocke schallen,
Dann bist du deines Dienstes frei,
Die Uhr mag stehn, der Zeiger fallen,
Es sei die Zeit für mich vorbei! ..."

(„Faust", Johann Wolfgang Goethe)

Kapitel Elf

Stunde um Stunde wälzte sich dahin, ohne daß irgend etwas Aufregendes oder wenigstens Ablenkendes geschah. Sie bewegten sich unaufhaltsam der Grenze zu Sir Cunninghams Gebiet entgegen, mit dem Tempo einer Schnecke, so kam es wenigstens Lukas vor, der sich nun wieder öfter auf der Brücke blicken ließ. Offiziell war er noch ein Pilot, bis der Captain endgültig darüber entschied, wie es mit ihm und Harry weitergehen soll. Lt. Banks würde ihnen auf jeden Fall kein Schiff mehr zur Verfügung stellen, aber Luke gab die Hoffnung nicht auf, er sah sich immer noch in einem BOD sitzen und seinen Feinden das Fürchten lehren, mit Harry Creedles als Wingman an seiner Seite.

Man hatte den Captain vor kurzem in einem Lagebericht mitgeteilt, daß sich die Spannungen auf der Erde zwischen der Regierung und Sir Cunningham verstärkten. Der Captain wurde angewiesen nicht mehr wie ursprünglich vorgesehen mit Cunningham Kontakt aufzunehmen um ihn höflich zu fragen ob sie durch sein Gebiet fliegen können, sondern still und heimlich durchzufliegen und hoffen, daß sie nicht entdeckt werden. Sollten sie dennoch gezwungen sein mit seinen Leuten zu reden, dann dürfe er keinerlei Zugeständnisse machen, er dürfe nur fragen ob er das Gebiet passieren darf, ohne etwas dafür zu zahlen. Lukas hörte zufällig davon und befand, daß es besser nicht so weit kommt, daß sie entdeckt werden. Wenn Cunningham früher schon wahnsinnig hohe Preise verlangt hat, dann würde er wohl kaum ein Schiff, welches sich bereits in seinem Gebiet befand unbehelligt und gratis passieren lassen.

Es gab durchaus die Möglichkeit ungesehen hindurch zu fliegen, man mußte nur die fixen Radarstationen meiden. Ein Problem allerdings sind die patrollierenden Schiffe, die nach Lust und Laune ihre Route änderten und plötzlich aus irgendeinem Radarschatten vor einem auftauchen könnten. Man konnte sich in diesem Fall nur auf das Glück verlassen und hoffen, daß man den patrollierenden Flieger abschießt bevor er die anderen alarmieren konnte.
Lt. Gribbin kam vor einigen Tagen auf die glorreiche Idee einen Countdown aufzustellen. Aufgrund des Kurses, den er berechnet hatte, war es ihm ein leichtes, die Zeit zu berechnen, die bis zum Grenzübertritt noch vergehen würde. Und eben diese Zeit konnte man auf einer in riesigen Zahlen auf der Brücke über dem Hauptbildschirm ablesen. Somit war jeder, der auf der Brücke Dienst tat dazu verdammt, sich diese dämliche Uhr anzusehen, die mit leuchtend roten Zahlen die Zeit bis zum möglichen Untergang angab. Lukas war seit seiner miesen Vorstellung bei den BODs nicht mehr gern auf der Brücke, sie war seiner Meinung nach wie ein Mahnmal für ihn, sie zeigte ihm seine Zukunft, wenn er es nicht schaffen sollte Pilot zu werden. Er haßte sie, zu Beginn dieser Mission war er noch glücklich darüber gewesen, daß er überhaupt auf einem Raumschiff Dienst tun durfte, aber jetzt... .
Zum Glück mußte er sich nicht oft auf der Brücke sehen lassen, die wenigen Eingaben und Kontrollen, die am Nav-computer zu machen waren, wurden durch den Chef, Lt. Gribbin persönlich, getätigt. Somit hatte er mehr Zeit für andere Dinge, in den vergangenen Tagen traf er sich öfter mit Catherine. Sie verstanden sich noch immer wie am ersten Tag, er ertappte sich immer häufiger dabei, daß er sich fragte, was eigentlich wäre, wenn er sie nicht getroffen hätte. Er war immer wieder

fasziniert von ihrem Lächeln, ihrer positiven Ausstrahlung und nicht zuletzt von ihrer atemberaubenden Schönheit.
Auch jetzt, wo er im Fitnessraum stand, mußte er an sie denken, sie war überhaupt zum Mittelpunkt seiner Gedanken geworden. Er starrte durch ein kleineres Fenster in den Weltraum hinaus, Schweiß tropfte ihm von den Haaren. Er hatte eben eine seiner selbst creierten Trainingsrunden hinter sich. Er hatte sich vor einiger Zeit vorgenommen seinem eigenen Trainingsprogramm zu folgen. Dies setzte sich zusammen aus zehn Minuten laufen auf dem Laufband, bei der größtmöglichen Geschwindigkeit, die möglich war, danach setzte er sich an die Rudermaschine, wo er ebenfalls zehn Minuten verbrachte, in dieser Zeit beanspruchte er den Rudermechanismus bis zum Äußersten und zum Abschluß machte er sich noch ans Gewichtheben. Zuerst mit zwei Hanteln, von denen eine zehn Kilogramm wog, diese hob er so schnell er konnte jeweils sechzig Mal an seine Schultern und zum Abschluß stemmte er noch zehnmal ein Gewicht von fünfzig Kilogramm. Nach diesen Übungen war in einem gelösten Zustand, er spürte es gerne wie seine Muskeln nach und nach die Anspannung verloren und sich lösten. Doch dieses Mal bekam er von diesem Gefühl nichts mit, er starrte nur gedankenverloren in den Weltraum. Er bemerkte auch nicht, als Lt. Banks den Fitnessraum betrat. Sie wollte ihn auch nicht stören, setzte sich somit an die Rudermaschine und begann ihrerseits mit den Übungen. Nach etwa fünf Minuten kam er wieder zu sich, er fröstelte, denn der Schweiß auf seiner Haut war kalt, das feuchte T-Shirt und die kurze Sporthose waren alles andere als wärmend. Er ging zur Bank und trocknete sich mit einem Handtuch ab, erst dann bemerkte er Lt. Banks.

"Guten Tag, Chief.", begrüßte er sie, "Sind sie schon lange hier?"
"Fünf Minuten."
"Aha." antwortete er, obwohl ihn eigentlich die Antwort nicht im Mindesten interessierte.
"Es gibt für sie nichts Schöneres, als da draußen zu fliegen?" begann der Chief seinerseits mit einem Dialog.
Lukas verstand nicht worauf sie hinauswollte, und antwortete deshalb etwas wütend: "Wollen sie mich quälen? Ist es noch nicht genug, daß sie mich nicht mehr fliegen lassen?"
"Ich wollte eigentlich nur etwas unverfängliche Konversation betreiben, aber wenn sie nicht wollen."
"Unverfängliche Konversation.", äffte er sie immer noch wütend nach, "Wenn sie nur Konversation betreiben wollten, dann gäbe es dafür sicher bessere Themen. Wie zum Beispiel das Wetter, oder was man gestern gemacht hat."
Plötzlich begann Lt. Banks zu Lachen, er betrachtete ihr Gesicht und erinnerte sich wieder, warum sie ihm von Anfang an so sympathisch war. Wenn sie lachte, so strahlte ihr Gesicht sämtlich positiven Eigenschaften aus, rund um sie wurde dann, so schien es Lukas, eine Aura von positiven Gefühlen erzeugt, wie er es sonst nirgendwo fand. Er ließ sich von ihrem aufrichtigen Lachen anstecken, ohne eigentlich zu wissen warum.
"Sie wollen also über das Wetter mit mir sprechen?", fuhr Lt. Banks fort, immer noch lachend.
"Nein, dieses Thema gibt eigentlich auch nicht sehr viel her.", antwortete er ihr.
"Ich kann ihnen allerdings etwas sagen, das ihre Laune zusätzlich noch etwas hebt."
"Und das wäre?"

"Ich habe sie gestern in einem Bericht an die Erde für einen Lehrgang bei meiner Truppe empfohlen, und Mr. Creedles ebenfalls."
"Sie meinen als BOD-Pilot?"
"Ja, genau das. Und wenn sie gut genug sind, dann werden sie in einigen Jahren in eine BOD-Staffel aufgenommen. Und wenn sie Beide wirklich so gut sind, dann kommen sie vielleicht in meine Spezialeinheit."
"Aber das dauert doch Jahre."
"Was dachten sie denn, daß sie einmal mit meinen Leuten fliegen und dann gleich in diese Staffel aufgenommen werden, wo doch andere, mit etlichen Jahren Erfahrung auf einen Platz hier hoffen."
"Ja, genau so habe ich mir das vorgestellt."
"Sie sind verrückt, größenwahnsinnig oder beides."
"Chief, sie wissen genauso gut wie ich, daß wenn sie mir nur eine einzige Chance, und damit meine ich eine realistische Chance, ohne Einschränkungen wie diese Begrenzer, geben würden, dann würde ich sie schon von meinem Können überzeugen. Ich weiß einfach wie gut ich bin."
"Na ja, ich dachte ich mache ihnen eine Freude, aber dem ist scheinbar nicht so. Meinen Vorschlag werde ich dennoch nicht rückgängig machen."
"Danke Chief, halten sie mich bloß nicht für undankbar, aber sie müssen auch meine Situation verstehen, ich weiß, daß ich weit unter meinem Wert gehandelt werde und es tut mir in der Seele weh, daran nichts ändern zu können."
"Sie sind echt beeindruckend, wissen sie das? Ich habe noch nie jemanden erlebt, der von seinen Fähigkeiten so überzeugt ist wie sie, und das obwohl sie eine beträchtliche Niederlage einstecken mußten. Sie führen

alles an dem vergangenen Einsatz auf die Begrenzer zurück?"
"Ja, bei jedem Manöver, welches wir probierten, unter anderem auch jenes, mit dem wir beinahe Erfolg hatten, waren wir um einiges langsamer als sonst. Diese Begrenzer sind viel zu niedrig eingestellt, auch ohne sie kann man noch schneller, um nicht zu sagen riskanter fliegen, ohne daß der BOD auch nur den geringsten Schaden davonträgt. Ich bin nur an Simulatoren geflogen, aber manche davon waren realistischer als die Realität. Auch wenn ich nicht viele BODs heil zurückgebracht habe, so habe ich nahezu alle Duelle gewonnen und nur darauf kommt es an."
"Genau das ist ihr Fehler. Gewinnen ist nicht alles, man muß auch wissen, wann man sich zurück zieht."
"Ich weiß genau, wann man sich zurückziehen muß"
"Nein, wissen sie nicht. Ich habe mir einen interessanten Flug von ihnen angesehen. Sie waren nur mit einer Kamera bewaffnet auf Aufklärungsflug, als auf einmal... ."
"Ich weiß, was sie meinen.", unterbrach er sie, „Das habe ich damals nur gemacht, weil mein Lehrer gesagt hat, daß es Situationen gibt, bei denen sich jeder, ohne Ausnahme, sofort zurückzieht. Eine Woche später kam dann eine solche Situation, bis dahin habe ich mich überall erkundigt, ob es möglich ist einen Gegner ohne Verwendung der Waffen, auszuschalten. Ich war also auf alles vorbereitet."
"Falsch, das hätte sie beinahe all ihre Punkte gekostet."
"Wer nicht wagt, der nicht gewinnt. Dafür gibt es jetzt ein Manöver, selbstverständlich nur auf den Simulatoren der Space-Akademie, welches nach mir benannt ist."
Das besagte Manöver war in der Tat haariger als es Lukas zugeben, beziehungsweise sich eingestehen

wollte. Er handelte sich wie gesagt um einen Aufklärungsflug mit einer Kamera. Fotos von einer nahezu unbewachten Anlage machen, schnell hinfliegen, knipsen soviel möglich war und noch bevor die gegnerischen Kräfte mobilisiert waren, wieder den Rückzug antreten. Allerdings hatte sich Lukas bei seinen Zeitvorgaben verschätzt und beim Rückzug kam ihm ein einzelnes kleines Schiff der Kolibri-Klasse, welches gerade in diesem Sektor patrouillierte, in die Quere. Somit hatte er zwei Möglichkeiten zur Auswahl. Entweder er machte sich aus dem Staub, aber dafür war er, nur wollte er es sich nicht eingestehen, zu stolz. Oder aber er würde den Gegner angreifen, auch ohne Waffen, denn so etwas ist noch nie dagewesen.

Die erstere Möglichkeit war zu Lukes Verteidigung auch nicht so einfach, wie es schien. Bei dieser Variante mußte er sich dem Feuer des Feindes mindestens drei Minuten lang entziehen, erst dann wäre er, aufgrund der größeren Maximalleistung außerhalb der Reichweite seiner Waffen. Da Lukas nun mal nicht sehr geübt war in Fluchttaktiken entschied er sich für die andere Möglichkeit. Diese war, weil er ja keine Waffen hatte den Gegner zu rammen. Das klang im ersten Moment selbstmörderischer als es dann tatsächlich war. Die Schwierigkeit war den kleineren und wendigeren Kolibri genau zu treffen. Da Flieger der Kolibri-Klasse auch für Einsätze in der Atmosphäre gemacht waren hatten sie kleine Flügel die ihnen in Luftraum um die Erde den nötigen Auftrieb verschaffen sollten.

Der Kolibri war ein sogenannter "Chaosflieger", denn Ende des zwanzigsten Jahrhunderts hatte man herausgefunden, daß unsymmetrisch gebaute Flugzeuge wesentlich bessere Flugeigenschaften hatten. Sie waren wendiger, schneller und verbrauchten weit weniger

Treibstoff als Flugzeuge herkömmlicher Bauart. So war der Kolibri das weltweit erste Chaosflugzeug, welches in Serie produziert wurde. Damals kam dieses Flugzeug einer Revolution auf dem Luft- und Raumfahrtsektor gleich.
Doch zurück zum eigentlichen Thema, in dieser Situation hatte er allerdings einen entscheidenden Nachteil, an der einen Seite nämlich war das Triebwerk nahe dem Rumpf des Schiffes angeordnet, dafür war auf dieser Seite der Flügel länger. Auf der anderen Seite war das zweite Triebwerk am Ende des Flügels angebaut, der Flügel war dafür nur halb so lang. Lukas mußte es also nur schaffen seinem Gegner dieses Triebwerk "abzurasieren" und der Gegner wäre zumindest flugunfähig. Zunächst einmal flog er gerade auf ihn zu, der Gegner, in diesem Fall einer der Ausbilder, war so verblüfft von diesem Versuch, daß er nicht einmal das Feuer eröffnete.
Lukas glaubte schon gewonnen zu haben, als der Kolibri in letzter Sekunde nach rechts unten abdrehte, er wurde nur um Zentimeter verfehlt. Von nun an gestaltete sich alles etwas schwierig. Der Ausbilder, welcher die andere Maschine flog, hatte sich wieder gefangen und jagte nun seinerseits hinter Luke her. Aber er bekam ihn nicht ins Visier und konnte somit keinen sauberen Schuß abgeben.
Kein einziger der Schüsse traf.
Allerdings brachte es Lukas auch nichts hinter ihm herzufliegen, da er ja nichts zur Verfügung hatte mit dem er feuern konnte. Man hatte hier also eine klassische Patt-Stellung. Luke war zwar gut genug seinen Gegner nicht zum Schuß kommen zu lassen, hatte aber seinerseits dem Gegner nichts entgegenzusetzen. Er hatte aber noch Möglichkeiten,

die andere als zu riskant abtaten und er war immer noch nicht gewillt den Rückzug anzutreten.
Also trat er auf die Bremse, das hieß er betätigte sämtliche Bremsdüsen, bis seine relative Geschwindigkeit im Raum Null betrug. Der Kolibripilot hatte das natürlich auf seinem Radar mitverfolgt und setzte zu einer weitläufigen Schleife an, Lukas richtete seinen BOD so aus, daß er mit der Nase des Flugzeuges genau auf seinen Gegner zeigte. Er schob den Schubhebel bis zum Anschlag nach vorne und war in kürzester Zeit auf Maximumspeed, der Andere feuerte unterdessen wie verrückt und Luke konnte nur mit mehr Glück als Können diesem Dauerfeuer ausweichen.
Sein Gegenüber hatte sich allerdings zu sehr auf seine Waffen verlassen, so daß er gar nicht merkte, daß sich Lukas immer noch auf Kollisionskurs mit ihm befand. Als er dies dann bemerkte war es zu spät, Luke rasierte ihm mit der abstehenden Kamera und Teilen seines eigenen Rumpfes das am äußersten Teil des Flügels befindliche Triebwerk ab. Das Geräusch, welches der Zusammenstoß erzeugte war markerschütternd, Lukas wartete nur mehr darauf, daß es rund um ihm herum finster wurde, dies hätte das Ende bedeutet. Aber die Sterne um ihm herum blieben, er stoppte, so daß er wieder im Raum "stand", drehte sich um und schaute sich seinen Gegner an der mit unkontrollierbaren Bewegungen wegdriftete, bevor er dann etwa zwanzig Sekunden später explodierte. Später erfuhr er, daß Teile der Elektronik diesem Zusammenstoß nicht standhielten und es somit zu einem Kurzschluß kam, welcher die Maschine explodieren ließ. Lukas machte sich die Mühe und wartete die Schadensanalyse seines Schiffscomputers ab uns stellte zu seiner Verwunderung fest, daß zwar alle Systeme in Mitleidenschaft gezogen wurden, sein Schiff trotzdem allerdings noch zu fünfzig

Prozent flugtauglich war. Die Triebwerke, welche ja am Heck des Schiffes waren, hatten von alledem beinahe nichts abbekommen. Er machte sich schleunigst auf den Weg zur simulierten Basis, weil er mit dem letzten Manöver viel Zeit gebraucht hatte, und er fürchten mußte, daß sich ihm noch mehr Flugzeuge an die Fersen heften würden.
Seine Ausbilder wollten ihm die Punkte nicht zuerkennen, da er die Kamera verloren hatte, nachdem die Schiedsrichter allerdings erklärten, daß eine intakte Kamera nicht zu den Missionszielen gehörte, sondern lediglich die Bilder die damit gemacht wurden, so mußten sie ihm die volle Punktanzahl gutschreiben. Er bekam außerdem die tausendfünfhundert Punkte für den Abschuß und nochmals so viele Punkte wegen "Einfallsreichtums".
Das Ganze fand im Zuge eines Wettbewerbes statt, deshalb erwähnte Lt. Banks, daß er dabei viel hätte verlieren können. Denn vom Ergebnis dieses Wettbewerbes wurde die Note, die man an der Space-Akademie für den praktischen Teils des Lehrganges bekam, abhängig gemacht. Aber hätte er sich mit dem sofortigen Rückzug begnügt, wie übrigens alle anderen des Wettbewerbes, dann hätte er ihn nicht gewonnen. Aber so konnte er sagen, daß er der Beste aller amerikanischen BOD-Anwärter war.
Lukas erläuterte ihr das Manöver, den Hintergrund und seine Beweggründe uns sie hörte aufmerksam und interessiert zu.
"Sie sehen also, wenn man die ganze Wahrheit kennt, dann sieht alles anders aus."
"Würden sie dieses Manöver noch einmal wagen?" fragte sie ihn.
"Wenn die Voraussetzungen die selben wären und ich damit jemandem das Leben retten kann, dann ja, ohne

weiteres. Sonst nicht, ich habe dies nur gemacht, damit ich es diesen hochnäsigen Ausbildern an der Space-Akademie einmal zeigen konnte. Die dachten immer vorgegebene Manöver einzulernen wäre alles. Ich hatte damals viel Probleme mit ihnen, sie zwangen alle ihre Lehrbuchmanöver auswendig zu lernen. Aber ich wußte bereits damals, daß nichts wichtiger war, als Kreativität."
"Aber sie halten die Ausbildung schon für wichtig genug?"
"Natürlich, aber viele Abgänger hatten in zahlreichen Konflikten ihr Leben gelassen, weil ihr Flugstil durchschaubar war. Es konnte schon im Voraus ermittelt werden, was diese als nächsten tun würden. Bei mir war das immer schon anders, ich habe mir außerhalb des Unterrichtes immer die Mühe gemacht und die gelernten Manöver noch verfeinert, oder abgewandelt, so daß sie nicht mehr vorhersehbar waren."
Lt. Banks hatte ihre Fragen mit einem gewissen Hintergedanken gestellt, das war Luke klar, aber er wußte immer noch nicht auf was sie hinauswollte.
"Stellen sie mir die Fragen der Konversation wegen, oder bezwecken sie auch etwas damit?" fragte Lukas frei heraus.
"Ich bezwecke durchaus etwas damit. Ich will mir endlich über ihre Motive klar werden, warum sie so verbissen kämpfen so schnell wie nur möglich ein anerkannter BOD-Pilot zu werden."
"Weil ich nur im Fliegen meine Zukunft sehe. nichts anderes möchte ich machen, nichts anderes ist mir so wichtig. Ich weiß, daß ich jeden besiegen kann, wenn man mir die Chance dazu gibt."
Er blickte sie fragend an, er erwartete von ihr, daß sie ihre Entscheidung rückgängig macht und ihn gleich

wieder fliegen läßt. Er hoffte die unvermeidliche Konfrontation mit Cunninghams Piloten im Cockpit eines BODs miterleben zu dürfen, Teil des Erfolgs gegen sie zu sein.
"Empfindet ihr Freund das auch so, ist er auch so gut wie sie glauben?" fragte sie ihn ausweichend.
"Ja, wir beide ergänzen uns blendend. Zusammen sind wir ein unschlagbares Team."
Nach diesem Satz kam eine ganze Weile lang nichts. Lukas starrte sie die ganze Zeit über fragend an. Und sie ihrerseits suchte nach etwas, das sie davon überzeugte, daß er dem Team in allen Bereichen gewachsen sei. Sie kannte Lukes wahres Wesen nicht, sie sah nur einen arroganten Angeber, dem scheinbar niemand das Wasser reichen konnte, sie sah nur einen jungen Spund, der sich für unverwundbar hielt.
"Werden sie uns beide wieder in ihr Team aufnehmen?" fragte Lukas sie ungeduldig.
"Nein." kam es kurz und knapp. "Und ich werde ihnen auch erklären wieso. Sie halten sich für Gott, für unverwundbar, dabei sind sie genauso sterblich wie die Anderen auch. Ich brauche in meiner Staffel keine Draufgänger, die sich hier einen Namen machen wollen, sondern Leute die sich nahtlos und ohne viel Auflebens um ihre Person in die Staffel einfügen. Piloten wie sie habe ich leider schon zu hunderten abtreten sehen, sie hielten sich auch für etwas besonderes, waren dann aber auch nur Menschen."
"Es tut mir leid, daß sie so über mich denken. Ich hatte gehofft, sie verstehen mich, aber ich konnte ihnen scheinbar nicht erklären, was für mich wichtig ist. Ich entschuldige mich dafür, daß ich mich ihnen aufgedrängt habe. Es tut mir leid, auf Wiedersehen." sagte ein sichtlich geknickter Lukas Draxton.

Mit diesen Worten drehte er sich um und verschwand aus dem Fitnessraum, Lt. Banks sah ihm nach. Er tat ihr leid, aber noch schlimmer wäre der Gedanke für sie, wenn er in ihrer Staffel in einem Einsatz gestorben wäre. Sie hatte es von Anfang an gespürt, daß er und sein Freund herausragende Piloten waren. Leute mit Instinkt, mit dem Gefühl richtig zu fliegen, aber sie waren noch unerfahren, was reale Einsätze betraf. Eines Tages würde er seinen Weg gehen, ein Pilot zu werden, war ihm bereits vorbestimmt. Doch war es besser den langen Weg einzuschlagen und noch länger am Leben zu bleiben. Doch auch diese Vorstellung konnte sie nicht trösten, sie hatte nun einmal die Trauer in seinen Augen gesehen und als er sich bei ihr entschuldigte hatte, sah sie sein wahres Gesicht, seine wahre Größe. Sie konnte diesen traurigen Blick des geknickten Lukas Draxton nicht vergessen, und sie wird sich noch lange daran erinnern.

Kapitel Zwölf

Lukas erinnerte sich an das Gespräch, welches er vorgestern mit Lt. Banks geführt hatte, es war ihm als hallten ihre Worte der Absage immer noch in seinem Kopf. Er konnte an nichts anderes mehr denken. Er sah seine Zukunft ziemlich düster, er würde einen Weg gehen müssen, wie ihn die breite Masse an Piloten geht, nichts daran wäre mehr herausragend. Er würde einfach in der Statistik der unzähligen mittelmäßigen Piloten verschwinden und an all das Außergewöhnliche, das er an der Space-Akademie geleistet hat, würden sich nur mehr ein paar wenige, wahrscheinlich immer noch verärgerte Ausbilder erinnern. Genau so wollte er nicht enden. Er hatte sich nun einmal in den Kopf gesetzt, etwas besonderes zu leisten, etwas das über seinen Tod hinaus in der Erinnerung der Menschen bleiben wird, aber so wie es jetzt aussah, würde er dieses Ziel nie erreichen.

Als er nach etlichen Aufforderungen Lt. Gribbins wieder in die Realität zurückkehrte fand er sich vor dem riesigen Bildschirms des Navigationscomputers wieder. Neben ihm saß sein Chef, wie immer schwer atmend und schwitzend, der ihm seit nun schon geraumer Zeit irgend etwas zu erklären versucht. Lukas starrte ihn nur teils fragend, teils gelangweilt an. Was immer er auch zu Beginn dieser Mission interessant gefunden hatte an seinem damaligen und wieder jetzigen Job, es war nichts mehr davon übrig. Er konnte sich für gar nichts mehr auf diesem Sektor begeistern. Lt. Gribbin bemerkte dies, konnte es aber nicht verstehen. Es war ja auch unverständlich für einen übergewichtigen Computerfreak, für den es scheinbar das Größte war neue, bessere und leistungsfähigere Programme zur Kursberechnung zu erstellen. Er hatte nie in einem BOD gesessen und ist mit der Maximalgeschwindigkeit auf seinen Gegner, der aus allen Rohren schoß, zugeflogen. Nein, wahrscheinlich wollte er dies auch niemals, er ist eben ganz anders als Lukas. Luke war allerdings fair genug die Leistungen Lt. Gribbins anzuerkennen, in gewisser Weise beneidete er ihn.

Gribbin hatte auf seinem Sektor etwas geleistet, was seinen Tod noch überdauern würde, jeder andere Akademieabgänger, wäre wahrscheinlich stolz mit dem großen Genie Gribbin zu arbeiten, ja auch nur in einem Raum zu sitzen. Im Fach "Navigation" verging an der Akademie nahezu keine Unterrichtseinheit, in der nicht von ihm die Rede war. Als sich Lukas zurückerinnerte an den Beginn der Mission zurückdachte entdeckte auch er, daß auch er sich geehrt gefühlt hat, daß er mit ihm zusammenarbeiten konnte. Doch dazwischen war, wie man so schön sagte, eine Menge Wasser den Bach hinuntergeflossen. Nun war nichts mehr davon übrig. Er ertappte sich immer wieder dabei, wie er auf den Countdown starrte, auf die scheinbar riesige blutrote Digitalanzeige, welche die Dauer bis zum Grenzübertritt anzeigte. Noch neun Stunden, achtzehn Minuten und einige vernachlässigbare Sekunden. Als er das letzte Mal auf die Anzeige sah, da waren es noch neun Stunden, zwanzig Minuten und einige vernachlässigbare Sekunden. Dazwischen lag nach Lukes Maßstäben eine Ewigkeit und doch waren es nur zwei weitere Minuten.

"Haben sie alles verstanden, was ich ihnen gerade erklärt habe?" schloß Gribbin seinen Vortrag und starrte mit seinen Knopfaugen in ein ahnungsloses Gesicht. Als keine Antwort kam und Gribbin entschied,

daß Lukes dämliches Gesicht Antwort genug sei, sagte er: "Sie haben nichts von dem verstanden, das ich ihnen nun seit genau zweiundzwanzig Minuten zum dritten Mal zu erklärten versuchte?"
Lukas wußte von früheren Auseinandersetzungen mit ihm, daß er mit der Wahrheit am Besten fuhr und antwortete ihm deshalb mit einem einfachen Kopfschütteln. Nun mußte Gribbin lachen, obwohl die Situation in der sich Beide befanden alles andere als lustig war.
"Sie sind echt ein Phänomen. Sie erklären ihrem Vorgesetzten, der ihnen nun zum dritten Mal ein eigentlich simples Problem erläutern will, das sie es einfach nicht wert finden ihm zuzuhören. Wissen sie eigentlich was mit ihnen geschieht, wenn ich nun zum Captain gehe und ihm erkläre, daß sie unfähig sind ihren Job zu erfüllen?"
"Ja, Sir. Ist mir glasklar, was dann passiert. Ich hoffe allerdings, daß sie von diesem Schritt absehen, wenn ich ihnen nun erkläre, daß sie mir dieses Problem, was immer es auch war, nur mehr ein einziges Mal erklären müssen und ich dann die von ihnen an mich gestellte Aufgabe löse." antwortete ihm Lukas auf seine Frage, er hoffte dies würde genügen, da er keine Lust hatte beim Captain eine kleine Privatunterredung mit dem Thema "Dienstauffassung" zu haben.
"Schön gesagt.", gab Gribbin zurück, "Sie haben auf jeden Fall die Gabe Leute mit ihrem Gerede zu ihrem Vorteil zu manipulieren."
"Oh nein, die habe ich sicher nicht, sonst säße ich nicht hier. Halten sie mich bitte nicht für undankbar, ich weiß, welche Chancen sich mir bieten. Chancen, die anderen versagt bleibt, aber ich spüre, daß dies nicht die Zukunft ist, die ich für mich vorgesehen habe. Ich

werde mich allerdings trotzdem voll und ganz auf diesen Job konzentrieren."
"Das höre ich gerne. Ich bin mir sicher mit dieser Einstellung werden sie eines Tages ihr Ziel erreichen, was immer es auch ist."
Die erste menschliche Aussage, die er seit Beginn dieser Reise von ihm gehört hatte. Er hatte es also wirklich mit einem Menschen zu tun und nicht mit einem Computer. Es gefiel ihm einmal die menschliche Seite des Lt. Gribbin zu sehen, aber gleichzeitig hatte dies einen bitteren Nachgeschmack, die beiden Worte "eines Tages" schmerzten immer noch. Sie machten ihm klar, was der aufmerksame Beobachter schon längst wußte, daß gut Ding' eben Weile haben will. Das Problem, welches ihm sein Chef nun zum vierten Mal erklärte, war eigentlich keines. Lukas hatte es schneller gelöst als Lt. Gribbin eigentlich dachte, aber auch nur weil er während seiner Schulzeit mit einem ähnlichen Problem konfrontiert war und sich dessen wieder bewußt wurde. Auf die Art des Problems und dessen Lösung wird nicht näher eingegangen, weil es für den Leser unwichtig ist und den Handlungsverlauf nicht beeinflußt. Allerdings kostete es ihm eine gute Stunde die Lösung niederzuschreiben.
Als er nun wieder auf den Timer sah, zeigte dieser nur mehr acht Stunden, zwei Minuten und einige vernachlässigbare Sekunden. Danach hatte er wieder Ruhe, aber es wäre ihm lieber gewesen, wenn er eine Beschäftigung gehabt hätte, denn dies hätte eine Ablenkung bedeutet, aber so war er wieder alleine mit seinen Gedanken. Ihm fiel nach reiflicher Überlegung nichts besseres ein, als in das kleine Besprechungszimmer zu gehen und sich den Sternen hinzugeben. In ruhigen oder besser gesagt langweiligen Zeiten wie diesen, war es scheinbar das Aufregendste

die sich ständig ändernden Sterne zu beobachten. Er betrat den erwartungsgemäß leerstehenden Raum, ließ die Beleuchtung abgeschaltet und setzte sich auf den bequemen Stuhl, den sonst der Sitzungsleiter für sich beanspruchte, es war jener Sessel, welcher dem kleinen Panoramafenster am nächsten stand. Er wandte ihn dem Fenster zu, legte die Füße auf einen kleinen Vorsprung, der unter der Scheibe war und beobachtete die teils vorbeiflitzenden, teils an ihrer Position verharrenden Sterne.

Er saß noch keine fünf Minuten bewegungslos da, als sich hinter ihm plötzlich die Türe öffnete. Noch bevor er sich umdrehte wußte er wer gekommen war, ihre bloße Anwesenheit berührte ihn wie die wärmenden Strahlen der Sonne. Nachdem er sich der Türe zugewandt hatte sah er in ein verdutztes, überraschtes aber wunderschönes Gesicht.

"Verwandte Geister zieht es zu den selben Orten, sagte einmal ein Dichter" begrüßte er Catherine.

"Hallo, Luke. Dich habe ich hier am wenigsten erwartet."

"Wolltest du mir etwa aus dem Weg gehen?"

"Vielleicht, vielleicht auch nicht. Keine Ahnung, ich bin eigentlich nur hierher gekommen, um die Sterne zu beobachten."

"Ich auch, komm` setz dich zu mir."

Unschlüssig was zu tun das Beste sei, wankte sie einige Sekunden zwischen Ausgang und seinem Platz hin und her. Sie war gerne bei Lukas, er verstand sie, hatte zum Teil die gleichen Probleme wie sie und er verstand es sie aufzumuntern. Aber diese Situation konnte sehr gefährlich für Beide werden. Es könnte im schlimmsten Fall das Aus beider Karrieren bedeuten, es war nun einmal verboten, einen intensiven um nicht zu sagen intimen Kontakt zwischen männlichem und weiblichem

Personal zu pflegen. Wurde man dabei erwischt so hatte man mit schweren disziplinären Maßnahmen zu rechnen. Aber sie sagte sich, daß es ja nicht soweit kommen mußte, sie vertraute darauf, daß sie sich beide soviel unter Kontrolle hatten. Sie dachte sie könnte es steuern, so daß es nur bei einem harmlosen Sternebeobachten blieb. Sie ging zu ihm und setzte sich auf seinen Schoß und so betrachteten sie gemeinsam die Sterne, sie genossen Beide die Nähe zum anderen, die Wärme die der andere abstrahlte. Er freute sich schon sehr darauf wieder auf der Erde zu landen und sich mit ihr einige Tage Urlaub zu nehmen, denn dann würde alle Hindernisse beseitigt sein, für eine Liebe die scheinbar schon seit jeher vorherbestimmt war, für einen Bund der scheinbar im Himmel geschlossen wurde.

Kurze Zeit später war Catherine bereits interessanter als alle Sterne zusammen. Er betrachtete sie, wie sie verzaubert zum Fenster hinausblickte. Je länger er so dasaß desto mehr wurde ihm bewußt wie sehr er sich doch zu ihr hingezogen fühlte, sie wurde innerhalb kürzester Zeit zum Mittelpunkt seines Lebens. In dem matten Sternenlicht sah sie noch schöner aus, sie hatte etwas an sich, was sie engelhaft erscheinen ließ. Er wußte nicht genau was es war, aber er vermutete es war die Ruhe und die Gelassenheit, gepaart mit ihrem makellosen Äußeren. Ihr Haar fiel ihr gelockt von der Schulter, es hatte die maximale Länge, die es der Vorschrift nach haben durfte, es reichte ihr bis kurz unter die Schulterblätter. Wäre sie eine Pilotin gewesen, so hätte sie es um einiges kürzer tragen müssen, aber als Kanonier war sie keinen derartigen Vorschriften unterworfen, es mußte lediglich im Einsatzfall zu einen schlanken Zopf am Rücken zusammengebunden sein. Aber er sah sie lieber mit offen getragenen Haaren.

Ihre Augen sah er nur von der Seite, wie sie so intensiv die Sterne beobachteten. Einige davon spiegelten sich in ihnen wieder. Es waren kleine weiße Lichtblitze auf dem Jadegrün ihrer Augen. Ohne es zu merken streichelte er leicht ihr Haar. Sie ließ es sich gefallen, drehte sich zu ihm um und lächelte ihn an. Ihm war als gaben ihren Augen ihr Innerstes preis, er konnte in ihnen lesen wie in einem Buch. Langsam kamen sie sich näher, bis sich ihre Nasenspitzen berührten. Ihr Atem ließ ihm einen Schauer über den Rücken jagen. Endlich berührten sich ihre Lippen und ab jetzt gab es kein Zurück mehr, niemand konnte gegen Gefühle dieser Art ankämpfen, sie ließen es beide passieren. Mit der Zeit küßten sie sich immer heftiger, ihre Hände wanderten ziellos am Körper des anderen umher.

Mit etwas Mühe entledigten sie sich endlich der Bekleidung, er fand sie mit ihrem körperbenachteiligendem Overall schon atemberaubend schön, aber jetzt, wo sie ohne ihm vor Lukas stand vergaß er sogar zu atmen. Kein Zweifel konnte sie jetzt stoppen, Dinge wie Karriere oder dergleichen waren unbedeutend.

Sie fielen übereinander her, ließen all ihren aufgestauten Gefühlen freien Lauf und liebten sich mit einer Intensität, wie sie es noch nie zuvor mit anderen taten. Niemand bemerkte es, denn nur die Sterne waren ihre Zeugen, und das Vakkuum des Alls breitete den Mantel des Schweigens über sie.

Kapitel Dreizehn

Tags darauf, war alles so hektisch, daß weder Catherine noch Lukas die Zeit fanden über das Gewesene nachzudenken. Die Grenze war vor kurzem überschritten worden, und bisher waren sie noch auf keinen Widerstand von Seiten Cunninghams gestoßen. Trotzdem wurde das gesamte Schiff mit dem Grenzübertritt in erhöhte Alarmbereitschaft versetzt.
Das hieß auch, daß Lukas sich des öfteren auf der Brücke mußte zeigen, auch Harry war nun auf der Brücke, Lt. Gribbin prüfte zu diesem Zeitpunkt etwas an einem der Antriebsmodule des Schiffes und war deshalb abwesend. In den Augen des Captains konnten aufmerksame Beobachter, wie es Lukas einer war, die Zweifel, welche ihn plagten lesen. Die Anspannung unter der Brückenbesatzung war zum Greifen. Die letzten Clear-Meldungen der einzelnen Stationen kamen nun herein.
Das bedeutete, daß das Schiff, trotz allem was es bereits hinter sich hatte noch zu fünfundneunzig bis hundert Prozent einsatzbereit war. Was man von der Mannschaft nicht behaupten konnte, das Fachpersonal war deutlich dezimiert worden, durch die vorangegangenen Auseinandersetzungen. Er fehlte an Piloten, Sicherheitsleuten, Frachtarbeitern und zu allem Überfluß wurde auch noch eine der beiden Assistentinnen der Schiffsärztin krank. Am Ärgsten war die Situation nach wie vor bei den Piloten, sämtliche Ersatz- und zwei der aufgestellten Piloten waren entweder tot oder fluguntauglich, dennoch sah man nach wie vor vom Einsatz von Delta und Kappa, oder wie sie jetzt wieder hießen, von Creedles und Draxton

ab. Aber es war nun einmal nicht in Lukes Macht diesbezüglich etwas zu ändern, er war dazu verdammt sich im Stillen zu ärgern.
Sämtliche auf der Brücke anwesenden Personen starrten zum Teil wie gebannt auf den überdimensionalen Bildschirm oder auf den Radarmonitor. Die Sensoren waren auf den größtmöglichen Radius eingestellt, fingen aber weder natürliche noch künstliche Signale auf. Das hieß weder Schiffe, Radarstationen, fixe Verteidigungsposten, noch Kometen, Planeten oder Asteroiden waren im Radius von 95000 Kilometern zu finden. Niemand wußte ob er sich über diesen Umstand freuen oder fürchten sollte.
Lukas haßte es, wenn es auf der Brücke, auf der in der Regel doch mindestens zehn Mann Dienst tun, so still war, daß man beinahe den eigenen Herzschlag hören konnte. Er wagte es dann nicht einmal mehr sich zu bewegen, jeder Geräusch, das er machte kam ihm dann um das zehnfache lauter vor. Er traute sich nicht einmal mehr zu denken, um nicht abermals auf einen so absurden Gedanken zu kommen, so daß er plötzlich wie aus heiterem Himmel loslachen mußte. Seine letzter Vaux pas war ihm noch lebhaft in Erinnerung, aber diesmal kämpfte er erfolgreich gegen das komische Bild des Lt. Gribbin an. Diesmal hatte er sich vorgenommen nicht als erster die Stille zu brechen, wie lange sie auch dauern würde. Er würde dastehen, keinen Laut von sich geben und warten, so schwer es ihm auch fallen würde. Ruhig zu warten an sich war schon beinahe unmöglich für ihn, er begann dann immer herumzuzappeln, ein Liedchen zu trällern oder mit sich selbst zu sprechen. Er biß sich nun schon auf die Zunge, damit ihm dies nicht wieder passierte.
Doch noch während er sich selbst zur absoluten Stille zwang, zerriß ein "Ping" des Radars die Stille auf der

Brücke. Wie auf ein Kommando wandten sich alle Kopfe Lukas zu, der schüttelte den Kopf als wollte er sagen: "Ich war das nicht.". Mit einem Nicken wies er auf den Radarbildschirm und die Köpfe wandten sich erneut, wie auf Kommando dem Bildschirm zu. Hier war ein einzelner grüner Punkt am Rande des Schirms zu erkennen. Beinahe bewegungslos. Wäre da nicht mit jeder Umkreisung des Sensorabtasters ein lautes "Ping" zu hören, hätte ihn niemand beachtet. Seit nun einer Minute war ein kleiner grüner Fleck Mittelpunkt der Geschehnisse. Der Captain faßte sich als erster.
"Hätte einer der beiden Herren vielleicht einmal die Freundlichkeit eine Analyse durchzuführen, damit wir wissen womit wir es zu tun haben?" fragte er Harry und Lukas sarkastisch.
Lukas und Harry kamen beinahe gleichzeitig an der Konsole an und standen sich deshalb selbst im Weg, doch zwei Minuten später lag eine Analyse vor.
"Das Signal ist natürlichen Ursprungs." begann Lukas mit seiner Erläuterung.
"Ja, Sir. Es ist ein Komet." fuhr Harry fort.
"Gut, nachdem das geklärt ist, geht jeder wieder an seinen Posten." antwortete der Captain. Es war dem Captain anzumerken, daß er enttäuscht war. Es war ja nicht so, daß sich der Captain auf eine Auseinandersetzung freute, aber er zog einen offenen Konflikt dem nervenden Versteckspiel vor.
"Entschuldigung, Sir." vernahm man Harry leise.
"Ja, was ist." knurrte er zurück.
"Captain, ich habe den Kurs vorliegen, auf dem der Komet ist."
"Und weiter."
"Nun, bis auf eine kleine Abweichung hat er beinahe denselben wie wir."

"Das ist schön." antwortete ihm der Captain, etwas Sarkasmus schwang in seiner Stimme mit.
"Also habe ich mir gedacht, wir könnten ihn nutzen um ungesehen durch das Gebiet von Sir Cunningham zu kommen."
"Wirklich, und wie?"
Nun lag kein Sarkasmus mehr in seiner Stimme, er mußte der Neugierde weichen.
"Kometen werfen einen Radarschatten. Wir müßten dem Kometen nur in einem geringstmöglichen Abstand folgen, und wir wären für sämtliche Radargeräte unsichtbar."
"Stimmt das?" fragte er daraufhin alle auf der Brücke Anwesenden.
Als Antwort kam entweder ein Nicken oder ein Achselzucken.
"O.K. Ich deute das als JA. Fähnrich Creedles und Draxton beginnen sie mit der Berechnung der Kurskorrektur, wir nutzen jede Gelegenheit die sich uns bietet. Lt. Gribbin wir dies dann kontrollieren und in den Computer eingeben."
"Aye, Sir."
"Jawohl, Sir"
Damit quittierten sie seinen Befehl und machten sich an die Arbeit. Neue Hoffnung füllte den Raum, bis jetzt war man immer davon ausgegangen, daß es nur mehr eine Frage der Zeit wäre, bis es zu dieser Konfrontation kommt. Aber jetzt bestand eine reelle Chance ungesehen feindliches Gebiet zu passieren. Die Berechnung selbst nahm etwa eine Viertelstunde in Anspruch, doch Lt. Gribbin kam erst zwanzig Minuten später. Er mußte die Strecke vom Maschinenraum bis zur Brücke im Laufschritt zurückgelegt haben, wie auch immer der bei ihm aussah, denn als er bei seinem Nav-Computer ankam, sah es ganz so aus als stünde er kurz

vor einem Kreislaufkollaps. Sein Atem ging schwer und rasselnd und der Schweiß rann ihm in Sturzbächen von der Stirn. Seine an sich locker sitzende Uniform klebte ihm am Leib und er hatte nicht einmal die Kraft sich den Schweiß von der Stirn zu wischen.
"Gribbin, sie sehen aus als würden sie uns jeden Augenblick wegsterben.", bemerkte der Captain besorgt, "Soll ich die Krankenstation rufen?"
"Nein... ‚nicht nötig... Sir." antwortete ihm ein völlig ausgelaugter Lt. Gribbin.
Fünf Minuten später, die der Captain mit wachsender Ungeduld überbrückte, war Lukes Chef wieder soweit hergestellt, daß er mit der Arbeit fortfahren konnte. Keiner verlor ein Wort über Gribbins Zustand, die Besatzung des Schiffes hatte soetwas, wenngleich auch nicht so heftig, schon früher erlebt. Man wußte eben wie es um seine Kondition bestellt war, und daß er einfach nicht für praktische Aufgaben geeignet war, dies wurde aber wegen seiner außergewöhnlichen Leistung auf dem Sektor "Navigation" toleriert. Er benötigte für das Kontrollieren UND das Eingeben der Kurskorrektur exakt acht Minuten. Danach wurden die Triebwerke kurz gezündet und schon hatte man das Schiff auf einen wie es schien sicheren Kurs gebracht.
Zweiundzwanzig Minuten später war man im Radarschatten des Kometen. Das Schiff folgte ihm mit einem Abstand von knapp einem Kilometer, es war als würde man jeden Moment mit ihm kollidieren. Da es nichts besseres zu tun gab, befahl der Captain auf den Rat des ehemals zweiten Offiziers hin, das Scannen der Masse des Kometen. Im Allgemeinen waren diese reich an Mineralien, Nutz- und Edelmetallen. Auch dieser Komet bildete in dieser Hinsicht keine Ausnahme. Er war angereichert mit den unterschiedlichsten Nutzmetallen, wie Nickel, Kupfer und Eisen, aber auch

ein beträchtliches Vermögen an Gold war darauf zu finden. Zu diesem Zeitpunkt war diese Information aber wertlos, denn es dauert noch einige Tage, bis man diese Information weitergeben konnte, und dann war er schon weit weg. Denn anders als die Menschen hatte er keine Probleme mit Politik, technischen Gebrechen und Ähnlichem, er würde noch immer seine Reise seelenruhig fortsetzen, wenn die Menschen bereits das Zeitliche gesegnet hatten.
Die Vielfalt an Rohstoffen allerdings warf ein neues Problem auf, Sir Cunningham würde sich so einen Fund nicht entgehen lassen, früher oder später würde er den Kometen scannen lassen und entdecken, daß dieser eine Vielfalt an Rohstoffen verbarg. Soweit dachte wenigstens Lukas und als ihm Harry ins Ohr flüsterte, daß er noch mit gröberen Problemen rechnete, wußte er, daß sein Freund zu gleichen Schluß gekommen war.
Beide hüteten sich aber davor ihre Analysen preiszugeben, da sie nicht als Pessimisten gelten wollten. Wahrscheinlich hatte sich der Captain schon die gleichen Gedanken gemacht und war zu dem gleichen Schluß gekommen. Aber in diesem Fall gab es einfach keine Alternativen, die attraktiver gewesen wären.
Einer der zusätzlichen Nachteile allerdings war die Tatsache, daß die gegnerischen Flugzeuge im Schutz der Masse des Kometen von der gegenüberliegenden Seite her angreifen konnten. Dies verkürzte die Vorwarnzeit enorm. Aber sich im Schatten des Kometen zu halten war immer noch besser als ohne irgendeinen Schutz zu fliegen.
Eine alte Militärweisheit besagte: "Viel sehen und nicht gesehen werden", aber dies war nur in den seltensten Fällen möglich.

Lukas kam mittlerweile zu dem Schluß, daß sie die Konfrontation nur aufgeschoben hatten, aber diese Situation ließ noch Platz für Optimismus. Wenn Cunningham dem Kometen keinerlei Bedeutung zumaß, dann konnten sie ungehindert passieren. Lukas wußte nicht wie es jetzt weiter gehen sollte, sie konnten nicht eineinhalb Tage auf ihren Posten ausharren, denn genauso lange würden sie fliegen bis sie diesen Sektor wieder verlassen haben.
Er dachte erstmals an das Ende der Mission, er rief sich wieder in Erinnerung, daß es nicht das Ziel war Cunninghams Gebiet unbeschadet zu passieren, sondern den Außenposten zu erreichen, rechtzeitig zu erreichen. Dort dann sämtliche mitgeführte Geräte aufbauen, das Personal notfalls zu evakuieren und sich wieder auf den Heimweg zu machen, diesmal aber nicht mehr durch dieses ungastliche Gebiet. Wenn sie diesen Sektor wieder verlassen würden, wären sie mit jetziger Geschwindigkeit noch neunzehn Stunden unterwegs und hätten dann ihr Ziel erreicht.
Luke erinnerte sich an die Ereignisse, die diese Mission beinahe zum Scheitern brachte, daran als ihre größte Sorge noch dem schwindenden Nahrungsmittelvorrat galt. Er mußte unwillkürlich grinsen, wie unbedeutend diese Probleme jetzt geworden sind. Verpflegung war noch genug vorhanden, dafür mangelte es eben am Personalsektor.
"Sir, wie geht es jetzt weiter?" fragte Lt. Banks, die während der Kursänderung auf die Brücke gekommen ist.
"Gute Frage.", gab er erzwungen gelassen zurück, "Erhöhte Alarmbereitschaft bleibt bestehen. Computer auf maximale Sensorabtastung, ein Mann als Alarmposten auf der Brücke, die Piloten können sich nun niederlegen, bleiben aber für die Dauer des

Durchflugs in ihrer Fliegerkombi. Bei Alarm sofort in die BODs, Lageinformation nach dem Durchgehen der Checkliste über Funk, kein Briefing vor dem Einsatz. Der zweite Offizier übernimmt den ersten Brückendienst, alle anderen können abtreten."

Langsam und schweigend verließ einer nach dem anderen die Brücke, Lt. Banks gab die für die Piloten relevanten Informationen über den schiffsinternen Funk durch, dann herrschte wieder Ruhe, die Ruhe vor dem Sturm.

Luke und Harry folgten den Anweisungen des Captains und legten sich in ihrem Quartier nieder.

"Wie wird das wohl ausgehen?" fragte Harry mehr sich selbst als Lukas.

"Wer weiß schon was die Zukunft bringt, es hat keinen Sinn mehr darüber nachzudenken. Auf diesem Flug ist schon zuviel Unvorhersehbares geschehen, daß man einfach keine Prognosen mehr abgeben kann."

"Du hast recht. Übrigens habe ich gehört, daß du vor einigen Tagen ein hitziges Gespräch mit Lt. Banks hattest."

"Stimmt."

"Und, kam etwas dabei heraus?"

"Nur, daß wir auf diesem Flug nicht mehr in einem BOD sitzen werden."

"Warum hast du mir nichts davon erzählt?" fragte ihn Harry, dem Ton nach hörbar gekränkt, aber Lukas konnte sein Gesicht nicht sehen und er wußte nicht ob es ihm tatsächlich etwas ausmachte, über ein Thema, welches auch ihn betraf, nicht Bescheid zu wissen.

"Ich weiß nicht. Wahrscheinlich wollte ich es selbst nicht wahr haben. Wir werden allerdings die Gelegenheit erhalten bei Lt. Banks einen Praxislehrgang zu absolvieren, dann bei anderen regulären Staffeln zu dienen um letztendlich, wenn

unsere Leistungen immer noch herausragend sind, in die Elitestaffel aufgenommen zu werden."
"Also gehen wir am Ende doch den Weg, den alle zukünftigen Einsatzpiloten gehen müssen." faßte Harry zusammen.
"Ja, scheint so." gab Lukas resignierend zurück.

"Sir, wir sollten die neuen Sondenschiffe endlich losschicken um den Asteroiden zu prüfen. Jetzt wäre der optimale Zeitpunkt dafür." erklärte Boothe zum wiederholten Male seinem Herrn.
Seit Tagen lag er ihm damit in den Ohren, er hoffte der Navigator des Schiffes würde klug genug sein eine sichere Route zu wählen, so daß Sir Cunningham das Schiff nicht in seine Finger bekam. Boothe wollte nicht, daß es zu unnötigen Auseinandersetzungen kam. Das Schiff sollte seine Missionsziele erfüllen und Cunningham sollte noch mehr Reichtum anhäufen, indem er den Kometen seinen Rohstoffen beraubt.
"Das weiß ich mittlerweile selbst." entgegnete Cunningham seinem Butler unwirsch. Er hatte es satt, daß sein Diener recht hatte, er haßte es außerdem sich eingestehen zu müssen, daß seine Gegner schlauer waren als er. Unnötig zu sagen, daß so erfolgsverwöhnte Menschen wie er es waren, nicht gerne unterlagen. Er beorderte seine Sondenschiffe zu den Koordinaten, wo sie nach ihrer berechneten Flugdauer mit ihm zusammentreffen.
"Sir, eine Nachricht trifft gerade ein. Scheint so als wären es ihre ehemaligen Partner."
Das traf sich gut, sie wußten ja nicht, daß er nicht die leiseste Ahnung hatte wo sich das gesuchte Schiff befand. Ein guter Bluff könnte ihm jetzt aus der Klemme helfen.
"Stellen sie durch, bin gespannt was jetzt kommt."

"Walter? Sind sie da?" meldete sich eine nervöse Stimme, die Certosa gehörte.
"Ja, ich bin dran. Was haben sie mir zu sagen?"
"Wir wollten ihnen nur sagen, daß sie große Probleme bekommen, wenn sie das Schiff nächste Woche angreifen. Sie kriegen dann keinen Fuß mehr auf die Erde, im wahrsten Sinne des Wortes, haben sie das verstanden?"
Nächste Woche erst? Sollte das Schiff wirklich erst nächste Woche sein Gebiet durchfliegen? Nein, das war unmöglich, den Berechnungen zufolge hätte es ungefähr vor drei Tagen schon kommen sollen, aber kleinere Defekte traten bei Reisen dieser Art häufiger auf und deshalb meinte er, daß es erst gestern oder heute sein Reich durchflog. Er erinnerte sich wieder an Certosas Tricks, er baute seine Lügen oder Fehlinformationen immer geschickt beiläufig, so als hätten sie keine große Bedeutung in seine Sätze ein. Das erzeugte bei seinem Gegenüber immer ein Gefühl als hätte er versehentlich mehr gesagt als er wollte, was wiederum dazu führte, daß man das Gesagte für bare Münze nahm.
Cunningham hatte vor zu bluffen, aber die Anderen waren ihm zuvor gekommen. Dies bedeutete, sie hatten Angst, es wäre ihm doch möglich das Schiff aufzuspüren. Anfangs dachte ja niemand daß er sein riesiges Gebiet kontrollieren konnte, aber jetzt... . Cunningham grinste, er hatte ihr Spiel durchschaut, noch bevor es begann, jetzt war er am Zug, er mußte nur etwas besser aus sie spielen.
"Ihr denkt also ihr könnt mich reinlegen. Ich habe das Schiff bereits gefunden. Meine Schiffe brauchen eben nur noch einige Zeit bis sie von ihrer bisherigen Position zum besagten Schiff kamen. Auf Abfangkurs sind sie schon. Was sagt ihr jetzt?"

Nun war Cunningham sehr zufrieden mit sich, kurz gesagt, glaubwürdig gebracht und das ehrlichste und gleichgültigste Gesicht, welches er jemals aufgesetzt hatte beibehalten. Seine Aussage war zwar an Kühnheit nicht zu überbieten, aber wenn sie tatsächlich sein Gebiet scannen werden sie wirklich einige Schiffe sehen, die sich zu einem bestimmten Punkt bewegten. Das es nicht das Schiff war, das sie ansteuerten würden sie erst später erkennen. Dies war seine Methode mit Lüge und Wahrheit umzugehen, zu jonglieren. Er bemühte sich immer sehr mit seinen Lügen oder Fehlinformationen nicht zu weit von der Wahrheit wegzukommen. Er verwob beides miteinander, so daß mindestens jede zweite Aussage der Wahrheit entsprach. Doch nun waren wieder die Anderen am Zug.

"Wirklich? Das trifft sich ja hervorragend, das kann dann unmöglich unser Schiff sein. Das Schiff ist ohne Bedeutung für uns. Du kannst es haben." entgegnete in Certosa.

Cunningham überlegte wieder kurz. Ein zweites Schiff? Ist das denn möglich, daß es gleich zwei Unternehmen wagten sich durch sein Gebiet zu schleichen ohne Zoll zu zahlen, und daß obwohl er mit Vergeltung gedroht hat? Cunningham wurde nun sauer, die Zweifel begannen an seinen Nerven zu nagen.

"Jetzt sage ich dir eines, du mieser Itaker. Ich werde mir dieses Schiff holen, werde es zu ein Würfel zusammenlegen und es auf den Haus fallen lassen, wenn ihr nicht zahlt. Na, wie findest du das?"

Das war Cunninghams Problem, er hatte wiedereinmal Lüge und Wahrheit so geschickt miteinander verknüpft, daß er das Gesagte bereits selbst glaubte. Er war wirklich der Meinung er habe das Schiff bereits gefunden. Aber dem war nicht so, Certosa seinerseits

wurde nun auch wütend und da Cunningham auf so beleidigende Art mit ihm sprach wollte er es ihm mit gleicher Münze zurückzahlen.
„Du kannst es ruhig auf mein Haus fallen lassen, dann kaufe ich mir eben zehn Neue. Aber ein so selten dämlicher Brite wie du ist nicht einmal in der Lage seine eigenen Schiffe zu finden." antwortete ihm Certosa mit hochrotem Kopf.
Dieser Anblick verschaffte Cunningham Genugtuung und er beruhigte sich wieder etwas. Es existierte kein zweites Schiff und sie mußten wirklich in einer Zwangslage sein, wenn sie ihn nach dem ersten Gespräch noch mal anrufen. Abwarten, so wußte er, würde nun die beste Variante sein.
„Vergessen wir die Beleidigungen. Sind die Herren bereit zu zahlen, oder nicht?" fragte nun ein seelenruhiger Walter Cunningham.
„Du bekommst keinen lausigen Penny von uns. Wir wollten dich nur warnen, daß du auf der Erde nicht mehr erwünscht bist, wenn du das Schiff aufhältst oder gar zerstörst. Dafür werden wir nämlich sorgen." kam es von Certosa, der sich noch nicht genügend gefaßt hatte.
„Dazu habt ihr gar nicht die Macht. Denn wenn ihr hinter einer Sache steckt, dann ist sie entweder illegal oder mit illegalen Mitteln finanziert worden. Wie auch immer, ihr habt die Kontonummer und noch so lange Zeit die Summe zu überweisen, bis meine Schiffe euer Schiff abfangen. Auf Wiedersehen."
Ohne ihre Antwort abzuwarten unterbrach er die Verbindung und lehnte sich in seinem Stuhl zurück. Er hatte sich gut geschlagen, sie hatten keinen Grund mehr ihm nicht zu glauben, daß er bereits auf Abfangkurs war. Jetzt gab es nur noch ein Problem, es wäre durchaus denkbar, daß sie das Geld gar nicht zu

Verfügung hatten. Früher als er noch mit ihnen zusammenarbeitete nahm sich jeder aus dem Gewinn eines gelungenen Geschäftes soviel wie er wahrscheinlich brauchte, der Rest wurde sofort wieder investiert um es nicht irgendwo untätig liegen zu haben. Aber das war eigentlich egal, da er noch immer fest davon überzeugt war, daß er das Schiff schon so gut wie in der Tasche hatte. Wie auch immer die ganze Diskussion um die Mission begonnen hatte, sie war nun an einem Punkt angelangt, wo irgendeine der beteiligten Parteien auf der Strecke blieb. Es gab keine Möglichkeit ohne Gesichtsverlust aus der Sache auszusteigen.

Kapitel Vierzehn

Kurze Zeit später, nachdem er seinen Herrn davon überzeugt hatte, sich nicht mehr der Suche nach dem Schiff zu widmen, sondern sich auf den Kometen zu konzentrieren, machte er eine grausame Enddeckung.
Er war nun schuld, daß Sir Cunningham das Schiff nun angriff.
Er hatte ihn auf diese Spur gelockt.
Und er würde es sich niemals verzeihen.
Das Blut der Toten, die zu beklagen sein werden, klebte bereits jetzt an seinen Händen, davon war er überzeugt. Niemand war da um ihm Trost zu spenden und um ihn davon zu überzeugen, daß es nicht seine Schuld war, sondern einfach nur Pech.
"Sir, unsere Sondenschiffe haben etwas entdeckt." erklärte Boothe mit beinahe versagender Stimme. Er haßte sich dafür diese Nachricht überbringen zu müssen. Aber wenn er es nicht tat, und sein Chef kam dahinter, war er seinen Job los. Außerdem würde er es irgendwie doch erfahren.
Das Gespräch mit Certosa ist noch gar nicht lange her und schon konnte man alles widerlegen, was er gesagt hat. Das Schiff hatte sich hinter dem Kometen versteckt. Eigentlich ein guter Schachzug, denn dies war die einzige Möglichkeit ungesehen durch das Gebiet zu kommen. Das einzige Risiko war eben nur, daß sich für Sir Cunningham der Aufwand lohnte, die Rohstoffe, die der Komet bereitstellte, abzubauen. Genau das war passiert, und was noch schlimmer war, Boothe hatte sie verraten. Der Komet wäre vermutlich nicht aufgefallen, oder wenn doch, so wäre er schon zu weit weg, als daß sich ein Abbau noch lohnte.

"Sir, unsere Sondenschiffe haben etwas entdeckt." meldete Boothe abermals.
"Ich habe sie beim ersten Mal bereits verstanden. Was haben sie denn entdeckt?" kam als Antwort von Cunningham.
Seine Laune hatte sich um einiges verschlechtert, der Grund warum liegt auf der Hand. Certosa hatte ihm den Rest gegeben. Er war sich mittlerweile nicht mehr sicher, was er glauben sollte. Es wäre wahrscheinlich auch möglich, daß ein ganzes Geschwader durch sein Gebiet fliegt. Das gesamte Gebiet zu überwachen war in der Tat unmöglich, wenigstens mit den derzeit zur Verfügung stehenden Mitteln.
"Im Radarschatten haben die Sondenschiffe ein fremdes Schiff aufgespürt. Sie haben sich daraufhin zurückgezogen und ihre Streitkräfte warten und auf weitere Befehle."
"Das ist ja hervorragend. Hat das Schiff Begleitschutz, wie ist die Bewaffnung?"
"Kein Begleitschutz, zwei Projektilgeschütze unbekannter Bauart."
"Schick die kleinen Jäger hin. Die dürften dabei keine Probleme haben. Sollte es doch welche geben, dann schicken wir die "Cunningham I" hin. Keine Gefangenen machen."
Boothe nickte daraufhin seufzend mit dem Kopf, drehte sich um und ging. Er hatte es kommen gesehen, es würde eine Hinrichtung geben und er war Schuld. Aber es sollte noch einiges passieren, was ihm Genugtuung verschaffen sollte.
Die Sondenschiffe haben gemeldet, daß sie nicht entdeckt worden waren, auch das Überraschungsmoment würde auf ihrer Seite sein. Schweren Herzens übermittelte Boothe die Befehle seines Herren und die angeheuerten, skrupellosen

Söldner würden sie mit verheerender tödlicher Präzision ausführen. Dreieinhalb Stunden später war es soweit, sie standen zum Kampf gerüstet in Position.

Alarmglocken heulten an Bord des gesamten Schiffes, noch vor zwei Minuten war es hier totenstill, aber nun ist hier Betrieb, wie in einem Bienenkorb, in den man hineingestochen hatte. Ohrenbetäubender Lärm ließ Lukes Kopf dröhnen, immerhin hatte er von den zehn Stunden Ruhe acht Stunden geschlafen und war nun einigermaßen fit. Aber der Lärm machte ihm zu schaffen, Harry war bereits munter und machte sich auf den Weg zur Brücke, Luke folgte ihm.

Auf der Brücke angekommen sah er am Hauptbildschirm, wie die ersten BODs starteten. Alle Achtung, sie haben nicht viel Zeit verstreichen lassen. Der Captain saß auf seinem Stuhl und hatte alle Hände voll zu tun, er ließ bereits jetzt, wo die Gegner noch nicht einmal in Reichweite der Waffen waren, alle markieren und mit Zahlen ausstatten, damit dann im baldigen Gefecht nicht erst mit Koordinatenmeldungen gearbeitet werden muß.

Man konnte die Feinde dann einfach mit den Zahlen ansprechen, das erleichterte die Kommunikation der Piloten mit dem Mutterschiff. Danach entwarf er, zusammen mit dem zweiten Offizier einige Ausweichmanöver die Lt. Gribbin mit seinen beiden Gehilfen dann in den Nav-Computer einprogrammierte. Er achtete dabei peinlich genau darauf, daß sie die natürliche Deckung de Kometen optimal ausnutzten.

Noch bevor diese Manöver einprogrammiert waren hörte man die ersten dumpfen Schläge gegen die Außenhülle des Schiffes. Man versuchte es erst gar nicht mit Diplomatie, es wurde sofort scharf geschossen. Bei den ersten Einschlägen handelte es sich

aber um Glückstreffer, die keinerlei Schaden anrichteten, weil sie aus zu großer Entfernung abgeschossen wurden.
Die Raketenbatterien des Schiffes wurden bereit gemacht, die ersten Raketen waren bereits mit ihren Zielen versehen. Ein Raketentreffer war eine ernste Sache, in neun von zehn Fällen endete so eine Begegnung tödlich, aber nur jede zwanzigste, so besagt es jedenfalls die Statistik kam überhaupt nur in die Nähe seines Zieles und konnte ihm gefährlich werden. Im allgemeinen konnten Raketen einfach ausmanövriert werden, aber sie sorgten für die nötige Ablenkung die ein BOD-Pilot brauchte um sich an sein Opfer heranzupirschen und es auszuschalten.
"Raketen bereit?" fragte der Captain den Offizier am Zielzuweisungsradar.
"Bereit."
"Feuern ohne Kommando, sobald die Ziele innerhalb des Drei-Kilometer-Radius sind."
"Verstanden."
"Lt. Gribbin bringen sie uns in eine bessere Schußposition."
"Ja, Sir."
Der Captain bedachte jedes einzelne winzige Detail, welches das "Protokoll für eskalierende Konfliktsituationen" vorsah. Nichts überließ er dem Zufall. Es wurden die Zielnummern in die Bordcomputer der BODs übermittelt und es wurden die beiden Hauptgeschütze, an einem stand ja Lukes Freundin Catherine, auf ihre Funktion überprüft und es wurden sogar die Triebwerksmodule doppelt abgeschottet. Das hieß, daß man diese bei einem direkten Treffer schnell absprengen konnte, bevor es explodierte und irreparablen Schaden am Schiff selbst hervorrief.

"Sir, Geschütze einsatzbereit, warten auf Feuerbefehl." klang plötzlich eine vertraute wohlklingende Stimme aus dem Lautsprecher.
"Verstanden. Feuern sie nach eigenem Ermessen auf erkannten Feind. Zielcomputer wurde mit den Zielnummern versehen." antwortete ihr der Captain.
"Verstanden, Ende."
Nun waren alle Maßnahmen getroffen, alle Befehle erteilt, die zu diesem Zeitpunkt der Auseinandersetzung wichtig waren. Nun konnte es sich der Captain leisten sich zurückzulehnen und warten wie sich die Schlacht entwickelt. Die BODs näherten sich ihren Zielen scheinbar im Schneckentempo an. Das ganze Geschehen wurde dabei auf der Brücke über den großen Hauptbildschirm beobachtet. Es kam dem Betrachter so vor als würden hier die selbe Taktik wie im Mittelalter verwendet, die Guten auf der einen, die Bösen auf der anderen Seite, und wie auf Kommando stürmten beide aufeinander zu.
Aber dies entsprach nicht der Wahrheit, die Taktiken die hier verfolgt wurden waren unverhältnismäßig ausgefeilter und schwieriger. Von Beginn an, so kam es Lukas vor, gingen sie wie nach dem Lehrbuch über Raumkampftaktiken vor, ihr Flugstil kam ihm vorhersehbar vor. Aber wenn er an seine Niederlage zurückdachte fragte er sich nun warum er ihre Schritte dann nicht vorhersehen konnte.
Es muß noch etwas an diesen Elitepiloten geben, etwas das er bisher immer übersehen hatte. Doch das war jetzt Nebensache, die beiden Parteien sind sich nun soweit entgegengekommen, daß sie sich aus der Gesamtformation lösten und in Rottenformation zum Angriff übergingen.
Die Kräfte waren ausgeglichen, der Gegner hatte nur ein Schiff mehr, sollte eigentlich kein Problem sein für

kampferfahrene Flieger wie sie. Creep hatten wieder Thypoon als Flügelmann und Conjurer flog mit Coldblood im Schlepptau. Beide Rotten hielten penibel die Formation. Vorraussetzung für gute Piloten war die Eigenschaft in keinem Abschnitt des Einsatzes nachlässig zu werden. Ihnen gegenüber standen drei Kampfschiffe der Kolibri- und zwei Kampfschiffe der Mosquito-Klasse.
Letzteren würden wahrscheinlich das größere Problem darstellen da sie den BODs in Puncto Geschwindigkeit und Wendigkeit haushoch überlegen waren, dafür ließ die Wirksamkeit ihrer Waffensyteme sehr zu wünschen übrig. Dies war auch mit ein Grund warum dieser Typ nie in das Arsenal der U.S.S.F. (United States Space Force) aufgenommen wurde. Der BOD hingegen war ein gelungener Kompromiß zwischen Geschwindigkeit, Wendigkeit und Firepower, außerdem konnte er auch einiges an Treffern einstecken, was man von den Mosquitos nicht behaupten konnte. Die Kolibris konnte man nicht genau zuordnen und über die Eigenschaften der hier verwendeten Raumschiffe konnte man insofern nur mutmaßen, da sie im Laufe der Zeit immer wieder modifiziert worden sind, allerdings immer so, daß man von außen nahezu keine Veränderung bemerken konnte. Die Spieler hatten also nun das Spielfeld betreten, die Stärken und Schwächen der Gegner waren größtenteils bekannt und es gab somit keine Unbekannten mehr. Diejenigen die draußen den Kampf sozusagen hautnah miterleben, sahen dies natürlich nicht als Spiel, für sie war es bitterer Ernst. Aber Luke sah den Unterschied nur in der Definition des Wortes "Spiel". Er fand je höher die Einsätze waren, desto interessanter war das Spiel. Harry neben ihm besah die Situation mit wachsendem Interesse, für ihn waren Auseinandersetzungen dieser Art schon immer das

Faszinierendste, anders als Luke wollte er selten an den Spielen, die sie sich bisher ansahen, mitwirken. Genauso wie bei diesem hier. Harry war gewiß kein Zweifel, aber er hing etwas mehr an seinem Leben. Was Lukas teilweise als Herausforderung sah, war für Harry zu gefährlich, früher war das anders gewesen. Früher hatte Harry seinen Freund zu allerlei Unsinn überreden müssen, doch seit den Erlebnissen mit seinem Vater, ging er mit seinem Leben etwas sorgsamer um. Ganz im Gegenteil zu Luke, der in den vorangegangenen Jahren nicht erlebt hatte, was er für aufregend genug gehalten hätte, er hatte selbst immer waghalsige Unternehmen gestartet, und war mit der Herausforderung gewachsen.
"Ziele in Feuerreichweite der BODs." meldete die Feuerleitstelle.
"Angriff der nähesten Ziele, achten sie auf diejenigen, die unsere Linie durchbrechen und das Mutterschiff angreifen." befahl der Captain.
"Verstanden, Sir." kam es von Creep, der nicht nur Rotten- sondern auch Verbandführer war.
Die beiden Rotten lösten sich von einander, Creep ging mit seinem Flügelmann auf den ersten Kolibri los, während Conjurer, den Rest hinhielt. Standardtaktik, bei einem Kampf gegen einen um ein bis zwei Schiffe überlegenen Gegner, sah das Lehrbuch vor, daß eine Rotte gezielt jemanden ins Visier faßte und die andere Rotte alle übrigen Schiffe davon abhielt den Abschuß des Zieles der Ersteren zu vereiteln. Zu vorhersehbar, meinte Lukas im Stillen, aber die Gegner draußen schienen mit diesem Manöver nicht vertraut zu sein. Sie umkreisten alle Conjurer und Coldblood, noch dazu sehr vorsichtig. Obwohl sie zahlenmäßig nun bei weitem überlegen waren, hielten sie sich zurück. Sie wußten also, daß sie es mit der Elite zu tun hatten, wahrscheinlich waren die fünf Flieger nur ein

Vorkommando oder eine Patrouille die sicher stellen sollte, daß sich hier niemand verdrückt. Wenn sie die Fünf nicht so schnell wie möglich ausschalteten, könnten sie in arge Bedrängnis kommen. Aber das wußten sie selbst am Besten.
"Drei im Visier." meldete sich Thypoon, sie hatte sich in der letzten Minute unter den BOD von Creep geschoben, so daß sie von ihm im Notfall gedeckt werden kann. Nun hatte sie das Ziel mit der Nummer Drei im Visier.
"Feuer auf Drei." hörte man kurz, als man Blitze aus den beiden Läufen von Thypoon sah. Die Hochgeschwindig-keitsprojektile ihrer Waffensysteme streiften Ziel Drei leider nur, aber es war vorübergehend ausgeschalten.
"Drei nicht ausgeschaltet, vorübergehend kampfuntauglich." informierte die Basis Thypoon.
Creep hatte alles mit wachsender Ungeduld beobachtet, es war ihm überhaupt nicht recht, daß sein Flügelmann die Initiative ergriffen hatte. Er loggte sich nun seinerseits auf Nummer Drei ein und feuerte ohne etwas anzugeben. Er traf genau den Rumpf des Schiffes, wobei dieses in einem hellen Feuerball explodierte. Explosionen im Weltraum sind ziemlich kurz, da dem Feuer im All etwas Wichtiges fehlte, nämlich Luft, man sah also nur das kurze explosionsartige Verbrennen der an Bord vorhandenen Luft. So war es auch jetzt, zehn Sekunden später blieb vom Schiff nicht mehr als einige verkohlte Teile übrig, dem Feuer wurde die Nahrung genommen und plötzlich gab es nur mehr vier Ziele.
Eigentlich waren es nur mehr drei, denn Conjurer feuerte blind um sich, damit die Gegner auf Distanz blieben und traf Ziel Eins mit einem Glücksschuß, einwandfreier Treffer der Elektronik, es kam zu einem Kurzschluß und das Schiff der flinken Mosquito-Klasse

trudelte unkontrollierbar im Raum. Man ließ den Gegner aussteigen und sah zu, daß man der Rettungskapsel nicht zu nahe kam, damit sie nicht beschädigt wurde. Auch in diesem Krieg gab es ungeschriebene Gesetze, eines davon lautete: "Feuere nie auf einen Gegner, der dir nichts mehr anhaben kann.". Für viele Piloten war es wichtig, Begriffen wie Moral, Ehre oder Anstand den gebührenden Stellenwert einzuräumen. Sie hatten es ja genauso wenig gerne, daß sie in völlig hilfloser Lage abgeschossen wurden.
Wie gesagt, es blieben noch drei Ziele übrig. Wobei sich die Nummer Fünf bereits auf Abschußkurs von Coldblood befand. Sie hatten es plötzlich sehr eilig damit Abschüsse zu erzielen. Sein Verfolger schoß noch ehe ihn Coldblood bemerkte und traf ihn am Rumpf, doch anders als bei den Kolibris war der Rumpf eines BODs durch zehn Zentimeter Vorbanstahl geschützt, da alle wichtigen elektronischen Geräte unter der Pilotenkanzel platz fanden. Es gab an einem BOD keine ungünstigere Stelle, an dem man ihn hätte treffen können, den Coldbloods Flieger steckte den Treffer weg als hätte es ihn nie gegeben. Nur einige kleinere schwarze Flecken erinnerten an den kläglichen Versuch.
"Ausschwärmen.", befahl Creep, "Thypoon Nummer Zwei, Conjurer Nummer Vier. Ich kümmere mich um Nummer Fünf, Coldblood halte ihn noch etwas hin."
"Verstanden, Creep. Beeile dich lieber, er ist gut. Er hatte vorhin nur maßlos viel Pech, als er nur den Rumpf traf."
"Bin schon unterwegs. Bleib ruhig."
Creep setzte sich heimlich hinter Ziel Fünf und feuerte als er sich des Treffers hundertprozentig sicher war, der Gegner sah nicht einmal, daß jemand hinter ihm war, er konzentrierte sich nur auf Coldblood, der ihm so wenig

wie möglich Fläche für einen Treffer ließ. Ziel Fünf blitzte nur noch kurz als heller Feuerball auf, als Creep sein, von ihm aus gesehen, linken Triebwerk traf.
Lukas bemerkte erst jetzt, daß sich keines der beiden Bordgeschütze meldete, dies konnte nur bedeuten, daß sie sich peinlich genau außerhalb der Reichweite der Bordkanonen hielten. Sie warteten nach Lukes Analyse auf etwas Größeres, auf einen Kreuzer oder auf ein Schlachtschiff. Berichten oder besser gesagt Gerüchten, zufolge, war Sir Cunningham in Besitz von zwei oder drei Kreuzern und einem Schlachtschiff. Sollte er letzteres wirklich zum Einsatz bringen, dann konnten sie sich gleich ergeben, denn ein Schlachtschiff der Terrafortress-Klasse war einem gutbewaffneten Transportschiff in Puncto Bewaffnung, Firepower, Panzerung und Geschwindigkeit haushoch überlegen, lediglich die Wendigkeit ließ zu wünschen übrig. Aber das war bei der Größe nicht verwunderlich. Noch bevor sich Lukas eine Scheckensszenerie größten Ausmaßes ausdachte meldete sich der Radaroffizier.
"Sechs weitere Kontakte am äußersten Radius, aus der gleichen Richtung."
"Das dachte ich mir." antwortete der Captain. "Gegen sie eine Meldung an die BODs durch."
"Aye, Sir."
Es deutete alles darauf hin als ginge Cunningham auf Nummer Sicher. Sechs weitere Flieger, noch nicht eindeutig identifiziert, weil sie noch zu weit entfernt waren. Aber man konnte sicher sein, daß es ebenbürtige Gegner waren.
"Wir werden ihnen entgegen fliegen. Lt. Gribbin, bringen sie uns zwischen die Neuankömmlinge und unseren BODs." ordnete Captain Marwick an.
"Verstanden, Sir."

Gribbin drängte Lukas und Harry von der Konsole weg, er wußte wie wichtig nun exakte Navigation war und traute es den beiden Fähnrichs nicht zu, ihm nützlich zu helfen. Sie blieben in nötigem Abstand unschlüssig stehen und sahen erneut auf den großen Monitor, der die Schlacht zeigte. Mit dem Zünden der Triebwerke setzte sich ihr Schiff in Bewegung und flog exakt auf die neuen Ziele zu.

"Zielnummer vergeben." befahl der Captain.

"Ziele Sechs bis Elf markiert." kam als Antwort von der Feuerleitstelle.

"Captain an Kanoniere. Feuern au erkannten Feind. Ziele markiert."

"Verstanden, Sir."

"Aye, Sir."

Einige Sekunden später ging ein dumpfes Dröhnen durch das gesamte Schiff. Die schwere Kanonen hatten ihren Dienst aufgenommen und hatten den Angreifern eine gemeinsame Salve entgegengeschickt. Welche auch gleich die ersten Verluste brachte. Ziel Acht wurde regelrecht zersiebt, es kam nicht einmal zur Explosion, denn einige Projektile durchschlugen die Pilotenkanzel und der Sauerstoff entwich in den Weltraum. Aus Gründen der Geschmacklosigkeit wir an dieser Stelle nicht erklärt, wie sich das Vakuum auf den ungeschützten menschlichen Körper auswirkt. Es sei nur soviel gesagt, es war ein grausamer Tod, einer der Art, wie man ihn nicht einmal seinen ärgsten Feinden wünschte. Aber es war nun einmal passiert und nichts davon konnte rückgängig gemacht werden. Ein weiterer Flieger, ein Kolibri, wurde ebenfalls getroffen, der Pilot konnte aber das getroffene Triebwerk noch rechtzeitig abschalten so daß er mit verminderten Schub weiterkämpfen konnte.

Der Gegner war nun von der Feuerkraft ihres Cargoschiffes gewarnt und würde nun vorsichtiger vorgehen.
Verbandführer an Basisschiff. Alle Ziele der ersten Welle ausgeschaltet. Conjurer wurde leicht an der rechten Turbine getroffen. Geringer Schaden. Meine Zielerfassung hat ebenfalls einen Treffer abbekommen. Gesamter Verband noch einsatzfähig." faßte Creep zusammen.
"Verstanden, Verbandführer. Ziele Eins bis Fünf sind also ausgeschaltet. Neue Zielnummern sind Sechs bis Elf. Nummer Acht bereits ausgeschalten. Kommen." antwortete ihm die Stimme von Lt. Banks.
"Verstanden, Basis. Wir sind schon auf dem Weg."
Die vier BODs faßten sich wieder zur Verbandformation zusammen und hielten auf das Basisschiff, welches von den Gegnern umkreist wurde, zu.
"Zwei Angriffsrotten.", befahl Creep, "Wir greifen parallel an. Ich nehme Ziel Sechs."
„Verstanden, Leader."
„Hier Conjurer, ich nehme mir Nummer Zehn vor, sieht so aus als hat er schon einiges einstecken müssen."
„Gut, haltet euch ran, ich möchte das alles so schnell wie möglich hinter mich bringen."
Der Kolibri von Conjurer hatte nicht die geringste Chance sich gegen ihn zu behaupten. Er hatte nicht mehr die notwendige Wendigkeit um sich gegen einen Piloten der amerikanischen Elite behaupten zu können. Coldblood wußte, daß sein Leader kein Problem mit ihm haben würde und verfolgte somit seinerseits der Nummer Elf.
Es handelte sich bei diesem Gegner wieder um ein Mosquito und der Pilot war verdammt gut. Coldblood hatte Mühe auch nur in seine Nähe zu kommen, er war,

so schien es wenigstens, keine echte Gefahr für ihn, denn er heftete sich Creep auf die Fersen, und ignorierte seinen neuen Schatten beinahe zur Gänze. Er achtete allerdings schon darauf seinem Verfolger so wenig wie möglich an Angriffsfläche zu bieten. Thypoon war noch mit Ziel Sechs beschäftigt und konnte ihm somit nicht helfen, Creep flog in engem Bogen in Richtung Mutterschiff um sich hinter ihm zu verstecken, aber der Gegner ahnte seinen Zug voraus und schnitt ihm mit seinem etwas schnelleren Schiff den Weg ab. Er raste somit direkt auf ihn zu und beschoß ihn mit allem was er hatte, noch ehe Creep begriff was geschehen ist. Wie schon oben erwähnt ließen die Waffen eines Schiffes dieser Klasse zu wünschen übrig und der Schaden den er damit anrichtete war nur gering, aber er schaffte es immerhin, daß sich Creep kurzzeitig aus dem Geschehen zurückziehen mußte um dem Analyseprogramm die Chance zu geben all seine Schäden aufzuzählen. Erst dann würde er wissen, ob er wieder weiter fliegen konnte oder nicht.
Die Schadensanalyse ergab, daß sein Schiff noch zu dreiundsechzig Prozent einsatztauglich war und er entschied, daß sie trotz allem beinahe gewonnen hatten und er noch am Kampf teilnehmen konnte. Der Pilot des Mosquitos hielt sich allerdings für etwas zu gut und merkte nicht, daß er zu nahe am Mutterschiff war und er deshalb in die Reichweite der Kanone geraten ist. Er war einfach viel zu beschäftigt mit seinem Verfolger Coldblood, der den Treffer an seinem Freund persönlich nahm. Die Steuerbordkanone feuerte alles was sie hatte in Richtung des kleinen, zerbrechlich wirkenden Mosquito. Es hätte schon mit dem Teufel zugehen müssen, wenn nicht einmal ein einziges Projektil getroffen hätte. Die Kanone traf ihn im Bereich der Triebwerke aber der Pilot war

geistesgegenwärtig genug sich mit seiner Pilotenkanzel abzusprengen, noch bevor sein Schiff explodierte. Creep sah dies mit Genugtuung, man würde ihn später, wenn alles vorbei wäre hereinholen und verhaften.
Im Schutze des Kometen allerdings kam die größte Gefahr, das Schiff, welches es eigentlich gar nicht geben sollte. Doch es war so wirklich wie die Coronian oder der Komet, die Cunningham I, ein Schlachtschiff der Terrafortress-Klasse. Zu ihrem Schutz wurden noch vier Kolibris abgestellt. Langsam aber sicher bewegte sie sich auf die U.S.S. Coronian zu. Das Gefecht war mittlerweile in die Endphase gegangen aber der Feind ging immer noch mit unverminderter Härte vor und gab alles was er hatte. Aber er unterlag und auch die letzten Schiffe wurden entweder kampfunfähig geschossen oder sie explodierten gleich, ohne daß der Pilot noch eine Chance hatte auszusteigen.
Als man sich gerade anschickte den ausgestiegenen Piloten zu bergen, zeigte sich die Cunningham I. Es war ein imposanter, überwältigender Anblick, sie überragte die Coronian an Größe bei weitem. Und auch, so nutzlos es auch für den Kampf war, an Schönheit, es war kein Schiff der Modulbauweise, es war eine sogenannte Einzelanfertigung. Der eigentliche Teil des Schiffes sah aus wie die zwei Schwimmer eines Katamarans, darauf war die Kommandobrücke gesetzt, die Übergänge zwischen den einzelnen Sektionen waren nicht so hart wie bei der Coronian, nein sie waren weich und fließend. Die Kanonen wirken nicht aufgesetzt sondern eingegliedert, integriert. Nicht nur die Wissenschaftler, sondern auch die Designer hatte hier eine Meisterleistung vollbracht. Die Brückenbesatzung der Coronian stand wie angewurzelt da und starrte nur auf den Hauptmonitor, der mit dem Bild der Cunningham I ausgefüllt war. Doch sie kamen

schnell wieder zurück auf den Boden der Tatsachen, als sie ohne Anruf das Feuer eröffnete. Sie hatte offensichtlich getrennte Zielerfassungssysteme, denn sie feuerte mit den drei Kanonen am Bug auf die Coronian und mit zwei anderen, etwas kleineren Kanonen, welche sich am Rumpf in der Mitte befanden auf die im Raum verharrenden BODs.

Die Wirkung war verheerend, noch bevor irgend jemand reagieren konnte, schlug eine Vielzahl von Projektilen auf der Außenhülle des Schiffes ein. Viele davon richteten keinen großen Schaden an, aber einige trafen die Radaranlage und die obere Raketenbatterie, die Kanonen blieben vollständig intakt und nahmen gleich das Feuer auf.

Die Wirkung der kleineren Kanonen auf die BODs allerdings war niederschmetternd. Eine Kanone feuerte auf Thypoon, sie verdankte es nur ihrem phänomenalen Reaktionsvermögen, daß sie noch lebte. Auch Creep wurde unter Beschuß genommen, er reagierte beinahe eben so schnell wie Thypoon, doch der angeschlagene BOD spielte nicht mit. Er verglühte in einem Feuerball, noch bevor er etwas sagen konnte. An Bord des Mutterschiffes und am Funk herrschte Schweigen, Trauer erfaßte die Gemüter der BOD-Piloten. Trauer, die tödlich sein konnte, sie lähmt den Geist und den Körper, schwächt die Reaktion und verringert die Risikobereitschaft.

„Angreifen!“, rief Lt. Banks in ihr Mikrofon, „Sofort angreifen, verwickelt die Begleitflieger in den Kampf, schaltet sie so schnell wie möglich aus und greift dann das Schlachtschiff an. Unsere Bordkanonen feuern ohne Unterbrechung auf die Cunningham I.“

„Verstanden, ich übernehme den Verband und greife die vier Kolibris an. Zielnummern Zwölf bis Fünfzehn. Laßt euch etwas einfallen, wie wir dieses Monster

besiegen, sonst sehen wir blaß aus." antwortete Conjurer.
Lukas stupste Harry an, und signalisierte ihm mit einem Nicken ihm hinaus zu folgen. Sie entfernten sich unauffällig von der Brücke, keiner bemerkte, daß sie nicht mehr anwesend waren. Es war wahrscheinlich auch jedem egal, da sie eigentlich, seit Gribbin beschlossen hatte, daß er alles selbst in die Hand nahm, keine Funktion mehr an Bord.
„Das ist unsere Chance." eröffnete Lukas seinem Freund.
„Chance wofür, um Draufzugehen."
„Nein, um Geschichte zu machen."
„Wir beide machen deiner Meinung nach Geschichte, wenn wir uns da draußen opfern."
„Wer hat den etwas davon gesagt, daß wir raus gehen?" fragte Luke scheinheilig.
„Du willst mir doch jetzt nicht ernsthaft erklären, daß du nicht vorhast dich in einen der beiden BODs zu setzen um da draußen mit den Anderen mitzukämpfen?"
„Nein, will ich nicht. Die Drei haben doch ohne Creep nicht die geringste Chance, sie besiegen vielleicht die restlichen Kolibris aber doch niemals die Cunningham I. Sie haben dem Captain gesagt, er solle sich etwas einfallen lassen. Nun ihm ist noch nichts eingefallen, mir aber schon."
„Na sicher, Lukas Unverwundbar, das verkannte strategische Genie." verhöhnte er seinen Freund und fragte sich mittlerweile, wie weit er im Endeffekt gehen würde.
„Du kannst sagen was du willst, aber mein Plan ist ebenso einfach wie genial."
„Dann laß mal hören."

„Wo sind deiner Meinung nach alle Schiffe am verwundbarsten?“
„Bei den Triebwerken natürlich.“ antwortete ihm Harry, und er hatte recht, man konnte die Hülle einige Meter dick machen, man konnte alles abschotten und verriegeln, aber einen wirksamen Schutz für die Triebwerke hatten man bis dato nicht gefunden. Sie waren die Achillesferse eines jeden größeren Schiffes.
„Richtig.“, gab ihm Lukas recht, „Und zufällig weiß ich, daß die beiden noch vorhandenen BODs jeweils mit zwei Hellraiser ausgestattet sind. Wir fliegen hin, feuern sie direkt in ihre Triebwerke und hauen wieder ab, noch ehe jemand weiß was passiert ist.“
Harry sah ihn ungläubig an, die Anwesenheit von Torpedos der Hellraiser-Klasse unterstrich noch mal die Dringlichkeit dieser Mission. Diese Torpedos waren eine Ausgeburt der Hölle, nicht selten war es vorgekommen, daß die Schiffe, von denen sie aus abgefeuert wurden, ebenfalls in Mitleidenschaft gezogen wurden. Denn die destruktive Wirkung war bisher oftmals unterschätzt worden. Diese Torpedos sind bis obenhin mit Sprengköpfen vollgepackt und die Sprengkraft eines dieser Torpedos konnte bisher nicht gemessen werden, da sie alle Maße übersteigt. Man kann sich also vorstellen, daß die Piloten nicht sehr glücklich darüber waren, wenn sie Hellraiser an Bord hatten.
Sie verschwanden nach und nach von der Bildfläche, weil sich die Piloten mit der Zeit weigerten sie einzusetzen, sie zogen lieber den Rückzug vor als ein Gefecht gegen einen größeren Gegner unter Zuhilfenahme dieser Waffe zu gewinnen. Aber man hatte sich scheinbar einige Torpedos behalten, wofür sie auch immer gedacht waren, jetzt war ein besserer Zeitpunkt sie einzusetzen.

„Du bist verrückt, wenn du dir einbildest, daß ich mit zwei Hellraiser unter dem Hintern wegfliege. Ich bin doch nicht lebensmüde."
„Das ist aber die einzige Chance zu gewinnen, sonst gehen wir vielleicht alle drauf. Ich für meinen Teil bin bereit dafür."
„Darüber haben wir bereits gesprochen, du warst immer schon bereit mehr zu geben als andere. Das wird dir eines Tages zum Verhängnis."
„Machst du nun mit oder nicht?" wollte Luke jetzt endlich wissen, sie vergeudeten wertvolle Zeit, er wollte nicht, daß noch mehr Leute ihr Leben ließen. Nicht jetzt, wo doch die Lösung so einfach ist.
„Verdammt noch mal, du bringst mich noch ins Grab. Wir kommen in Teufels Küche wenn wir unerlaubt einen BOD nehmen. Es würde uns auch nichts bringen, wenn wir es wirklich schaffen würden."
„Wir nehmen ihn nicht unerlaubt. Wir brauchen doch eine Startfreigabe, bevor wir überhaupt losfliegen können."
„Du hast recht.", antwortete ihm Harry erleichtert, „Wenn wir also die Startfreigabe erhalten, dann ist alles in Ordnung. Also gehen wir."
Lukas wußte warum ihm Harry so schnell zugestimmt hatte. Er hoffte insgeheim, daß ihnen niemand die Startfreigabe erteilen würde. Er rechnete fest damit, daß sie Lukas erklären, daß sie nicht gewillt sind einem übereifrigen und selbstüberschätzenden Grünschnabel einen BOD zu geben, nur um ihnen etwas zu beweisen. Aber Lukas hatte Harry herumgekriegt, er würde auch den Captain oder Lt. Banks überreden. Sie hatten eigentlich gar keine andere Wahl, denn wenn er schon in einem BOD sitzt mit den einzigen wirksamen Waffen an Bord, dann können sie ihn genauso gut starten lassen. Sie würden die Beiden sogar opfern wenn es

sein muß. Aber das teilte er seinem besorgten Freund nicht mit.

Kapitel Fünfzehn

Die Startrampe erreichten sie ohne Probleme, sie gingen die verkürzte Checkliste durch und loggten sich dann in den Computer ein, erst ab diesem Zeitpunkt erfuhr man auf der Brücke, daß sich jemand mit den BODs zu schaffen machte.
„Kappa und Delta erbitten Starterlaubnis." eröffnete Lukas.
„Sie sind wohl verrückt geworden, verlassen sie sofort die BODs oder ich lasse sie festnehmen." schallte es nach einigen Sekunden der Fassungslosigkeit aus dem Bordlautsprecher. Es war die Stimme von Lt. Banks, insgeheim hoffte Lukas daß er es mit dem Captain zu tun hätte, aber dem war nicht so, jetzt würde er eben sie überreden müssen.
„Chief, wir haben Hellraiser an Bord, dies ist die einzige Möglichkeit das Schlachtschiff zu besiegen. Lassen sie uns starten." antwortete Lukas alias Delta, ohne auf ihre drohende Aufforderung einzugehen.
„Woher haben sie diese Torpedos?"
„Das ist jetzt unwichtig. Wir müssen so schnell wie möglich starten, sonst passiert noch ein Unglück. Sie wissen, daß ich ohne die Begrenzer unschlagbar bin und mit Kappa haben die anderen keine Chance."
„Sie überschätzen sich, einer der Besten hat da draußen schon sein Leben lassen müssen, und sie denken sie könnten alleine ein Schiff dieser Größe ausschalten?"
„Das denke ich nicht, das weiß ich. Mag sein daß sie mich nicht mögen, oder warum auch immer sie mit Hindernisse in den Weg legen. Aber ich habe nun einmal die besten Möglichkeiten zu gewinnen. Ich kenne die Fähigkeiten von mir und Kappa und sie

sollten einmal darüber nachdenken, was das kleinere Übel ist. Zugeben zu müssen, daß sie sich in Bezug auf unser Können geirrt haben oder Menschen zu opfern."

Lt. Banks war erstmals in ihrem Leben sprachlos, sie überdachte kurz ihre Beweggründe, warum sie ihn nicht starten lassen wollte. Sie kannte sein Können, sie wußte was er konnte aber sie wollte ihn nicht dem Risiko aussetzen zu sterben. Sie wollte seine Ausbildung vollenden und den perfekten Piloten schaffen, einen Piloten der von den Flugkünsten her nicht zu schlagen war, aber auch einen Piloten der das Menschsein nicht vergessen hatte. Aber Lukas hatte recht von den Voraussetzungen war er am Besten geeignet, und wenn irgend etwas diesem Ungetüm draußen im All etwas anhaben konnte, dann waren es Hellraisertorpedos.

„Delta und Kappa, sie haben Starterlaubnis. Wir haben gerade Stillstand, deshalb ist kein Startfenster nötig. Starten sie nachdem sie die Checkliste durchgegangen sind. Möge Gott ihnen beistehen." antwortete sie schweren Herzens dem nervös wartenden Delta.

„Na endlich. Checkliste bereits durchgegangen. Wir werden sie nicht enttäuschen. Kappa es geht los. Basis, sind die Begrenzer deaktiviert?"

„Ja, sie können nun alles mit ihren BODs anstellen, was sie an den Simulatoren geübt haben."

„Mit dem Schild oder darauf." sagte Harry plötzlich.

„Ja, mit dem Schild oder darauf." antwortete ihm Luke und bis auf die Beiden wußte niemand was sie damit meinten.

„Basis, wir starten jetzt."

Lukas zündete die Triebwerke und wurde mit großer Wucht in den Weltraum geschleudert, dicht gefolgt von Harry alias Kappa.

„Start geglückt." meldete sich Lukas.

„Start geglückt." kam es auch von Harry.

„Kappa das ist jetzt unsere Chance. Spielen wir das Spiel nach unseren Regeln. Es gibt keine Sperren mehr, keine Barrieren. Wir können nun machen was wir wollen."
„Ja, red nicht so viel. Wir müssen näher an das Schiff heran. Sie sollen nicht die Möglichkeit erhalten, unsere Torpedos abzuschießen. Du weißt doch wie langsam sie sind."
Harry ließ sich von Lukes Stimmung anstecken, jetzt wußte er wieder, warum er so gerne, wenn auch nur an Simulatoren, geflogen ist. Adrenalin, letzten Endes war Harry genau so versessen auf Abenteuer wie Lukas, er wollte es sich nur nicht eingestehen.
„Wir bleiben auf jeden Fall zusammen. Häng dich hinten dran und paß auf daß du nicht den Anschluß verlierst."
„Schon gut, du Überflieger. Ich werde dir schon nachkommen."
„Thypoon, Conjurer und Coldblood, hier ist Delta. Wir haben Hellraiser an Bord, haltet uns die Kolibris vom Hals, wir deponieren sie in einer der Triebwerke und sehen zu daß wir wegkommen."
„Hellraiser?", kam es von Coldblood ungläubig, „Ihr wollt Hellraiser auf das Schiff abfeuern, als ob wir nicht schon genug Probleme haben."
„Funkdisziplin einhalten.", meldete sich der Verbandführer Conjurer zu Wort, „Wir ebnen euch den Weg. Seht zu, daß ihr die Dinger so schnell wie möglich los werdet und gebt bei eurem Anflug auf die kleineren Kanonen auf der Unterseite des Schiffes acht."
„Verstanden, Conjurer. Wir machen uns auf den Weg."
Lukas rollte sich seitlich weg und steuerte sein Flugzeug genau auf die Cunningham I zu. Er war fest entschlossen dem arroganten Sir endlich einmal zu

zeigen wo es lang ging. Er mochte Creep nicht, aber trotzdem machte er Cunningham für seinen Tod verantwortlich und verlieh so dieser Schlacht eine persönliche Note. Das Spiel beziehungsweise die Spielregeln sind gleichgeblieben, lediglich der Einsatz wurde erhöht, jetzt arbeiteten die Teams nicht mehr auf eine Kapitulierung hin, sondern auf die Vernichtung. An Bord des Schlachtschiffes bemerkte man die beiden Neuankömmlinge und eröffnete mit den beiden kleineren, schnell feuernden Kanonen das Feuer. Luke riß wie wild den Steuerknüppel hin und her, es war keine leichte Aufgabe den Salven der beiden Geschütze auszuweichen. Er beschleunigte den BOD auf die maximale Geschwindigkeit und flog immer noch auf direktem Kurs in Richtung Triebwerke. Der Gegner hielt sie scheinbar für ein Selbstmordkommando, er wußte nicht, daß hier einige mit Torpedos anrückten, noch dazu mit den verheerendsten die jemals erfunden wurden. Aber wenngleich man keine direkte Bedrohung in den beiden anfliegenden BODs sah, so feuerte man trotzdem mit unverminderter Härte auf sie.

„Siehst du, sie feuern was sie können, aber wir sind besser, wir sind eben unverwundbar.“ schrie Delta in sein Mikrofon.

„Werde jetzt bloß nicht übermütig, wir sind gleich nahe genug dran. Wenn wir die Hellraiser nämlich abgeschossen haben, dann geht es noch härter weiter, wir müssen dann nämlich zusehen, daß wir genug Raum zwischen uns und das Schiff gebracht haben. Wir wären nicht die ersten die deswegen draufgingen.“

„Daß du auch immer so schwarzmalen mußt. Jetzt sind wir endlich so weit gekommen und du beschwerst dich immer noch. Versuche lieber eine der lästigen Kanonen zu treffen, während ich hinten meine Ladung abliefere.“

„Gute Idee. Komm bald wieder und laß mich nicht so lange alleine.“

Als sie nach ihrem Ermessen nahe genug an die Cunningham I herankamen, trennten sie sich. Lukas machte sich gleich auf den Weg zum Heck des Schiffes, wobei er den Radarschirm strengstens im Auge behielt. Kappa hatte die schwierigere Aufgabe, er sollte während dem Ausweichen noch auf die feuernden Geschütze schießen, ohne getroffen zu werden. Aber er machte seine Sache gut, Lukas wurde auf seinem Weg zur Rückseite nicht behelligt und somit konnte er seine Hellraiser in aller Seelenruhe einloggen und abfeuern.

„Torpedos abgefeuert, ziehen uns zurück.“

„Delta, hilf mir hier einmal, ich habe hier einige Probleme, von den Startdecks sind sechs Kolibris gestartet.“ meldete sich Kappa.

„Halte aus. Conjurer komm mit deinen Leuten zurück und hilf uns.“ erwiderte Delta.

„Nein, das ist zu riskant. Seht beide zu, daß ihr vom Schiff wegkommt. Lockt sie zu uns heraus. Neue Zielnummern bekannt, Zwölf bis Siebzehn.“ antwortete ihm der Verbandführer.

„Verstanden. Kappa Rottenformation aufnehmen, wir machen uns mit Vollgas aus dem Staub.“

„Alles klar, Delta. Ich hoffe das klappt.“

Noch während er seinem Freund Lukas antwortete setzte sich Ziel Nummer Dreizehn hinter ihn und feuerte was er konnte. Harry hielt seinen BOD noch so lange wie möglich auf Kurs um nicht von der drohenden Explosion vernichtet zu werden.

„Hier Kappa, schwere Treffer an der Außenhülle. Ich steige aus.“

„Verstanden Kappa, wir holen sie rein, sobald wir gewonnen haben.“ kam es vom Mutterschiff.

Lukas sah wie sich die unbeschädigte Kanzel abgesprengt hat, in seinen Duellen hatte er dies noch nie gesehen. Die Simulation war immer beendet, wenn einer der BODs explodierte oder wenn der Gegner aussteigen mußte. Man saß dann kurzzeitig in einer Sim-Box mit leeren schwarzen Bildschirmen und wartete darauf, daß sich die Box öffnete. Man bekam nie mit, was passiert, wenn der Gegner abgeschossen wurde.

Vor Lukes Zeit hatte man mit dem Ende der Simulation immer gewartet bis der gegnerische BOD explodiert ist, aber man hielt dies jetzt für unnötig und grausam, wenn man dem Schüler zeigt, wie sich sein Abschuß auf den Gegner auswirkte. Es soll dann auch Piloten gegeben haben die nach ihrem ersten realen Abschuß wie gelähmt waren und dann dem Pilotendasein für immer entsagten. Aber Lukas war in dieser Hinsicht nicht so sensibel und nahm das ganze eher gelassen hin. Er wußte, daß Harry nichts passiert war und er hatte nun noch einen Grund mehr zu gewinnen. Nur so konnte er sicher sein, daß Harry nicht in die falschen Hände geriet.

Luke hatte gerade zu den anderen drei Piloten aufgeschlossen, als er sein Schiff am Stand wendete und die Explosion des Triebwerkes mitansah. Allerdings nicht mit dem gewünschten Effekt, die gesamte Triebwerkssektion wurde abgetrennt aber der Rest des Schiffes bekam nicht einen Kratzer ab, die Feuerkraft war ungebrochen.

„Los Leute, angreifen. Delta, hinter ihnen ist Nummer Dreizehn. Die Cunningham ist manövrierunfähig, sie ist nur mehr solange eine Gefahr, wie wir uns in Reichweite ihrer Kanonen befinden. Also schießt die letzten Gegner ab und dann sehen wir zu, daß wir hier wegkommen." erklarte ihnen Lt. Banks.

Sie hatte recht, je länger sie innerhalb der Reichweite der Waffen des Schlachtschiffes waren, um so gefährlicher wurde es für die Coronian und deren Leute an Bord. Der Kolibri Nummer Dreizehn feuerte unterdessen und verfehlte Lukas nur um Haaresbreite. Das holte Luke wieder zurück auf den Boden der Tatsachen. Er wendete seinen BOD mit Hilfe der Manövriertriebwerke so hart, daß ein Teil des zweiten Triebwerkes wegbrach. Der Kolibri reagierte nicht so schnell und flog an ihm vorbei, Lukas setzte sich hinter ihn und feuerte ohne sich vorher auf das Ziel einzuloggen.

Das hätte seiner Meinung nach nur unnötig viel Zeit gekostet. Aber hätte er es getan, dann wäre sein Gegner jetzt wahrscheinlich schon eine Staubwolke im Weltall und nicht nur ein etwas angeschlagener Flieger. Er traf ihn an seinem rechten Flügel und ein Teil davon brach weg. Nun war er nicht mehr für atmosphärische Kämpfe tauglich, aber das kümmerte den Piloten des Kolibris wenig, er mußte ja nur diesen Kampf überstehen, danach würde er wieder einen völlig intakten Flieger bekommen und alles ging von neuem los. Nummer Dreizehn weichte nach unten rechts aus und befand sich auf einmal auf direktem Kollisionskurs mit der Kapsel von Harry, der ja von sich aus nicht mehr ausweichen konnte. Der Andere hatte keine Chance der Kapsel auszuweichen, besaß aber noch genügend Geistesgegenwart auf die Kapsel zu feuern, er traf sie auch, und mit einer unspektakulären Explosion verabschiedete sich Harry.

„Nein!“ schrie Lukas „Harry!“

„Der hat auf eine wehrlose Kapsel gefeuert. Habt ihr das gesehen, dieser Feigling hat auf eine Kapsel gefeuert.“ schrie Lukas immer noch fassungslos.

„Den schnappen wir uns.“ kam es von Thypoon.

„Nein, sie werden alle landen. Conjurers Maschine ist stark beschädigt und er mußte deshalb landen. Wir werden zusehen, daß wir so schnell wie möglich von hier verschwinden.“ erwiderte Lt. Banks.
„Oh nein, jetzt nicht mehr, die werden alle dafür bezahlen müssen, daß sie meinen Freund abgeschossen haben.“ erklärte Lukas grimmig.
Er nahm sich nicht die Zeit zu trauern oder zu jammern, er sah nur mehr die Explosionen der feindlichen Maschinen von seinem geistigen Auge. Niemand sollte da lebendig herauskommen, wenn sein Freund hatte sterben müssen.
„Sie haben ihre Befehle, Delta. Kommen sie zurück.“ rief ihn die Basis.
Lukas ignorierte den Ruf, oder vielleicht hörte er ihn wirklich nicht, das wurde nie geklärt. Auf jeden Fall machte er keine Anstalten zurückzukehren. Conjurer konnte mittlerweile sicher mit seinem angeschlagenen BOD landen und Coldblood als sein Flügelmann folgte ihm, danach kam Thypoon herein. Alle warteten vergeblich auf Delta, er hatte nun seinem Privatkrieg, der Tod seines besten Freundes holte das Letzte aus ihm heraus. Er hängte sich an das Ziel Nummer Dreizehn und nahm sich diesmal die Zeit sich einzuloggen. Als der Computer Feuerfreigabe erteilte beschoß er sein Ziel mit allem was er hatte. Eine kurze aber intensive Feuersalve zersiebte seinen Gegner völlig. Nun waren noch vier Kolibris übrig, denn Ziel Nummer Siebzehn wurde von der Explosion der Triebwerkseinheit des Schlachtschiffes erfaßt und ebenfalls pulverisiert.
Lukas gab wieder Maximalschub, dachte aber jetzt nicht daran ihn wieder wegzunehmen, mit schnellen Reaktionen konnte er sich jetzt durch die feindlichen Flieger hindurchschlängeln ohne daß er einen Treffer

abbekam. Er feuerte blind um sich, dies war eine Taktik die er sich selbst gelernt hatte, anzuwenden bei einen Verhältnis von Eins zu Vier, oder noch höher. Man spielte dem Gegner Raserei vor und feuert scheinbar ziellos um sich. Aber in Wirklichkeit beschoß er gezielt die Kolibris, an denen er vorbeiflog und schoß dabei immer wieder mit Absicht auch daneben. So glaubte der Gegner, er habe ein einfaches Ziel vor sich, welches mit Lässigkeit konnte abgeschossen werden. Lukas traf bei seinem scheinbar ziellosen Feuern Nummer Zwölf und beschädigte den Flieger so, daß sein Pilot aussteigen mußte. Die Anderen hielten es immer noch für Glück. Der Computer traktierte Luke mittlerweile mit einer Vielzahl von Alarm- und Schadensmeldungen. Die Triebwerke standen aufgrund der Überbelastung kurz vor dem Versagen und auch die Steuerung war wegen der Überbeanspruchung schon sehr angeschlagen. Aber das war Lukas vom Simulator her gewohnt.

Er liebte die scheinbar hysterische Stimme des Computers, welche ihm immer wieder riet Schub wegzunehmen, aber Lukas wußte, daß sein BOD noch viel mehr aushielt, er hatte sich mittlerweile scheinbar versehentlich hinter die Nummer Fünfzehn gesetzt und nahm genau seine Triebwerke ins Visier, er wollte nicht, daß noch jemand die Möglichkeit erhielt auszusteigen.

Als ihm der Computer Feuerfreigabe erteilte, schoß er ihn ohne zu Zögern ab und traf genau ins Schwarze. Sein Gegner hatte nicht einmal mehr die Zeit „Hilfe!" zu rufen, noch bevor er überhaupt wußte wie ihm geschah verpuffte er bereits im Weltall. Sein kleiner Privatkrieg mutierte mittlerweile zu einer wilden Herumballerei. Die beiden verbliebenen Gegner stürzten sich gemeinsam auf ihn und schossen aus allen Rohren. Auch Lukas feuerte ohne Unterlaß, er hätte

gerne Computerhilfe akzeptiert, aber die Zielerfassung war aufgrund der allgemeinen Überbeanspruchung ausgefallen. Zu diesem Zeitpunkt sah er nicht auf die Schadensanalyse an seinem Schiff, selbst wenn Triebwerke und Waffensysteme ausgefallen wären, hätte er die beiden letzten Schiffe noch bekämpft, womit auch immer. Aber seine Waffensysteme funktionierten noch, ließen zwar bereits in Punkto Feuergenauigkeit und Feuerrate nach, aber sie waren immer noch tauglich.
Seine beiden letzten Gegner gingen nun in den Rottenformationsflug über und entschieden sich, wie es die Anderen schon längst hätten tun sollen, ihn gemeinsam zu bekämpfen und nicht wie vorher, jeder für sich. Vierzehn übernahm die Führung und Sechzehn folgte ihm. Lukas war genau von ihnen, als ihm plötzlich ein großartiger Trick einfiel. Er nahm etwas Schub zurück, um nicht seine Triebwerke zu verlieren, wendete dann mit Hilfe der Manövriertriebwerke, nahm gleichzeitig den Schub von den Haupttriebwerken ganz weg und gleitete somit immer noch in die selbe Richtung, aber er konnte mit seinen Waffen nun auf seine, ehemals hinter ihm befindlichen Gegner feuern. Der Leader Vierzehn war so davon überrascht, daß er an seinem Steuerknüppel riß und beinahe mit seinem Flügelmann kollidierte. Aber Nummer Sechzehn wich ihm aus, Lukas feuerte unterdessen auf Vierzehn und rasierte ihm seinem Flügel mit dem daran befindlichen Triebwerk ab, woraufhin dieser in wie wild zu trudeln begann und wegflog. Er konnte das andere Triebwerk nicht mehr ausschalten, was bedeutete, daß er sich immer schneller zu drehen begann und die Fliehkraft ihr übriges dazu beitrug, daß der Pilot nie wieder jemanden abschießen würde.

Sein letzter Gegner erkannte, daß er gegen Lukas keine Chance hatte und suchte sein Heil in der Flucht, aber Luke war ganz und gar nicht gewillt ihn entkommen zu lassen. Mit seiner beschädigten Maschine flog er ihm, dieses Mal wieder mit Maximalgeschwindigkeit, nach und beschoß ihn. Gott sei dank explodierte die Maschine seines Gegners bevor seine Waffensysteme versagten. Durch die große Hitzeentwicklung verformte sich der Lauf seiner Waffen und ließ kein Feuern mehr zu.

„Hier Delta, erbitte Landeerlaubnis." sagte Lukas erschöpft in sein Mikrofon.

„Erlaubnis erteilt." kam es von der Basis.

An Bord der Coronian konnte man immer noch nicht glauben was Lukas vorgeführt hatte, er war tatsächlich so gut wie er immer behauptet hat. Er hatte im Alleingang gewonnen, hatte den BOD bis zum Äußersten hergenommen und konnte am Ende immer noch aus eigener Kraft landen. Die U.S.S. Coronian war ebenfalls schwer angeschlagen, Sie hatte ein Triebwerk verloren, wies mehrere Hüllenbrüche auf und eine der Bordkanonen wurde ebenfalls vernichtet. Man hatte Luke bis jetzt nicht gesagt, daß Catherine Austerman den Angriff nicht überlebt hat, sie war in Ausübung ihrer Pflicht gestorben, ebenso wie Harry Creedles.

Nur Lukas hatte überlebt, er war zu einem Held geworden, aber zu welchem Preis.

„... And if I schould die tomorrow
I´d go down with a smile on my face
I thank God I´ve ever known you
I fall down on my knees
For all the love we´ve made ..."
(„Seduces me", Celine Dion)

Kapitel Sechzehn

Die Schlacht war geschlagen, bald würde sie wieder aus dem Gedächtnis der Beteiligten verbannt und es würde nichts bleiben als die immerwährende Trauer über die Opfer, die zu beklagen waren. Jeder an Bord des Schiffes hatte auf die eine oder andere Weise jemanden verloren, der ihm wichtig war. Der Captain hatte gewonnen, ein Großteil der Streitkräfte von Sir Cunningham war vernichtet worden, doch zu guter Letzt hatte doch der Gegner gesiegt, er kannte keinen der Piloten, die für ihn ihr Leben ließen, es waren alle ausnahmslos Söldner, denen weder die Sache noch die Ziele die Cunningham verfolgte wichtig waren. Sie taten es, so moralisch verwerflich es auch noch in dieser Zeit noch ist, für Geld. Für Geld, welches sie jetzt nicht einmal mehr ausgeben konnten. Doch an Bord der U.S.S. Coronian tat man es, weil man es für wichtig hielt den Leuten auf dem entlegensten Außenposten der Erde zu helfen. Er gab noch Menschen, denen das Leben anderer am Herzen lag, so sehr, daß sie ihr eigenes opferten.

„Sie haben verloren." erklärte Boothe einem sichtlich angeschlagenen Lord. Das Lächeln in seinem Gesicht war nicht wegzubekommen. Er spürte die Genugtuung wie ein wärmendes Feuer in sich. Auch wenn die andere Seite große Verluste hatte hinnehmen müssen, so haben sie doch gegen einen scheinbar übermächtigen Gegner gewonnen.
„Hören sie auf zu grinsen!" herrschte Cunningham ihn an, erreichte damit aber nichts.

„Ich habe nicht verloren, ich habe nur nicht gewonnen. Das ist ein Unterschied.“
„Wie immer sie diese Niederlage auch nennen, es bleibt eine Niederlage. Sie haben ihr unbesiegbare Terrafortress bei der ersten Kampfhandlung verloren, kein ruhmreiches Ende, finden sie nicht.“
Boothe genoß es endlich seit Jahren nun das zu sagen, was er sich dachte. Er hatte vor zu kündigen, nicht einmal das viele Geld hielt ihn noch. Aber zuvor wollte er seinem ehemaligen Herrn noch einige Stiche versetzen.
„Was denken sie eigentlich wer sie sind, das sie so mit mir reden können?“
„Ich bin nun endlich ein freier Mann, denn ich kündige. Diesmal haben sie ihr wahres Gesicht gezeigt und haushoch verloren. Ich kann nun endlich wieder sehen. Früher als ich blind gewesen bin, war ich stolz darauf ihr Diener zu sein. Aber jetzt habe ich erkannt, daß ich nie blind war, ich habe nur die Augen verschlossen. Jetzt sind sie weit offen und ich erkenne nun die deprimierende Realität. Nur schade, daß so viele Menschen erst sterben mußten.“
„Sie kündigen? Dann hauen sie doch ab und hören sie auf so einen Unsinn zu reden. Ich brauche sie nicht, ich habe sie nie gebraucht. Sie wurden nur aus Mitleid eingestellt. Was soll man den schon von einem Menschen erwarten, der sich jahrelang wie ein Sklave behandeln läßt?“
„Ich war nie ihr Sklave, denn Sklaven bekamen kein Geld für ihre Arbeit. Ich schon, ich habe so viel verdient um mir irgendwo eine kleine tropische Insel zu kaufen, mir eine nette Frau zu suchen und mich zur Ruhe setzen kann. Und das alles weit weg von ihnen.“
„Verschwinden sie endlich, ich habe genug von ihnen. Mein Pilot wird sie auf der Erde absetzen wo sie

wollen, aber kommen sie mir nie wieder unter die Augen.“
Somit war alles gesagt, Boothe drehte sich ohne ein Wort um und ging zum Ausgang. Und als krönenden Abschluß ließ er die Türe mit einem lauten Knall ins Schloß fallen.

Ruhe kehrte wieder auf der Coronian ein, dieses Mal konnte man es wirklich Totenstille nennen. Jeder trauerte auf seine Weise um die Gefallenen. Niemand hatte gedacht, daß so viele würden sterben müssen. Captain Marwick hatte bis auf weiteres für den Großteil der Besatzung die Alkoholbeschränkung aufgehoben, viele konnten nun einmal das Geschehene nur verkraften, wenn sie dabei etwas mehr tranken als erlaubt war.
Auch Lukas war sich dieser Möglichkeit bewußt, aber er weigerte sich zu glauben, daß ihm Alkohol würde helfen können. Er hatte von allen das Meiste geopfert, aber davon wußten die anderen nichts. Sie wußten lediglich, daß er seinen besten Freund verloren hat, aber das war für ihre Verhältnisse mehr als genug. Andere hatten weniger verloren und waren einem Nervenzusammenbruch nahe. Nichts war mehr von Bedeutung für ihn, er war von einem Moment zum anderen zu einem Helden geworden. Und hätte alles dafür gegeben alles rückgängig zu machen.
Er saß in der Bar an jenem Tisch, an dem er seiner einzigen wahren Liebe zum ersten Mal begegnet war. Dies wurde ihm aber erst später schmerzlich bewußt. Er fragte sich immer wieder wie er ihr hätte helfen können und ob er jemals wieder jemanden traf, der so war wie seine Catherine. Das Leben war so ungerecht. Hatte er zu Beginn der Reise, als er sie zum ersten Mal sah, noch Gott gedankt, daß er so etwas Perfektes hatte

geschaffen, so verfluchte er ihn nun, weil er sie so aus seinem Leben gerissen hat. Das war alles nicht fair, es hätte alles so schön enden können. Harry und Catherine konnten jetzt noch am Leben sein und sich mit ihm über ihren Triumph freuen. Aber so saß er alleine am Tisch in der Ecke neben dem großen Panoramafenster und konnte sich über nichts freuen. Er fragte sich nur immer wieder: "Warum?".

Am Nebentisch saßen Thypoon, Conjurer und Coldblood und bedauerten ihrerseits den Verlust von Creep. Er war der Beste der vier übriggebliebenen Piloten und mußte auch sterben. Aber wofür? Kein Missionsziel rechtfertigte solche Verluste. Niemand war solche Opfer wert. Doch was geschehen ist, ist geschehen, unwiderruflich, für immer. Jetzt mußte er sehen, wie er weiterkam. Eines stand für Lukas zu diesem Zeitpunkt fest, wenn sie wieder zurück auf der Erde sind, dann würde er seinen Dienst bei der Armee quittieren. Er haßte ihn, Banks hatte recht, das Leben außerhalb eines Simulators sah anders aus. Man konnte dann nicht einfach aussteigen und sagen: "Kann man nichts machen, beim nächsten Mal gewinne ich wieder."

Thypoon kam mit ihrem Drink zu seinem Tisch und setzte sich zu ihm. Er starrte sie nur an, Tränen standen ihm immer noch in den Augen. Er machte sich nicht die Mühe sie wegzuwischen. Weinen war in dieser Situation kein Anzeichen von Schwäche sondern von Menschlichkeit. Davon abgesehen lag ihm nichts ferner als darauf zu achten, was andere in diesem Augenblick von ihm dachten.

Das imponierte Thypoon, sie haßte Männer, die sich in ihrer Anwesenheit so typisch männlich und machohaft verhielten.

"Willst du dich nicht an unseren Tisch setzen, Maximum?" fragte sie ihn.
"Wie war das?" kam es ungläubig zurück.
"Ich habe dich nur gefragt ob du dich an unseren Tisch setzen willst."
"Nein das meine ich nicht, ich meine das am Ende, was war das?"
"Maximum?"
"Ja."
"Das ist ab jetzt dein Rufname." antwortete sie ihm als ob es das Selbstverständlichste der Welt wäre.
"Weil du heute bewiesen hast, daß du ein Pilot bist, kein gewöhnlicher Pilot, einer den wir gerne in unserer Staffel haben würden." fuhr sie fort.
"Warum gerade 'Maximum'?"
"Deines Flugstils wegen, keiner holt mehr aus einem BOD heraus als du, das beweist schon deine Akte von der Space-Akademie. Und der BOD, mit dem du heute geflogen bist, benötigt auch mindestens eine Generalüberholung, wenn es nicht sogar billiger ist, den Vogel einfach verschrotten zu lassen."
"Maximum." sagte er mehr zu sich, um sich der Bedeutung dessen erst einmal bewußt zu werden. Jetzt wo er nicht mehr wollte, war er ein anerkannter Pilot, welch Ironie des Schicksals. Wäre das Drumherum nicht so traurig, dann hätte er laut losgelacht.
"Also, was ist nun?" fragte sie ihn nochmals.
"Nein danke, ich kann jetzt einfach nicht. Wir werden uns, wenn ich wieder besser aufgelegt bin, zusammensetzen."
"Wie du meinst." antwortete sie und ging wieder zurück zu ihren Kollegen.
Das war auch eines der Dinge die ihm einst so gefallen haben, diese Unkompliziertheit, mit der hier an die Sache herangegangen wurde. Er wollte jetzt einfach

seine Ruhe haben und damit hatte es sich. Kein Bedauern, kein langes Überreden, nichts. Wenn er jetzt zu ihnen hinübergehen würde, dann würde niemand auch nur ein Wort darüber verlieren, warum er denn nicht gleich mitgegangen sei. Man würde einfach dort weitermachen, wo sie gerade unterbrochen wurden. Und trauern oder Trübsal blasen konnte er an diesem Tisch genauso wie bei den Anderen. Er entschied sich die Sterne zu beobachten und sich an die schönen Gemeinsamen Momente zu erinnern, sowohl mit Harry Creedles als auch mit Catherine Caplan.

Er hatte mittlerweile seine dritten Drink, er entschied, daß dies genug sein. Er wollte sich mit Hilfe der Drinks nur entspannen, die Muskeln lösen und vor allem Adrenalin abbauen. Dies alles war ihm jetzt mehr oder minder gut geglückt also ging er. Auf einem Tisch am anderen Ende der Bar wurde es bereits laut, einige hatten dort schon zuviel getrunken. Das wollte er nicht mitansehen.

Er nahm sich statt dessen vor im Fitnessraum etwas zu schwitzen, er wußte, daß dies auch der einzige Weg sein würde, seine wieder aukeimende Wut zu besiegen. Er war nach wie vor wütend über die Ereignisse, über den Lauf der Dinge, und vor allem war er wütend über Sir Cunningham, der befohlen hatte auf alles und jeden zu schießen, auch wenn dieser keine Gefahr mehr darstellte. Er zog sich in seinem Quartier ein graues T-Shirt mit der Aufschrift "U.S.S.F." an und dazu eine Jogginghose, ebenfalls grau.

Im Fitnessraum angekommen aktivierte er das Laufband, schaltete aber den Antrieb aus, so daß er selbst das Tempo bestimmen konnte. Dann begann er zu laufen zuerst langsamen, dann immer schneller, doch je schneller er lief, umso größer wurde seine Wut. Daß Lt. Banks den Raum betrat bekam er gar nicht mit, oder

er ignorierte sie. Sie beobachtete ihn während sie sich zur Ablenkung und nicht wie er zur Bekämpfung der Wut an der Rudermaschine betätigte. Sie sah ihm zu wie er alles aus sich herausholte. Nach zwölf Minuten mußte er aufgeben, seine ganze Energie, seine ganze Power war weg, doch die Wut und vor allem die Verzweiflung waren geblieben. Erst jetzt bemerkte er sie. Er nahm sein Handtuch und trocknete sich die Haare ab. Schweratmend nickte er ihr zu. Luke wollte nicht mit ihr reden, deshalb wandte er sich von ihr ab.
"Wir sollten miteinander reden." sagte sie ihm ganz ruhig.
"Ich weiß." gab er zurück.
"Aber nicht jetzt, bloß nicht jetzt... ." Seine Stimme versagte ihm beinahe den Dienst beim letzten Teil seiner Antwort. Ohne auf eine Erwiderung zu warten kehrte er ihr den Rücken zu und verschwand.
Die Reise selbst war noch nicht vorbei, doch es gab nichts was es sich zu berichten lohnt. Der Captain ließ einige, die zuviel getrunken hatten von den Sicherheitsbeamten in eine Zelle stecken. Aber er trug nichts davon ins Logbuch ein, auch sonst hatten sie keine disziplinären Maßnahmen zu fürchten.
Einige Stunden später, die Lukas in absoluter Abgeschiedenheit verbrachte, befanden sie sich im Landeanflug auf den Himmler-Außenposten. Nach einem langen Flug voller Aufs und Abs hatte man nun endlich das Ziel erreicht. Die Ladung war größtenteils intakt und die Lagerarbeiter machten sich gleich daran auszuladen, während der Captain und sein zweiter Offizier die Wissenschaftler, die auf dieser Station ihren Experimenten nachgingen, begrüßen wollten. Es kam ihnen gleich merkwürdig vor, daß sie bei ihrer Ankunft nicht wenigstens vom Leiter der Station empfangen wurden. Auch der Kontrollraum war leer,

auf der ganzen Anlage befanden sich keine Leute. Nicht daß hier sonst alles vor Leben übersprudelte, nein, eigentlich taten nur sieben ausgesuchte Wissenschaftler hier Dienst, aber auch von denen fehlte jede Spur.
Nach gründlicher Durchsuchung der gesamten Anlage traf man sich wieder im Kontrollraum. Lukas hatte mittlerweile auch das Schiff verlassen, um herauszufinden, wem man mit dieser Mission eigentlich zu Hilfe geeilt ist.
"Sir, der gesamte Außenposten ist menschenleer." sagte der zweite Offizier.
"Ja, das weiß ich.", gab er gereizt zurück, "Holt mir Gribbin, aber schnell, er soll die Anlage hochfahren."
"Aye, Sir."
Da Lukas gerade in der Nähe war, wurde ihm die Ehre zu Teil, den großen Meister zu holen. Aber erledigte dies auch prompt, da er aber noch das letzte Mal in Erinnerung hatte als Lt. Gribbin schnell irgendwohin geeilt ist, entschied er sich dazu ihn nicht zu drängen. Lukas ging langsam, für seine Begriffe langsam, vor und zeigte ihm den Weg, doch als sie das Kontrollzentrum erreichten, war er wieder leicht außer Atem und er hatte auch wieder zu schwitzen begonnen. Während Luke weg war um das Computergenie zu holen hatten sich auch Lt. Banks und Natalie Caplan im Kontrollzentrum eingefunden. Auch sie waren davon überrascht, daß keiner der Wissenschaftler zu finden war, und so warteten sie schon voller Ungeduld auf Lt. Gribbin.
"Na endlich. Fahren sie die Anlage hoch, vielleicht wurde eine Nachricht für uns hinterlassen." sagte Marwick ungeduldig zu Gribbin.
"Verstanden, Sir."
Der immer noch etwas, von diesem Gewaltmarsch, angeschlagene Lt. Gribbin machte sich sofort an die

Arbeit und zeigte einmal mehr wie gut er doch mit den unterschiedlichsten Computer umgehen kann. Nur einige Minuten später war die gesamte Anlage mit Energie versorgt.
"Sir, hier ist möglicherweise eine Botschaft für uns." erkannte Gribbin nachdem er die Dateien durchforstet hatte.
"Gut, spielen sie sie ab."
Nachdem er die Datei geladen hatte erschien das Gesicht von Prof. Dr. Clarence Ottenschlag, dem leitenden Wissenschaftler auf der Station. Sein Gesicht verriet, daß er große Angst hatte, er wandte sich des öfteren um, als glaubte er, daß jeden Moment irgend jemand oder irgend etwas durch dir Tür hinter ihm brach. Lukas wußte nicht, was sich hier abgespielt hatte, aber der Professor machte seine letzte Aufnahme ungefähr von diesem Platz aus, an dem nun Luke stand.
"Wenn sie diese Nachricht abspielen, dann ist es schon bei weitem zu spät. Von wem auch immer wir angegriffen wurden, er war stärker als wir. Wir hatten uns mit allen uns zur Verfügung stehenden Mitteln gewehrt und hatten den Gegner nicht einmal zu Gesicht bekommen. Es liegt die Vermutung nahe, daß es sich bei den letzten Angriffen um Kontakte mit einer außerirdischen Macht handelte. Wir haben dafür aber keinen Beweis, der Gegner verfügt offenbar über hervorragende Tarnmöglichkeiten. Bis auf die Zerstörung auf der Oberfläche des Asteroiden wird sich auch kein haltbarer Hinweis finden lassen. Ich habe angesichts dieses übermächtigen Feindes die sofortige Evakuierung befohlen. Wenn sie auf meinen Rat hören, dann verschwinden sie ebenfalls, solange noch Zeit ist. Ottenschlag Ende."

Der Bildschirm wurde wieder dunkel und es herrschte andächtige Stille. Bis Lukas eigentlich die wahre Bedeutung dieser Nachricht entschlüsselte.
"Wir sind umsonst hergekommen, stimmt's?" als dies fragte blickte er den Captain an. Dieser bekam große Augen, weil ihm allmählich klar wurde was Lukas meinte. Sie waren eigentlich nicht umsonst gekommen, nur zu spät. Die Aufgabe der Evakuierung wäre ihnen zugefallen.
"Nicht ganz.", antwortete er ihm, als er sich wieder etwas gefangen hatte, "Wir werden die mitgebrachten Verteidigungsanlagen installieren, außerdem werden wir einige Sonden in die Umlaufbahn schicken und sie selbständig Daten zur Erde senden lassen. Wer oder was auch immer hier war, jetzt ist es fort. Lt. Travis veranlassen sie das nötige."
"Aye, Sir. Was soll ich den Leuten fragen, wenn sie wissen wollen wo die Wissenschaftler hin sind?" wollte der zweite Offizier daraufhin wissen.
"Nichts. Ich werde es ihnen zu gegebener Zeit erklären."
"Verstanden." antwortete er und ging zurück zum Schiff.
Nun standen sie vor einem Problem, sie hatten eigentlich gehofft ihr Schiff mit stationseigenen Mitteln wieder flugfähig zu machen. Mit dem Schiff im jetzigen Zustand konnte man sicher nicht mehr bis zur Erde fliegen. Aber die vorhandenen Ersatzteile reichten bei weitem nicht aus um die Coronian auf den Rückflug zur Erde vorzubereiten. Jetzt war guter Rat teuer. Lukas ließ den Captain nicht aus den Augen, etwas an seiner Miene kam ihm von Anfang an merkwürdig vor. Captain Marwick hatte scheinbar keine Bedenken wieder zur Erde zurückzukommen, er wußte etwas was die restliche Mannschaft nicht wußte.

"Alle hier anwesenden finden sich in zwei Stunden wieder hier ein, erzählen sie niemandem von dieser Nachricht, das erledige ich selbst, wenn die Zeit gekommen ist. Helfen sie den Anderen die mitgebrachten Geräte zu installieren." brach der Captain das Schweigen und die Anwesenden verließen den Kontrollraum und taten, was ihnen befohlen wurde.
Zwanzig Minuten später wurde Lukas bewußt, daß er eigentlich bei keiner der anliegenden Arbeiten eine Hilfe sein konnte und zog sich in die leere Bar an Bord des Schiffes zurück. Er setzte sich wieder auf seinen Platz und genoß die Ruhe und beobachtete die endlich stillstehenden Sterne. Aber sie waren ihm fremd, er war einfach zu weit von zu Hause entfernt, als daß er noch Sternbilder entdecken konnte, die er von der Erde aus auch sehen konnte.
"Kann ich mich zu dir setzen?" fragte ihn eine angenehme Stimme. Lukas drehte sich langsam um und sah ein Gesicht, das ihm irgendwie bekannt vorkam. Er starrte sie an und dachte nach, wo er dieses schöne Gesicht bereits gesehen hatte. Natalie, Natalie Caplan, sie war die attraktive Kollegin seiner Catherine.
"Ja, setzen sie sich." antwortete er endlich auf ihre Frage.
Sie setzte sich neben ihn um ebenfalls die Sterne beobachten zu können.
"Wie geht es ihnen?" fragte er sie.
"Es geht mir gut." kam die Antwort trotzig, niemand an Bord des Schiffes wußte von ihrer Beziehung zu Harry und auch nicht von ihrem freundschaftlichen Verhältnis zu Catherine. Zu ihr war wahrscheinlich niemand gekommen um ihr ein Beileid auszusprechen. Lukas hatte so gesehen Glück, da die Möglichkeit vorhanden war mit einigen Menschen darüber zu sprechen, auch wenn er mit niemanden sprechen wollte, so war es für

ihn doch gut zu wissen, daß er es könnte, wenn die Zeit dazu gekommen wäre. Aber sie wurde mit ihrem Schmerz alleine gelassen, bis jetzt wenigstens.
"Ich bin mir nicht sicher wie weit es mit Harry und dir gegangen ist, aber ich möchte dir sagen, daß ich weiß wie du dich fühlst." erklärte er ihr mit beruhigender Stimme. Tränen rannen ihr die Wangen herunter und ihre Lippen zitterten ein wenig. Er hatte sie an Vieles wieder erinnert, nur dadurch, daß er das Wort Harry verwendet hatte.
"Erzähl mir etwas über ihn, etwas von seinem letzten Flug."
Lukas nickte langsam, dachte kurz nach und ließ den gesamten Flug nochmals revuepassieren.
"Bevor wir gestartet sich sagte er zu mir 'Mit dem Schild oder darauf'. Weißt du was das bedeutet?" fragte er sie und sah sie an.
Sie schüttelte den Kopf, sie hatte sich die Tränen weggewischt. Aber ihre Augen waren immer noch weiteren Tränen nah.
"Dieser Gruß stammt von den alten Trojanern. Ihre Eltern riefen ihn den jungen Soldaten nach, wenn sie in die Schlacht zogen. Man sagte damals, wenn jemand feige während der Schlacht davonläuft, so läßt er sein Schild fallen um schneller laufen zu können. Kämpft er allerdings bis zum Schluß und stirbt im Krieg, dann trugen ihn seine Kameraden auf seinem eigenen Schild zurück nach Hause oder aber er kam im Besitz seines Schildes nach dem Krieg zurück, auch dann hatte er sich ehrenhaft geschlagen. Auch zu heutigen Zeiten hatte er unseren alten Spruch nicht vergessen, und er hat auch sein ganzes Leben darauf geachtet nichts feiges oder unehrenhaftes zu tun."
„Aber es war nicht deine Schuld, daß er die Mission nicht lebend abschloß."

„Ja, wahrscheinlich. Aber das ist auch nicht mehr so wichtig. Das Einzige was ich mit Sicherheit weiß, ist, daß ich ihn für immer vermissen werde, genauso wie Catherine. Sobald wir zurück sind, werde ich meinen Dienst quittieren, diese Mission hat mich einfach zuviel gekostet."

„Aber jetzt bist du berühmt, das war es doch was du immer wolltest, hat mir Harry erzählt."

„Ja, aber nicht zu diesem Preis."

„Diesen Preis zu zahlen, wollte ich ihnen auch ersparen." sagte Lt. Banks hinter ihnen. Sie hatte unbemerkt den Raum betreten und hatte sich in aller Stille das Gespräch zwischen den Beiden angehört.

„Sie sollten ihren Dienst nicht quittieren, so ein Talent gibt es nicht sehr oft. Was wollen sie denn zu Hause machen?"

„Was weiß ich, irgend etwas ergibt sich immer."

„Deshalb wollte ich sie nicht starten lassen, ich wußte, daß sie noch nicht bereit sind solche Verluste zu verkraften, deswegen habe ich schon einige gute Piloten verloren. Piloten mit Herz und Seele, nicht diese mechanischen Eisbrocken, die heutzutage in den BODs sitzen."

„Ich habe ja nicht nur meinen besten Freund verloren sondern auch meine Frau fürs Leben, mit ihr hätte ich alt werden können, ein Gefühl, das ich noch nie zuvor gefühlt hatte."

„Wen meinen sie?"

„Catherine Austerman."

„Aha, ich verstehe. Aber es kommen noch andere, sie haben nun auch mindestens drei neue Freunde gefunden und vielleicht auch eine neue Freundin." sagte sie daraufhin und blickte ganz beifällig in Natalies Richtung.

„Wer sollten denn die drei neuen Freunde sein?"

„Conjurer, Coldblood und Thypoon. Sie hatten seit des letzten Fluges kein anderes Thema als ′Lukas Draxton′. Sie waren begeistert von ihrem Flugstil und ihren Tricks. Sie erkennen sie auch als Piloten an, ihr Rufname ist...“
„′Maximum′, ich weiß. Thypoon hat es mir gesagt. Definiere Ironie: Ein Pilot kämpft um Anerkennung und quittiert dann seinen Dienst, als man ihm endlich seinen Rufnamen gibt und ihn in die Riege der Elitepiloten aufnimmt.“
Bei diesem Gedanken mußte er einfach grinsen, es war eben zu komisch. Wie er früher immer sagte, wenn man nur lange genug wartet, so kommt alles von alleine.
„Ich will ja niemanden unterbrechen, aber die zwei Stunden sind um.“ warf Natalie ein.
Sie hatte recht und sie gingen in Richtung Kontrollzentrum um herauszufinden, was der Captain ausgebrütet hat. Als Lukas darüber nachdachte hatte er wieder das Gefühl, irgend etwas sei faul an der ganzen Sache. Aber er ließ sich überraschen und ermahnte sich immer wieder nicht voreilig zu sein.
Alle Anderen waren bereits im Kontrollraum und der Captain wartete schon sichtlich ungeduldig auf Lt. Banks, Natalie und Luke. Er schwitzte, ein Zeichen dafür, daß er sich nicht sehr wohl in seiner Haut fühlte, denn zu heiß war es bestimmt nicht. Gribbin saß noch immer an Terminal, er hämmerte wie wild auf die Tasten und auf dem Monitor erschien ein Bild jenes Schiffes, welches die Wissenschaftler zur Evakuierung benutzten.
„Dieses Schiff steht noch in einem abgeschotteten Hangar, es ist eine exakte Kopie des Schiffes mit dem die Wissenschaftler weggeflogen sind, wir werden an Bord gehen und einen Erkundungsflug machen um zu

sehen wie wir weiter vorgehen werden." erläuterte der Captain.
„Sir, war es bekannt, daß die Wissenschaftler hier ein Schiff hatten?" kam es von Lukas mißtrauisch. Er hatte immer gedacht, sie sollten die Wissenschaftler herausholen mit dieser so dringenden Mission. Irgend etwas paßte überhaupt nicht in dieses Puzzle, zu den diese Mission mittlerweile geworden ist. Er hatte zahlreiche Fragen, wußte aber auch, daß er nur einige davon stellen konnte, bevor der Captain seine Geduld verlierte.
„Natürlich war es bekannt, und wir hatten niemals die Mission sie zu retten. Das war nur eine glückliche Fügung. Unser Ziel war es unsere Verteidigungsanlagen zu installieren, und erst wenn Gefahr für die Wissenschaftler bestand, dann sollten sie mit uns mitfliegen. Denn wie sie sehen können ist das Schiff klein, unkomfortabel und, was das Wichtigste von allem ist, unbewaffnet." erklärte der Captain.
Lukas war einigermaßen zufrieden mit dieser Erklärung, aber ihm brannten noch andere Fragen auf der Zunge.
„Und warum unternehmen wir jetzt einen Erkundungsflug, wenn wir doch keine Chance haben von hier wegzukommen?"
„Sie sind sehr neugierig, soetwas kann sehr gefährlich sein. Ich möchte mir ein genaueres Bild verschaffen, deshalb fliegen wir eine Runde. Und nun Schluß mit den Fragen, wir gehen jetzt an Bord."
Lukas hörte die Drohung zu Beginn seiner Antwort ganz deutlich und er hatte soetwas überhaupt nicht gern. Aber er sah ein, daß ihm der Captain keine Rechenschaft schuldig war und stieg widerspruchslos in das Raumschiff. Lt. Gribbin bediente die Navigationskontrolle und der Captain das Ruder, Lt.

Travis daß neben Lt. Banks in der ersten Reihe und Lukas saß neben Natalie dahinter. An dieser Stelle warfen sich neue Fragen auf, aber er behielt sie für sich und überlegte sich selbst logische Antworten, fand aber keine. Warum mußten er und Natalie mitfliegen? Warum war der Captain UND der zweite Offizier an Bord, anstatt, daß einer der Beiden die Arbeiten auf der Station überwachte? Und als sie schon längst den Außenposten verlassen hatten, da dämmerte es ihm, sie wollten die Crew im Stich lassen und nur sich selbst retten. Natalie, Luke und vielleicht auch Lt. Banks nahmen sie nur mit, weil sie als einzige von der Nachricht Prof. Ottenschlags wußten.
„Sie wollen ihre Crew im Stich lassen?“ platzte Lukas mit einem Male heraus und alle um ihm herum erstarrten. Der Captain drehte sich um mit einem unverschämten Grinsen auf seinem Gesicht.
„Sie sind um einiges klüger als man von ihnen denken könnte. Ja, wir befinden uns auf direktem Wege in Richtung Erde, diesen Meuterern schulde ich gar nichts.“
„Sie sind der Captain, sie haben die Verantwortung für diese Leute, ob Meuterer oder nicht.“ erklärte Lukas fassungslos.
„Wie wollen sie das erklären, wenn wir wieder zurück sind?“ fragte nun Lt. Banks, die sich nun endlich wieder soweit von diesem Schock erholt hatte.
„Mit Hilfe des Logbuches werde ich beweisen, daß sie Meuterer sind und somit keine Rechte mehr hatten.“
„Aber die Arbeiter zum Beispiel hatten damit gar nichts zu tun.“ sagte Luke wieder.
„Das ist einfach Pech. Davon abgesehen werden sie schon wieder abgeholt werden.“ erklärte der Captain daraufhin eiskalt.

„Das ist nicht recht. Damit kommen sie nie durch.“ sagte Lukas daraufhin mehr zu sich, als zu den Anderen und er haßte sich dafür dem Captain geholfen zu haben. Später fiel ihm noch ein, daß Harry und Catherine noch am Leben wären, wenn sie umgedreht hätten.

Nachwort

Der Rückflug selbst verlief ohne Hindernisse, sie mieden Sir Cunninghams Gebiet. Und auch das immerwährende Einreden von Lt. Banks, Lt. Travis und Natalie auf den Captain konnten ihn nicht dazu bewegen wieder zum Außenposten zurückzufliegen. Mit der Zeit, die sie auf engsten Raume auf dem Schiff während des Rückfluges verbrachten kamen sich Lukas und Natalie näher und ein gutes Jahr später heirateten sie und führten eine glückliche, treue und harmonische Ehe.

Lukas Draxton quittierte seinen Dienst bei der U.S.S.F. Nicht aber bevor er nicht noch gegen Captain Marwick aussagte. Er wurde daraufhin für sein Pflichtbewußtsein und für seine Leistungen als Pilot mehrfach geehrt. Später verfaßte Lukas ein Buch, in dem er spezielle Raumkampfmanöver und deren Auswirkungen auf das Flugzeug erklärte. Er benötigte dafür drei Jahre und hatte am Ende ein neunhundert Seiten umfassendes Werk mit dem Titel „Die Kunst bis zum Äußersten zu gehen". Kadetten an der Space-Akademie kamen nicht umhin wenigstens Teile daraus zu lernen und sie auch anzuwenden. Ein Jahr später war ihm das Zivilleben langweilig und er ging wieder zurück um als Elitepilot Dienst zu tun. Er stieß auf heftigen Widerstand von Seiten der neuen Piloten, als er sie aber ohne ein Problem im simulierten Zweikampf besiegte, stellte man ihn wieder in den aktiven Dienst.

Natalie Caplan, spätere Natalie Draxton, spielte die Hausfrau und war ihm immer eine gute Ehefrau.

Allerdings verging nach zwei Jahren nicht ein Tag an dem sie sich nicht die guten alten Zeiten an Bord eines Raumschiffes an einem Geschütz herbeisehnte. Als Lukas sich dann wieder entschloß zu fliegen, ließ sich auch Natalie wieder in den aktiven Dienst überschreiben und überlebte zusammen mit ihrem Mann noch einige interessante Abenteuer.

Captain Edward Marwick wurde wegen grober Pflichtverletzung zu einer mehrjährigen Haftstrafe verurteilt und wurde darüber hinaus natürlich unehrenhaft entlassen. Man erklärte ihm, daß er bereits bei Auftreten des ersten Defekts wieder hätte umkehren müssen. Marwick allerdings berief sich auf die Wichtigkeit dieser Mission und verwies auf seine Auftraggeber, welche alle Politiker in den höchsten Rängen waren. Die Antwort besagter Politiker fiel aber ziemlich einheitlich aus: „Davon weiß ich nichts."
Edward Marwick konnte sich nachdem er aus dem Gefängnis entlassen wurde nicht wieder in die Gesellschaft einfügen und nahm sich zwei Monate nach seiner Entlassung das Leben. In seinem Abschiedbrief stand lediglich: „Dem Grundsubstanz meiner Existenz beraubt sehe ich keinen Sinn mehr darin weiterzuleben. Mein Leben wurde von dem Augenblick an sinnlos, als mir das Gericht verwehrte je wieder als Captain eines Raumschiffes Dienst zu tun. Nur Gott alleine ist mein Zeuge, daß ich unschuldig im Gefängnis war und die Verantwortlichen weiterhin in Freiheit sind."

Lt. Banks machte sich nach ihrer Rückkehr für ihre Piloten stark und erhielt zwei Monate später ein Raumschiff mit dem sie zum Außenposten zurückflog und den Rest der Besatzung holte, auch sie erhielt wegen ihrer Einsatzfreudigkeit eine Auszeichnung. Sie trainierte weiterhin die neuen Elitepiloten und gab jedes Jahr dem besten Piloten der Space-Akademie die Chance sich mit ihren drei besten Piloten Conjurer, Coldblood und Thypoon zu messen. Aber sie fanden nie wieder einen Piloten, der gleich nach der Akademie jene Reife hatte, wie sie Draxton und Creedles hatten. Der Tag an dem Lukas Draxton wieder in den aktiven Dienst eintrat wurde jedes Jahr das größte Fest der Elitepiloten. Zusammen mit den bereit erwähnten Piloten die seinerzeit auf der Coronian dabei waren erlebte Lt. Banks und Lukas Draxton noch einige turbulente Missionen.

Ltcm. Martinez wurde ebenfalls von Lt. Banks gerettet und auf die Erde zurückgebracht. Er wurde wie Edward Marwick von ein Kriegsgericht gestellt und verurteilt. Da man ihm glaubte, daß er zum Wohle der Mannschaft handelte verurteilte man ihn zu einer sechsmonatigen „Denkpause", wie es die Richter nannten. Danach wurde er wieder in den Dienst der U.S.S.F. aufgenommen und man hatte mit ihm einen der verantwortungsbewußtesten Offiziere gewonnen. Er hatte aus seinen Fehlern gelernt.

Die letzte Mission der U.S.S. Coronian, oder besser gesagt der „MC3" wurde aus sämtlichen Aufzeichnungen gestrichen. Den Flug hat es nie gegeben, alle überlebenden Beteiligten wurden zu Stillschweigen verdammt. Über eine außerirdische Bedrohung gab es keine bewiesenen Hinweise. Den Wissenschaftlern sagte man nach, daß sie unter einer besonderen Form des Raumkollers litten, einer Krankheit, die man bekam, wenn man sich zu lange im Weltraum mitten im Nirgendwo befand. Es fanden sich später allerdings die mannigfaltigsten Hinweise darauf, daß die Wissenschaftler recht hatten, auch die neu eingebauten Sensoren rund um den Himmler-Außenposten bestätigten den Kontakt mit einer aggressiven außerirdischen Rasse. Bis zum direkten Kontakt, wenn man es überhaupt so nennen kann, mußten sie aber noch lange warten.